文春文庫

無意識の証人

ジャンリーコ・カロフィーリオ
石橋典子訳

目次

青虫が世界の終わりと呼ぶものを
残りの世界は蝶と呼ぶ。

老子「道徳経」

無意識の証人

主な登場人物

グイード・グエッリエーリ……弁護士
サーラ……グイードの妻
マリア・テレーザ……グイードの秘書
アバジャジェ・デエバ……アブドゥ弁護の依頼者
アブドゥ・ティアム……少年誘拐殺人の容疑者
チェルヴェッラーティ……検察官
マルゲリータ……グイードの同じアパートの住人
アントニオ・レンナ……バールのオーナー

第一章

一

すべてが始まった日の前日――むしろ前日の午後――をはっきり覚えている。

十五分前から事務所に来ていたが、働く気がまったく出なかった。すでに電子メールと郵便物をチェックしデスクの上に散らかっていた書類を整頓し、意味のない電話を二つすませていた。つまり仕事を始めないための口実をすべて終えてしまい、そうして煙草に火をつけた。

今は煙草をゆっくり味わって、それから始めるんだ。

煙草を吸い終わったら、何かほかのことを見つければいい。ある本を思い出してフェルトリネッリ書店に行くとかだ。なにしろ何度も取りに行くのを先延ばしにしていたのだから。

煙草を吸っていると電話が鳴った。内線で受付の秘書からだった。

アポイントのない男性が一人いらしています。緊急だということで、と言った。

ほとんど誰もアポイントなどはとってこない。人は深刻なまたは緊急な問題がある時、あるいはそんな問題があると思い込んでいる時にしか、いずれにせよそれは同じことだが刑事事件担当の弁護士のところへは行かないものだ。

とにかく僕の事務所はこのような段取りになっていた。弁護士と緊急に話したいという男性または女性が来ると秘書が僕を呼ぶ。もし——例えば僕が別の客と面談中とかの——用事でふさがっていたら、それが終わるまで彼らを待たせる。たとえ用事がなくても、客には同じように待たせていた。このときもそうだ。それはこの事務所は仕事が多くて客を受け付けるのはただ緊急な用件のみだということを明確にさせるためだった。

マリア・テレーザに、十分後に会う、ただし彼のためにあまり時間はさけない、その後で重要な会議があるから、と伝えさせた。

弁護士には頻繁に重要な会議がある——と人々は思っているのだ——。十分後に男が入ってきた。髪の毛は長く、ひげも黒くて長かった。眼は大きく見開かれていた。椅子に座ると机にもたれかかって僕の方に身を乗り出した。

一瞬この男が「俺は妻と姑を殺してきたばっかりだ。やつらは車のトランクに入っている。幸いステーション・ワゴンを持っている。弁護士さんよう、**俺たちどうすればいいんだろう?**」と言い出すにちがいないと思った。

そうは言わなかった。キャンピング・カーを持っていて、それでソーセージやハンバーガーを焼いていた。保健所の検査官が来てその車を持って行ってしまった。衛生状態がベナレスの下水みたいだったからだ。

ひげの男は自分の車を取り戻したかった。僕が優秀な弁護士だということを知っていると言った。彼の友人が僕の昔の客で、その男がそう言ったという。ある種のいやらしい申し合わせたような笑みを浮かべがら、麻薬密売人の名前を言った。僕はその男のために恥ずかしくなるほど軽い刑の司法取引をしたことがあった。

法外な金額の前金を要求すると、彼はズボンのポケットから十万リラと五万リラを丸めた札束を取り出した。

お願いだからマヨネーズのしみが付いたのはやめてもらえないかな、とあきらめ半分心の中で思った。

彼は親指と人差し指で要求された合計金額を数えた。僕に押収調書とその他すべての書類を残した。いいよ、領収書はいらない、領収書があったってそれでどうするっていうんだ、先生。またしても申し合わせたような笑い。もちろん俺ら脱税者の間ではお互いの気心は知れているものな。

数年前、自分の仕事はある程度気に入っていた。しかし今は漠然と吐き気をもよおす。そしてこんなハンバーガー売りのようなやつに会うと、吐き気はさらに増した。

僕は怪僧ラスプーチンのソーセージで夕食をさせられるのが妥当なのだと思った。そして救急病院に運び込まれる。そこではカラッシ医師が僕を待っている。

カラッシ医師は救急病院の医長補佐で、腹膜炎の二十一歳の女性にその痛みは生理痛だといって死なせた。

彼の弁護士——つまり僕——は、彼にたった一日の勤務日も一リラの月給も失わせることなく無罪にした。難しい裁判ではなかった。検察官は間抜けで、損害賠償請求担当の弁護士は無知で初歩的知識もなかった。無罪になった時カラッシは僕をひしと抱きしめた。彼の口臭はひどく頬は紅潮し、そして公正な裁きが行われたと思っていた。法廷から出る時、僕は女性の両親の視線を避けた。

ひげの男は帰って行き、それから僕は吐き気にむせかえりながら、彼の高級移動式レストランの押収に対する申し立ての準備をした。

そして家へ帰った。

金曜の夜、たいてい僕たちは映画に行き、その後夕食をすることにしていた。いつも決まった友人グループと一緒に。

行き先についてはサーラと他の人たちの決めたとおりにして、息をひそめて夜が終わるのを待った。僕が本当に大好きな映画の時だけは別だったが、それは偶発的で次第に少なくなっていた。

その金曜日、家に戻ると、サーラはもう出かける準備ができていた。僕は少なくとも十五分、シャワーを浴びて着替えるだけの時間は必要だよと言った。

あっ、私は自分の友達と出かけるから、と彼女は言った。どの友達？　写真のコースの友達よ。前もって言ってくれても良かったじゃないか、僕は僕で何か予定を作ったのに。昨日から言ってたじゃないの。でもどうしようもないわ、私がしゃべってる時にあなたが聞いていないんじゃ、どうしようもないじゃない。わかったよ、怒らなくてもいい、こっちで何とかするよ、もしも間に合えばだけど。ちがうよ、なにも君のせいにするつもりはないんだ。ただ今言ったことを言いたかっただけなんだ。じゃあいいよ、言い争いはもう終わりにしよう。

彼女は出かけていき僕は家に残った。いつもの友人たちに電話して彼らと出かけようかと思った。だがサーラがなぜいないのか、どこに行ったのか説明するのは難しいような気がしたし、僕のことを変な風に見るのではないかと思って、要するに、やめた。その当時何度か――内緒で――会っていた女友達に電話をしてみたが、彼女は携帯電話に小声で、彼と一緒なの、と言った。何を期待していたのだ、金曜の夜だぞ。僕は居心地が悪くなって、刑事物の映画を借り、冷凍ピザと冷えたビールの大瓶を取り出せば、いずれにせよ、あるいはどんな方法であれ、その金曜の夜は過ぎていくだろうと思った。

僕はもう二度見たことのある『ブラック・レイン』を借りた。三回目もおもしろかった。ピザを食べ、ビールを全部飲んだ。それからウィスキーも一杯飲み煙草を数本吸った。テレビのチャンネルを回して地方テレビがまたしてもハードポルノを流し始めたことを知った。それは時刻が一時をまわっているということだった。それで僕は寝に行った。

いったい何時ごろ眠ってしまったのか知らないし、サーラがいつ戻ったのかも知らない。何も聞こえなかった。

翌朝目を覚ますと彼女はもう起きていた。眠い顔をしたまま台所へ行くと、彼女は何も言わず、僕にアメリカン・コーヒーを注いだ。薄めのアメリカン・コーヒーはいつも二人のお気に入りだった。

二口すすって、昨日の晩は何時に戻ったのかと聞こうとした時だった、彼女は僕に別居したいと言った。

こう言ったのだ、単純に「グイード、私たち別れましょう」

それから数秒間、まるで耳が聞こえなくなったような沈黙が続いた後、僕は最も平凡な質問をせざるをえなかった。

なぜ？

彼女は僕に理由を言った。落ち着いていた。そして容赦しなかった。

あなたの最近の生活、少なくともこの二年間の生活がどんなだったか、私が気づいていないと思っているのでしょう。私はそれに気づいていたし、それが気に入らなかった。一番私の自尊心を傷つけたのはあなたの不貞——その言葉はまるで唾のように僕の顔を正面から襲った——ではなくて、私をまるで馬鹿な女のように扱って、敬愛の気持ちが本当に欠けていたということよ、と言った。僕が前からそうだったのか、それともそんな風に変わったのか彼女には分からなかった。どちらの仮説の方が良かったのか分からないし、そんなことはもう多分どうでもいいのだ。

あなたは大して価値のない平凡な男になってしまったか、さもなければ前からずっとそうだったのだと、僕に言った。もうそんな平凡な男と暮らしたくない。もう絶対に。

本当に平凡な男としては、他に男がいるのかと聞くより他に何も思いつかなかった。彼女は単にノーと答え、いずれにせよ、もうその時から、そんなことは僕には関係のないことだと言った。

その通りだ。

会話は長くは続かず、十日後僕は家を出た。

二

さて――礼儀正しく――家から追い出され、僕の生活は変わった。すぐには気づかなかったが、それは良い方向へではなかった。

最初の数ヵ月は、むしろ肩の荷が下りた感じがしてサーラに感謝の気持ちすら持った。そして彼女の勇気に。それはいつも僕に欠けていたものだった。

つまり彼女は僕のために火中の栗を拾ってくれたわけだ。

このような状況は長く続かないだろう、何かしなければならないと何度も思った。何らかの行動をとるべきだった。何か解決法を見つけて正直に彼女に話をするか、何かをするべきだった。

だが、臆病者だったから何もしなかった、偶然の浮気のチャンスをつかむ以外は。よく考えてみると、あの朝彼女が言ったことは、僕の胸をじりじりと痛ませた。僕を平凡なつまらない男、つまらない臆病者だと言い、僕はそれに反発せずに甘んじたのだ。あの土曜の数日後いやむしろ僕が新しい家に移ってから、何度となくそれに反論できたかもしれなかったと考えた。少なくとも僕の威厳を保つために。

こんなせりふを思いついた。「自分の責任を否定したくないが、ただ片方だけのせいじゃないことは覚えておいてくれよ」とか、それに似たようなことだ。

ただそれは幸いにも数日を経て思いついたので、あの土曜日の朝、僕は黙ったまま、少なくとも滑稽になるのを避けたのだった。

いずれにせよ、それからしばらくして、そんなふうに考えるのもやめて、僕の内部には少しの痛みだけが残った。サーラは今どこで何をしているのか、**誰と**一緒にいるのだろうと考えるたびに。

僕はこの痛みに麻酔をかけてあっという間に消してしまうのがとても上手だった。それを内部の元の場所、いやそれよりもっと奥深くに押し込んで隠していた。

数ヵ月間、僕は新米シングルの自由気ままな生活を送った。いわゆる華麗な生活だった。

友達でもない仲間たちと付き合い、無意味なパーティに出掛けていき、酒を飲みすぎたり煙草を吸いすぎたり、などなど。

毎晩外出した。家に一人でいることは考えただけで耐えられなかった。

当然、恋人も何人かできた。

しかし彼女たちのうちの誰か、ただの一人とのたった一つの会話さえ思い出せない。

そんな中、協議別居を法的に認めてもらう裁判があった。特に問題はなかった。サーラは家に残っていて、それはもともと彼女の家だった。僕は少しでも威厳ある態度をとろうとして家具や家電製品などは残して僕の本、しかもその一部だけを持ち出すことにした。

僕たちは別居を担当する裁判所長の控えの間で会った。彼女に会うのは家を出てからそれが初めてだった。彼女は髪を短く切り、少し日に焼けていたので、どこに日焼けをしに行ったのだろう、**誰と**日焼けしに行ったのだろうと考えた。

それは愉快な考えではなかった。

僕が何も言わない前に彼女が近づいてきて僕の頰に軽くキスをした。このことは、他の何よりも、もう元通りになれないのだという印象を僕に与えた。三十八歳になったばかりで初めて僕は物事が本当に終わるのだということを発見しつつあった。

裁判官は法律の定めに従い僕たちに調停をすすめた。僕たちはとても行儀よく、礼儀正しかった。彼女だけが——少し——話した。一緒に決めました。お互いを尊重して、冷静に踏んだステップです、と言った。

僕は黙ってうなずいていた。その映画の中で僕は助演男優の気分だった。お金、家、子供の問題がなかったので、すべてが速やかに終了した。

裁判所長の部屋から外に出ると、また彼女は僕にキスをした。今度は唇の隅の方に。

「チャオ」と彼女は言った。

「チャオ」僕は、彼女がすでに背を向けて行ってしまってから、言った。

「チャオ」もう一度、壁によりかかって煙草を一本吸った後で空中に向かって言った。

通りすがりの事務員たちの視線に気づき僕は立ち去った。

外は春だった。

三

春は瞬く間に夏に変わったが、日々は全く同じように過ぎていった。

夜もいつも同じで、真っ暗闇だった。

ある六月の朝までは。

僕はエレベーターの中にいた。裁判所から戻って事務所のある八階へ上がってきたところだった。そこで突然理由なくパニックに襲われたのだ。

エレベーターから降りて踊り場に、どのくらいの時間かわからないが立ちすくんだ。息切れがして、冷や汗をかき、吐き気がし、消火器を凝視していた。そしてものすごい恐怖。

「大丈夫ですか、弁護士先生？」アパートのその階に住む定年退職した税務官ストリシュリオ氏の声だった。彼は少し戸惑い、そして少し心配していた。

「大丈夫です。すみません。ちょっと頭が混乱して。でも大したことはない。それで、あなたもお元気ですか」

それは本当のことではなかったが、軽いめまいだけれど、もう大丈夫、直りました。ありがとう、さようなら、と言った。

もちろん、すべて大丈夫なわけではなかった。その数日後そしてその数ヵ月後にそれがいやと言うほど分かることになるのだが。

何よりあの朝エレベーターの中で何が自分に起こったのか分からなかったので、それがまた起こるのではないかという考えに取りつかれ始めた。

それで僕はエレベーターに乗るのをやめた。だがそれは愚かな選択で事態の悪化を促しただけだった。

数日後僕は回復するどころか、また時と場所を選ばずにパニックが起こるのではないかと恐れ始めた。

その心配がかなり大きくなった時、今度は路上で発作が起こった。最初の時ほど激しくはなかったが、その後の影響はひどかった。

少なくとも一ヵ月間、常にまたパニックに陥るのではないかという恐怖の中で生活した。今考えると滑稽だが、恐怖に襲われるのではないかという恐怖の中で僕は暮らしていた。

また起こったら気が変になるかもしれない、もしかしたらそれで死んでしまうかもしれないと思っていた。気が狂って死ぬ。

これはもう大分前に起こった大いに驚かされたある迷信的な出来事を僕に思い出させた。

大学生だった時、僕はまるで子供のような丸い字で方眼用紙に書かれた手紙を受け取った。

親愛なる友へ
この手紙を読み終わったら、君の自筆で十枚同じ手紙を書き、それを十人の友達に送りなさい。これは本当の聖アントニオの鎖です。その鎖を続ければ君の人生には幸福とお金と愛、平穏と喜びがおとずれ、もしその鎖を切ったら君の身には恐ろしい不運が起こるかもしれません。二年前から子供を欲しがっていたのになかなかできなかったある若い女性が手紙を写して十人の友達に送りました。すると三日後におめでただと分かりました。慎ましい郵便局員がこの手紙を写して十人の友達と親戚に送ったら、その一週間後に宝くじで大金を当てました。

一方、ある高校教師がこの手紙を受け取り、笑い飛ばして、引きちぎりました。彼は数日後、事故にあい脚を折り、そして家から追い出されました。

手紙を受け取ったある主婦は、鎖を切らないようにしようと思いました。しかし手紙をなくしてしまい事実上鎖が切れてしまいました。彼女は数日後脳炎にかかり、治ったもののその後ずっと身体障害者になってしまいました。

ある医者は、手紙を受け取り、それを引きちぎって、軽蔑した口調で、こんな迷信を信じる必要はないと叫びました。数ヵ月後彼は職場の診療所をくびになり、妻に捨てられ、病気になり、最後には気が狂って死にました。

鎖を断つなかれ！


僕は友人たちにこの手紙を読んで聞かせた。彼らはこれは愉快だと騒いだ。大笑いがおさまると、手紙を引き裂いて狂って死ぬつもりなのかと僕に聞いた。それとも勤勉に十枚の写しを清書するのか、そうしたらこの先少なくとも十年間はいつもそれを思い出させてやる——推測するにあまり上品にではなく——と言った。

このことが僕の神経に障り、もしこの手紙が彼らに届いていたらこんなに啓蒙主義者のようにはしていられなかっただろうにと思いながら、もちろん破ると言った。すると今度はそれを彼らの面前でするよう強く主張した。僕が考え直して彼らのずうずうしい目から隠れて、その例の十枚の写しを作るつもりなのではないかなどと、遠まわしに言った。

要するに僕は手紙を破かざるをえなくなったのだ。そして破き終わった時、三人のうちで一番ふざけたやつが、どっちにしたってお前は心配しなくていい、つまり適当な時が来たら僕らが居心地のいい精神病院に入院する手配をしてやるからさ、と言った。

その約十八年後、僕は予言が実現しつつあるのかと——真剣に——考える羽目になるのだった。

いずれにせよ、再びパニックの発作が起こって気が変になるのではないかという恐怖は、僕の唯一の問題ではなくなった。

僕は不眠症に悩まされ始めた。毎晩ほとんど眠れず、わずかに夜明け前にうとうとするだけだった。

ほとんどまれだが普通の時間に眠りにつくこともあった。だがそんな時も二時間後には必ず目が覚め、そのままベッドに横になっていられなかった。そうしようと思っても、ものすごく悲しくて耐えられない考えが僕を悩ました。なぜ僕は人生を無駄にしてしまったのかとか子供の頃のこと。サーラのこと。

それで僕は起き上がってアパートの中を当てもなくさまよった。煙草を吸い、酒を飲み、テレビを見て、真夜中に誰かが僕に電話をしてくれるかもしれないと愚かな期待をして携帯電話の電源を入れていた。

それから人々が僕のこんな状態に気づいているのではないかと心配になり始めた。特に、コントロールを失ってこんな状態で夏中を過ごさなければいけないのだろうかと心配になり始めた。

八月になり、僕と一緒に旅行に行ってくれる人は誰も見つからなかった——本当のことを言えば探さなかったのだが——。それに一人で出かける勇気もなかった。それで海や山の友人たちの別荘やらトゥルッリ（プーリア州の農家に見られる石灰岩の白壁に灰色の石板を重ねた円錐型の屋根をのせた建物。なおアルベロベッロのトゥルッリ集落はユネスコの世界文化遺産）に泊めてもらって、うろうろした。この放浪生活の間、僕が感じのいい客だったとは思えない。

人々は僕に気分が沈んでいるのかと聞き、僕は「はい、少しだけ」と答え、通常、会話は長く続かなかった。数日後には荷物をまとめ、できるだけ街に戻るのを避けて、次の逃げ場を探すべき時が来たと察するのだった。

九月、事態はいっこうに改善せず、特に一睡もしないで夜を過ごすのがつらくなって、僕は友人でもある主治医のところに行った。眠るために何かが欲しかった。

彼は僕を診察し、症状を話させ、血圧を測り、目を懐中電灯で照らして覗きこみ、平衡感覚を試す少しばかげた体操をさせ、最後に「専門医のところで診察を受けた方がいい」と言った。

「どういう意味だい、何の専門医だ？」

「いや、こういう問題の専門医さ」

「**どんな**問題だ？　眠れる薬を出してくれれば、それでいいじゃないか」

「グイード、状況はもう少し複雑なんだ。お前の表情は引きつっている。お前の周囲の見回し方は気に入らない。動き方も変だ。呼吸の仕方もおかしい。はっきり言えばお前の体の具合は良くないんだよ。専門医に見てもらうべきだ」

「お前が言いたいのは……」僕の口の中はからからだった。支離滅裂な考えが頭の中をよぎった。多分内科医に見てもらわなければならないと言いたいのだろう。でなければホメオパシー。マッサージ療法かアーユルヴェーダかもしれない。

内科医、マッサージ師、アーユルヴェーダ、ホメオパシーに行かなきゃいけないなら問題ない、行く。治療から逃げたりはしない。

別に怖いわけじゃない、どうして……**精神科医**？　お前今精神科医って言った？

僕は泣きたくなった。気が狂った、今医者もそう言っている。予言が実現しそうだった。

彼には今のところは睡眠薬を出してくれればいい、それから考えるよと言った。そう、問題を過小評価するつもりは全くないから、また来るよ。いや、いや、紹介してもらう必要はない——口の中はすごく乾いていた——その精神科の医者は。また電話するからその時に教えてくれ。

僕はエレベーターには乗らずに、そこから逃げ出した。

四

僕の医者が睡眠薬を処方してくれてその薬で状況は少しだけ改善したようだった。気分は依然として鼠色だったが、少なくとも不眠で疲労した亡霊のような体を引きずらなくてよくなった。

いずれにせよ僕の仕事の生産性と職業的信頼性は危うく監視レベル以下だった。自由の身になれるかどうかが僕の仕事と集中力にかかっている人が数人いたが、もし僕が彼らの書類を毎午後うわの空でぱらぱらとめくり、彼らのことや書類の内容が僕にとってほとんど重要じゃないと知ったら、彼らはどう思っただろう。僕は全く準備が整わないまま審理へ行き、事実上裁判の結果は偶然に委ねられていた。要するに彼らの運命は無責任で精神的に障害のある男の手中にあったのだ。

どうしても僕が依頼人に会わなければならない時、その状況はシュールだった。依頼人らは話をしたが、僕には一言も聞こえていなかった。僕は彼らにうなずいていた。彼らは安心して話し続けた。最後に僕は理解の笑みで彼らの手を握った。弁護士が話を中断することなく、自分たちにこんな風に胸のうちを打ち明けさせ、そしてその問題と要求を明らかに理解してくれたのだと彼らには思われていた。

本当に良い人ですね、というのが、隣人が郵便受けにいやらしい手紙を入れるので訴えたいと言いに来たある定年女性が僕の秘書に言った言葉だ。それに弁護士にも見えない、と言った。それは本当だった。

彼らは満足していた、だが僕は多くの案件で問題の漠然とした印象しかもっていなかった。要するに事態はカタストロフィーに向かって進んでいた。

この頃だった。――何日か夜眠ることができた後――新しい出来事が加わった。僕は泣き始めたのだ。それは最初は家で起こった。夜帰宅したばかりの時か朝起きた時に。そのうちに家の外でも。道路を歩いていると僕の思考はコントロールがきかずどこかへ行ってしまい、泣きたくなった。家にいる時や特に路上では何とか状況をコントロールすることができたが、それも毎回徐々に難しくなった。僕は靴か車のナンバープレートに気持ちを集中し、特に通行人の顔を見るのを避けた。もし彼らを見たら、きっと僕に何が起こっているのか気づくにちがいない――と僕は確信していた――。

だが最後には事務所で起こった。ある日の午後、秘書と何か話していた時だった。涙がこみ上げてきてのどに痛みを感じた。

僕は壁のしみをぼうっと見つめながら頭を振って返事をしていた。マリア・テレーザには何が起こったのか分かっただろうと思って僕は愕然としていた。

実際、彼女は状況をよく理解し、突然コピーするものを思い出したと言い、とても礼儀正しく部屋から出て行った。

それから数秒たって僕はわっと泣き出し、簡単に泣き止むことができなかった。

こんな現象が、例えば裁判の最中などに繰り返し起こるのを待っている場合ではないと思った。

その翌日、僕は医者に電話をして例の専門医の名前を教えてもらった。

五

精神科医は背が高くがっしりして威厳があり、ひげを生やし、手はまるでシャベルのようだった。僕は彼が手に負えない精神障害者を平手打ちで動かなくさせて精神病患者用の拘束服を着せているところを想像した。

だがひげとその巨大さのわりには、かなり親切だった。僕にずっと話をさせてうなずいていた。これは僕に安心感を与えた。だが僕も依頼人が話していた時に同じようにうなずいていたことを思い出して少し不安になった。

とにかく彼は僕が適応障害の特殊な症状にかかっていると言った。別居が僕のプシケー（精神）の中で時限爆弾のように作用し、あるところで破壊効果、いやむしろ一連の連鎖反応的な破壊を起こしたのだ。数ヵ月間もの長い間、問題を放っておいたのが良くなかった。適応障害が悪化すると中程度の鬱病に変わる危険性がある。このような状況は過小評価してはならない。だが心配する必要もない、というのは精神科医のところへ来たということは自覚があるというポジティブな証拠であり、それは回復の前提だからだ。もちろん薬による治療は必要だが、それで数ヵ月のうちに状況は決定的に改善するはずだ、と言った。

彼は少し休んで、僕を熱心な激しいまなざしで見た。きっとそれは治療の一部なのだろう。

それから処方を書き始めた。抗不安薬と抗鬱薬の名前で紙をいっぱいにしながら。それを二ヵ月間服用してください。気を紛らわせるように努めてください。自分の状況には解決の可能性がないとは考えず、物事のポジティブな側面を見るように努めなさい。三万リラを払ってください。もちろん領収書はなし。二ヵ月後にまた検診しましょう。

ドアのところで挨拶しながら、薬の添付文書は読まない方がいいでしょう、と言った。人間のプシケーを本当に熟知している男だった。

僕は知っている人に会わないように、中心街から離れたところの薬局を探した。事務所の弁護依頼人あるいは僕の同僚か誰かの前で薬剤師が後ろの売り子に向かって「この方のために精神科用の超強力なバリウムがあるか、向精神薬の棚を見てください」など と叫ぶ状況を避けたかった。

車でしばらく回った後、ほとんど街の境目にあるヤピジャ地区の薬局の前で車から降りた。薬剤師は骨太であまり愛想のない女性だった。僕は彼女の顔を見ないで処方箋を渡した。まるでポルノショップに入った神学生のような心持ちがした。

骨太の薬剤師はレジを打とうとしていたが、その時僕は準備してきた役を演じた。

「あっ、そうだ、ついでだから僕の分も買っておこう。発泡性ビタミンCありますか?」

彼女は無言で僕を一秒ほど見つめた。おなじみのせりふだ。そして他の薬全部と一緒にビタミンCをくれた。僕は支払いをし、まるで泥棒のようにそこから逃げ出した。

家に着くとすぐに薬の包み紙を開き、箱を開けて添付文書を読んだ。それは全部興味深かったが、中でもとりわけ僕の注意はトリッティコという商品名のトラゾドン抗鬱剤の副作用の項目に催眠的に吸い寄せられた。

軽いめまいから始まって、口の渇き、幻覚、便秘、尿の停滞、震え、性的衝動の変化へと急速に移行する。性的衝動の変化については自分でなんとかできると思いながら、また読み続けた。そうしてトラゾドンを服用する人には数は少ないが時に痛みを伴う勃起継続つまり、いわゆるプリアピズム（持続性陰茎勃起障害）が起こることを知った。

　この問題は緊急外科手術を必要とすることもあり、その場合永続的な生殖器障害を引き起こすこともある。

　しかし最後は安心させる内容だった。つまりトラゾドン服用で死に至る多量服用のリスクは、幸い三環系抗鬱剤の服用によるそれと比べかなり低いとあった。

　読み終えて、僕は考えをめぐらした。

　痛みを伴う持続性勃起障害の場合にはどうする？　手で抱えながら病院に行くのか？　**すごく**楽なゆるゆるのパンツをはくのか？　医者にはいったい何て言ったらいい？

　それに死に至るほどのトラゾドンの飲み過ぎっていったいどのくらいなのか？　二錠でいいってこと？　それとも一箱全部ってこと？

　それに永続的生殖器障害っていったい何だ？

　その答えは見つけられなかったが、トリッティコは僕の精神科医が処方した他の薬全部と一緒にトイレに捨てられた。もうあの精神科医のところには行かない。

　僕は丹念にすべての箱を空にして水洗トイレの鎖を引っぱった。そして箱、薬びん、アンプル、添付文書の紙をゴミ箱に捨てた。

　それが終わると、たっぷりグラス半分にウィスキーを注ぎ――**アルコールは避けること**――『炎のランナー』のカセットをビデオデッキに入れた。それは僕が持ってきた数少ないカセットのうちの一つだった。

最初の映像が流れている間に、マルボロに火をつけ——**ニコチンは少なくとも夜は避けること**——、そして本当に久しぶりに、初めて、僕は大分機嫌がよかった。

六

少年の頃僕はボクシングをやっていた。

僕が殴られて腫らした顔で帰ってきたのを見て、祖父がジムに連れて行ったのだ。僕よりもっと大きくて——もっと悪い——やつに殴られたのだった。

僕は十四歳でとても痩せていた。鼻はにきびで赤光りし、文系高等学校の四年生に通い、幸福は存在しないと確信していた。少なくとも僕のためには。

そのスポーツ・ジムは湿気た地下室にあり、コーチは六十歳ぐらいのやせた男性だった。腕はことに贅肉がなく筋肉質で、バスター・キートンのような顔。祖父の友人だった。

僕は、照明の暗い狭い階段を下りてそこに入った時のことを正確に覚えている。誰の話し声もなく聞こえていたのはサンドバッグをうつパンチのかすかな鈍いドスンという音、パシッパシッという縄跳びの音、パンチングボールのリズムだけ。そして何とも言い表しようのないにおいがしていた。そのにおいは鼻に残っていて、これを書いている今でも僕に身震いを起こさせるのだ。

僕がボクシングをしていることは長い間母親には内緒だった。彼女がそれを知ったのは、僕が十七歳半の時、州のジュニア選手権大会でウェルター級の銀メダルを取った時だった。

しかし祖父は、そのチップボード製の表彰台に上る僕の姿を見ることはなかった。その三ヵ月前、祖父はシェパード犬と松林を散歩していた。彼は立ち止まりベンチにゆっくり腰掛けた。

近くにいた青年は、それからしばらくしてこの男性が犬の頭をなでた後でおかしな風にベンチの背もたれに頭をもたせかけたと話した。

憲兵は男に近づくために犬を撃ち殺さなければならず、その後でこの男の身元が中世哲学史教授のグイード・グエッリエーリであると確認した。

僕の祖父だった。

州の選手権大会の後も、僕はいくつかのメダルを取った。イタリア全国大学選手権の中量級で銅メダルも取った。

一度も強烈なパンチを打たなかったがテクニックはうまく習得した。僕は痩せて背が高く、同級の他のやつらより腕が長かった。

だが大学を卒業する少し前にやめた。なぜならボクシングは自分がチャンピオンであるか、または何か示すべきことがある時にだけ、長く続けることができるからだ。僕はチャンピオンではなかったし、示さなければならないことはすでに示したと思った。

近代精神医学なしですませようと決心してから、僕はその代わりの何かを一所懸命探した。それでボクシングがしたいと思いついた。

考えてみるとそれは僕の人生の中で、現実感を覚えた数少ないことの一つだったと気づいた。グローブの革の匂い、パンチ——与え、受ける——、そのあとの熱いシャワー、その時になって、その二時間の間に頭の中に何一つ考えがよぎらなかったと気づくのだ。

リングに向かって歩いている時の恐怖、お前の表情のない目の奥にある恐怖、相手の表情のない目の奥にある恐怖。飛び跳ね、パンチを打ち、パンチをかわそうとする、パンチを与えることと受けること、疲れていて上げたくても上げていられないガードの腕、口で息をする。もうだめだ、早く終わってくれと祈る。パンチを打ちたくてもできない——と思う——。終わってくれれば、勝っても負けてもどっちでもいい、と思う。床に転がりたいが、そうはしない。なぜそして何がお前をまだ立たせているのか自分でも分からない。そしてゴングが鳴り、自分は負けたと思う、それでいい、だがレフェリーは君の手を上げる。それで自分が勝ったことを知る。その瞬間、何も存在しない、その瞬間以外は何ものも。そして誰もお前からその瞬間を奪うことはできないのだ。絶対に。

僕はボクシングをやっているジムを探した。約二十五年前の古い地下室はもう大分前になくなっていた。コーチは死んでいた。イエローページを調べて、僕は街が日本、タイ、韓国、中国、はてはベトナムの武芸を教えるジムでいっぱいだということを知った。選択の幅は大変広かった。柔道、柔術、合気道、空手、タイ・ボクシング、テコンドー、ウィンチュン、剣道、太極拳、越武道。

ボクシングは消滅したかのようだったが、僕はあきらめなかった。イタリア・オリンピック委員会の県事務局に電話して、バーリにボクシング・ジムがあるかどうか尋ねた。事務員は親切で有能だった。はい、バーリにはボクシングの組織は二つあります。一つは新しいスタジアムの中、市の施設を借りていて、もう一つは中学校の体育館で行っています。それは僕の家のすぐ近くだった。

見に行くと、コーチは知っている男だった。前のジムにいたピーノ。苗字はもちろん思い出せない。いくら話をしても無理だ。彼は僕がやめる少し前に地下室のジムに通い始めた。ヘビー級で技術的には大したことがないが、パンチは本当に強烈だった。プロの対戦もいくつかやったがいい結果は出なかった。今はいろいろな職業を掛け持ちしている。ボクシングのコーチ、ディスコの用心棒、コンサート、大規模なパーティやショーの整理係チーフ。

彼は僕に会えてうれしいと言った。もちろん入会可能さ、客としてだから会費なんて払わなくたっていい。それに弁護士はいつ役に立つかしれないからな。

要するにその次の週から月曜と木曜、僕は事務所を六時半に終えると七時にはジムに行き約二時間ボクシングをした。

それで僕は少し元気になった。すっかり元気というわけではないが、少しはましだった。縄跳び、屈伸、腹筋、サンドバッグ、僕よりも二十歳も若いやつらとパンチのやりあいをした。

幾晩かは薬を飲まなくても自然に眠ることができた。だがそうでない夜もあった。幾度か五、六時間続けて眠ることさえできた。

何度か、夜に友人たちと出かけ、気分もよかった。

まだ泣きたくなることはあったが、頻度は少なく、とにかく自分をコントロールできた。

エレベーターには乗らなかったが、それは大した問題ではなく、誰もそのことに気づかなかった。

クリスマスの休暇を通じて僕はほぼ無事に過ごした。ただある日、二十九日か三十日だったろうか、中心街の路上でサーラを見かけた。女友達ともう一人の僕が見たことのない男と一緒だった。僕が知る限り、彼は女友達の恋人、叔父、ゲイでも良かったはずだ。しかし僕はすぐに彼がサーラの新しい恋人だと思った。

僕たちは歩道の反対側から手を振って挨拶した。僕はそれから十メートルほど歩いて、自分が息を止めていたことに気がついた。横隔膜が停止していた。何か熱のようなものが僕の顔全体、そして髪の毛根まで上がってくるのを感じた。脳は数分間働かなかった。その日は一日中息をするのが苦しく、夜は眠らなかった。

そしてそれも過ぎた。

クリスマス休暇の後、仕事を少しずつ再開した。僕は事務所がまったく手におえない状況に陥っていること、そして僕の知らない依頼人がいることに気づいた。何とかして状況を最低限でも把握しなおそうと努めた。

再び裁判の準備を始め、依頼人の話を——少し——聞き始め、秘書の言うことを聞き始めた。

ゆっくりと、壊れた車のようにガタンガタンと揺れながら、僕の時間は再び動き始めた。

第二章

一

二月の午後だが寒くはなかった。その冬それまで一度も寒い日はなかった。事務所の下のバールの前を通ったが中に入らなかった。カフェイン抜きのコーヒーを頼むのが恥ずかしいので五ブロック先のわびしいバールまで行った。

不眠に悩み始めてから僕は午後普通のコーヒーを飲むのをやめていた。何度か大麦コーヒーを試したがそれは本当にまずかった。それにくらべてカフェイン抜きのコーヒーは本物みたいだった。大切なのは注文する時にまわりに気づかれないことだ。

僕はいつもカフェイン抜きのコーヒーを頼む人のことを哀れみの目で眺めていた。今度は自分が同じ風に見られたくなかった。少なくとも僕の知っている人からは。それで午後はいつものバールに行くのをさけた。

コーヒーを飲み、マルボロに火をつけて、表面がデコラ塗装の古い小テーブルに座って吸った。そしてまた五ブロック戻って事務所へ行った。

僕はといえばその午後のアポイントは一つだけというかなり楽な日だった。アポイントの女性シニョーラ・カッサーノは、夫虐待で訴えられてその次の日に裁判があった。訴えによると彼女の夫は長年にわたって仕事を終えて家に戻ると、せいぜいよくても

「くそったれの乞食野郎」と呼ばれ、煙草と個人的な買い物代のわずかな小遣い銭のほかは給料の全額を妻に渡させられていた。長年家族の会合や彼の数少ない友人の前で侮辱された。殴られ、顔に唾を吐きかけられたことも何度かあった。

彼はある日とうとう我慢できなくなった。家を出る勇気をだし別居を求めて訴えたのである。

彼女は僕を弁護士に選び、その午後は弁護の詳細を決めるため僕は彼女を待っていた。事務所に着くと、マリア・テレーザが鬼婆はまだ来ていません、そのかわり少なくとも三十分前から黒人の女性がお待ちですと言った。アポイントはないけれどとても重要な用件で――と彼女は言った――。やれやれ、いつものことだ。

その客は小部屋で待っていた。少し開いたドアからこっそり盗み見ると、美しい顔立ちだが厳しく堂々とした若い女性が見えた。三十以上には思えなかった。

マリア・テレーザには二分後に彼女を僕の部屋に通してくれと言った。上着を脱ぎ、机に向かって煙草に火をつけると、この女性が入ってきた。

彼女は座るよう勧められるまで待っていた。そしてほとんどアクセントのない話し方で「ありがとうございます、先生」と言った。僕は常に外国人の依頼人に対して『君(Tu)』を使うか敬称の『貴方(Lei)』を使うか(Tuは二人称単数の主語で、家族、親族、友人など親しい間柄や子供に対して使う。君、お前など。一方Leiは敬称として、仕事の相手、親しくない大人の相手、ある程度親しくてもずっと年上の相手に丁寧な言い方で使われる)迷っていた。多くの場合、彼らは『貴方』の言い方を理解しないので会話はシュールになった。

女が「ありがとうございます、先生」といった様子から、すぐに僕の言うことが分からないかもしれないと心配することなく『貴方』で話ができると思った。

貴方の問題は何でしょうかと聞くと、彼女はピンで綴じた書類を僕に見せた。表紙には「刑務所における保安的勾留命令……予備捜査担当判事事務所」とあった。

すぐさま、麻薬だ、と思った。彼女の男は麻薬密売人。だがほぼ同じくらい速やかにそれはありえないと思った。

僕たちは皆ステレオ・タイプで物事を考える。それはちがうと言う人はうそつきだ。最初に僕の頭に浮かんだステレオ・タイプは次のような順序だった。アフリカ人、勾留、麻薬。アフリカ人は何よりもこの理由で逮捕されることが多いからだ。

しかしすぐに二つめのステレオ・タイプが出てきた。この女性には気品があって麻薬密売人の女には見えなかった。

僕の思ったとおりだった。彼女の恋人は麻薬で逮捕されたのではなく九歳の少年の誘拐殺人容疑だった。

令状に書かれている罪状は短くかつ官僚的で寒気をおこさせるものだった。

セネガル人アブドゥ・ティアムは以下の要件で被疑者となっていた。

a　刑法第六百五条違反行為、未成年ルビーノ・フランチェスコをだまして連れ出し、その後彼の意思に反し、その身体を拘束し個人の自由を故意に奪ったことによる。

b　刑法第五百七十五条違反行為、未成年ルビーノ・フランチェスコに不確定な暴力行為を行い、さらに不確定な様態、方法で窒息させ、その死を引き起こしたことによる。

以上二件は一九九九年八月五日より七日の間にモノーポリ周辺の平野地帯で発生。

c　刑法第四百十二条違反行為、未成年ルビーノ・フランチェスコの死体を井戸に捨て隠匿したことによる。

一九九九年八月七日、ポリニャーノ周辺の平野地帯で発生。

九歳の少年フランチェスコは、ある日の午後、県南部のモノーポリ地区、海の近くにある祖父の屋敷の前で一人でサッカー遊びをしている最中に行方不明になった。二日後、少年の死体はそこから北に二十キロほど行ったポリニャーノの畑の井戸の中で発見された。

司法解剖を行った医師は子供が性暴力を受けたかどうか肯定も否定もできなかった。僕はこの医者を知っていた。彼はたとえ目の前でレイプを目撃したとしても子供が——大人でも老人でも——性暴力を受けたとは断言できなかっただろう。

とにかく捜査は性犯罪を背景とする殺人の線に向けられた。ペドフィリア（小児性愛傾向）を手がかりとする線である。

死体発見から四日後、憲兵隊と検察官は意気揚々この事件は解決したと記者会見で発表した。犯人はアブドゥ・ティアム、三十一歳のセネガル人行商人。彼は正規の滞在許可証を所持しイタリアに居住していた。偽ブランド品販売の些細な前科はあったが。具体的には正規の商品のほかに偽のヴィトン、ホーガン、カルティエを、夏は海岸で冬は市場か路上で売っていたのである。

取調官らによれば、彼が容疑者だと考えられる要素は決定的だった。多くの証人が海岸で彼がこの少年フランチェスコと話をしているところを何度も見たと言った。子供の祖父母の家の近くにあるバールの経営者は、子供が行方不明になる数分前にアブドゥがいつも持っている偽ブランド商品が入った袋を持たずに徒歩で通りかかったのを見ていた。

アブドゥと家を共有していたセネガル人は憲兵の尋問で、そのあたりの日に――正確にはどの日だったか言うことはできなかった――被疑者が車を洗いに行ったと言った。彼が覚えている限りそれは初めてのことだった。もちろんそれは検察官にとって有益な材料と考えられた。つまり被疑者はできる限り痕跡を除くため、つまり捜査をうまくごまかすために車を洗ったのだと。

また別のセネガル人は、彼もまた行商人だったが、子供が行方不明になった翌日、アブドゥはいつもの海岸に見えなかったと言った。またこれも、――当然ながら――手がかりとなるデータと考えられた。

アブドゥは検察官の尋問を受け、数多くの重大な矛盾に陥り、尋問の最後には誘拐、不法監禁および殺人の容疑で逮捕され勾留された。性暴力で訴えられなかったのは少年が暴行を受けた証拠がなかったからである。

憲兵隊は彼の部屋を捜索し子供向けの本を見つけた。すべて原書だった。『ハリー・ポッター』のシリーズが数冊、『星の王子さま』、『ピノッキオ』、『ドリトル先生』その他。特に本と一緒に、海岸で水着姿で写っている子供の写真が一枚発見され、それも押収された。

本と写真は、この女性が僕に机ごしに渡した令状の中で「嫌疑の意味ある補足材料」と考えられていた。

僕がこの女性――アバジャジェ・デエバが彼女の名前だった――に再び視線を上げると彼女は話し始めた。

アブドゥは、彼の国――セネガル――では学校の教師で月に約二十万リラに相当する給料をもらっていました。でもバッグや靴、財布を売ればその十倍を儲けることができました。三ヵ国語を話し、イタリアに残って心理学を勉強したいと思っていました。

彼女は農学士でアスワンから来ていた。スーダンとの国境に近いエジプト南部のヌビア地方。

バーリにはおよそ一年半前からいて、地表および灌漑《かんがい》資源の運営管理の専門課程を終えるところだった。国に帰れば、政府の費用で砂漠を耕作地に変えるためサハラ砂漠に水を引き込む仕事に就く予定だった。

僕はバーリと砂漠の灌漑に何の関係があるのか尋ねた。

バーリには、農学の研究と教育のための専門学校があります――と彼女は説明した

——。地中海国際農学高等専門学校という名前だった。そしてそこには地中海の発展途上国の人々が専門知識を習得するために来ていた。レバノン人、チュニジア人、モロッコ人、マルタ人、ヨルダン人、シリア人、トルコ人、エジプト人、パレスチナ人。全員が学校の寄宿舎で生活し一日中勉強して夜は集団で街に繰り出すのだった。

あるコンサートでアブドゥと知り合いました。旧市街地にある店で——僕の知らない名前を言った——夜にはギリシャ人、黒人、アジア人、北アフリカ人と少しのイタリア人が落ち合う場所だった。

それはセネガルの伝統音楽ウォロフのコンサートで、アブドゥは彼の同郷人とパーカッションを鳴らしていた。

彼女は数秒休んだ、僕の部屋の外、僕の事務所の外のどこかを眺めながら。外。

そしてまた話し始めた時、僕に向かって話していたのではなかったのだと気づいた。

アブドゥは先生でした、と彼女は僕を見ずに言った。

今はバッグを売っているけれど、学校の先生をしていました。彼は子供たちを愛し、彼らを傷つけるようなことはできる人ではありませんでした。

誰であれ人を傷つけるようなことはできません。

ここにきて、アバジャジェ・デエバの自制された声にひびが入った。彼女のヌビアの王女のような顔は泣くまいと力を入れたのでくしゃくしゃになった。

泣くのは我慢できたが長い一分間の沈黙が残った。

逮捕直後ある別の弁護士を頼みました。彼女は僕がよく知っている名前を挙げた。彼は昔、何かの話のついでに、年間所得をごまかして実際よりかなり少なめの千八百万リラで申告できたと自慢していた。

この弁護士は勾留中の被疑者の身柄の自由、保釈を判断する自由裁判所への申し立てだけで一千万リラを要求した。アブドゥの友人たちは義損金《ぎえんきん》を集めて要求のほとんど全額を集めた。僕の同僚——とりあえずそういうことにしておこう——は、それに満足し、その現金の前金をまんまとせしめたのだ。もちろん請求書なしで。

この申し立てはうまくいかず、破毀院《はきいん》への上告のために彼はさらに二千万要求した。彼らにはその二千万リラはなくアブドゥは刑務所内にとどまった。

そして今裁判が近づき、彼らは僕のところに来ることに決めた。セネガル人仲間の一人——女はその名前を言ったが僕は全く知らなかった——が、僕が金のことを問題にするような男ではないと知っていた。とにかく今は二百万は払えるが、それが集めることができた金のすべてだった。

アバジャジェ・デエバはバッグを開け、ゴムでとめた札束を取り出して机の上に置き、僕の方に押した。僕が拒否できるか、話し合えるかということは問題外だった。秘書に前金の領収書を作らせるからと言うと、いいえ結構です、領収書はいりません、それをどうしたらいいのか分かりません。ただ、すぐに刑務所のアブドゥに会いに行って欲しいのですと言った。

それはできません、ティアム氏が私を指名する必要があります、刑務所の登録簿に届け出をするだけでもかまわないのですがと僕は言った。彼女は、それでは次の面会の時に彼に言いましょうと答えた。そして立ち上がると僕に手を差し出し――入ってきた時にはしなかったのだが――僕の目をじっと見て「アブドゥは彼らが言うようなことはしていません」と言った。

彼女の握手は僕が想像していたように力強かった。

ドアを開けると待たされてかなり怒っているカッサーノさんに秘書が、弁護士は緊急の用件ですが終わり次第できるだけ早くお会いしますと説明しているのが聞こえた。この**黒人女**のために待たされたと――アバジャジェ・デエバが通るのを見ながら――分かった時のこの依頼人の心理を僕は漠然と想像した。

彼女は不快そうに僕を見つめながら部屋に入った。もし可能だったら絶対に僕の顔に唾を吐きかけただろう。

翌日彼女は有罪になり控訴審では弁護士を代えた。もちろん僕の弁護費用の残金は払わなかったが、多分彼女が正しかったのだろう、僕は彼女を無罪にするために最善の仕事をしなかったのだから。

二

僕はいつもの金曜日のように車を駐車禁止区域に停めた。受刑者の面会日に刑務所の近くで正規の駐車場を見つけるのは不可能だった。

金曜日は面会日だ。

だが大した問題はない。なぜなら駐車違反のキップを切られることはまずないからだ。市の警官は誰も面会に来た受刑者の親戚と言い争いたいと思わないし、警官は大体誰も刑務所の近くで勤務したがらない。

とにかく駐車禁止区域の歩道に停めて車から降り、ネクタイを直し、煙草を一本箱から取り出して口にくわえ、火はつけないで入り口の方へ向かった。

入り口の守衛警官は僕を知っていたから弁護士の身分証明書を出す必要はなかった。いつもの金属製の大門を通り、そして鉄格子の門、そしてまた別のドアを通って最後に弁護士用の部屋に入った。

刑務所はどこもわざと弁護士のために冬は最も寒く、夏は最も暑い部屋を選ぶのかと思わずにはいられなかった。

外の空気は温暖だったにもかかわらず、冬だったし、一つの机、椅子二つ、底の抜けた肘掛け椅子が置かれたその部屋はまったくもって屈辱的な寒さだった。

弁護士は刑務所の中であまり愛されていない。

弁護士は概してあまり愛されていない。

アブドゥ・ティアムが連れて来られるのを待っている間、僕は煙草に火をつけ、ひまつぶしにかばんから保安勾留命令を取り出した。

僕はもう一度それを読んだ。「……ティアム・アブドゥを被疑者とみなす多くの入手済み証拠資料は本手続き段階での個人の自由の制限を正当化するのみならず、将来行われる裁判で当然相応の有罪判決を予測させるのにふさわしい状況を示している」

普通のイタリア語に言い直すと、アブドゥは証拠に埋もれており、逮捕され、拘置され、裁判では必ずや有罪になるだろう、となる。

僕が令状を眺めているとドアが開き、伍長が僕の依頼人を引き入れた。

アブドゥ・ティアムは、まるで映画にでも出てきそうなとても美しい男で、彼の目は深く、悲しく、遠くを見ているようだった。

僕が近づき手を差し出して彼の弁護士だと言うまで、彼はドアの前に立っていた。

握手は、もしそれに注意を払おうと思えばたくさんのことを語ってくれる。アブドゥの握り方は、僕のことを信用していない、多分もう誰も信用していないと言っていた。

僕たちは椅子に座ったが、ほぼ同時に彼との会話は簡単ではないと気づいた。

アブドゥはイタリア語が上手だった。アクセントのないアバジャジェの完璧な話し方とまでは言えなかったが。いずれにせよ僕は自然と『君』で話をし、彼も同じようにした。

僕たちは彼が刑務所中でどんな扱いを受けているか、必要なものがあるかどうかといった問題を急いで片付けた。それから僕はまだ書類を良く検討していなかったので、方針を決めるため彼の側からの説明をすべて出させようと試みた。

彼は協力的ではなかった。ぼんやりと話をし、僕の顔を見ず、質問にあいまいに答えていた。ほとんど事件が自分には関係がないかのようにさえ見えた。

僕はすぐにいらついた。その見当違いのあいまいさの裏には、明らかに僕に対する攻撃的な態度が見えたからだ。

僕はいらつきを見せないよう努めた。

「じゃあアブドゥ、お互い理解しあえるようにしようじゃないか。僕は君の弁護士だ。君が僕を任命したんだ——前日刑務所から届いた電報を取り出してしばらく振り回した——。それで僕は君を助けるために、または助けようとして、ここにいるんだ。だから君の協力が必要だ。そうでなければ何もできない。僕の言っていること分かるかい？」

その時まで彼は背をかがめてテーブルの方に軽く頭を傾けていたが、答える前に真っ直ぐ僕の顔を見た。

「電報を打ったのは、アバジャジェがそうしろと言ったからだ。君は多分何かをしようとするだろう。または他の弁護士と同じように何もしないかもしれない。いずれにせよ僕は中に残って裁判で有罪になるんだ。みんな知っているんだ。アバジャジェは君が他の弁護士とは違って何かができると信じている、でも僕は信じない」

「アブドゥ、聞いてくれ」僕はまた穏やかな口調を保とうとしながら言った。「もし君が怪我をして、傷が深くて出血していたらどうする?」

僕は返事を待たずに「医者に行って縫ってもらうだろう。そうだろう? 君は傷の縫い方を知らない、君は医者じゃないんだから」専門家に任せるのが不可欠な場合があるということを説明するために上手く選んだ比喩だと僕は思った。この場合の専門家は僕だ。

「僕は傷の縫い方を知ってる。兵役の時、軍の看護人をやったから」

そうくれば、もう平静さを装う努力は必要なかった。明らかに役に立たなかった。

「僕の言うことを聞いてくれ。よーく聞けよ。またこんな返事をしたら俺はここから出て行く。お前の女に電話して金は返す——少しだけどな——。それで別の弁護士を自分で探すんだな。そうでなければ裁判所の弁護士がお前のために任命されて、やつはお前が支払わなければ何もしないんだぞ。多分払ったとしても何もしないだろうよ。お前が支払える額なんてたかが知れてる。こんな風に愚かに振舞うのは明らかに本当にあの子供を殺したからだ。それでその罪をつぐないたいなら、それならそれで僕が手を引くもう一つの理由になるってことだ……」

沈黙。

それから、僕たちがその部屋で会ってから初めて、アブドゥ・ティアムは、まるで僕が本当に存在するかのように僕のことを見つめた。彼は低い声で言った。

「チッチョを殺してない。彼は僕の友達だったんだ」

僕はそこでバランスを取り戻すために数秒止まった。

それはまるで閉まっているドアを突き破ろうとして挑みかかった瞬間、ドアの後ろにいた人がそのドアを穏やかに開けたような感じだった。僕は深く息をすると煙草が吸いたくなった。上着から柔らかくなってしまった煙草の箱を取り出し、それをアブドゥに差し出した。彼は何も言わず一本取り、僕が火をつけるのを待った。僕も自分の煙草に火をつけた。

「よし、アブドゥ。僕は検察官の書類を読まなければならない。だがその前に、その日のことで君が覚えていることを全部知っておく必要がある。話し始めてもいいかい?」

彼は数秒間待って、そしてうなずいた。

「君は子供がいなくなったことをいつ知った?」

彼は返事をする前に煙草を深く吸い込んだ。

「子供がいなくなったのは逮捕された時に知った」

「子供が行方不明になった日に君が何をしていたか覚えているか?」

「ナポリに行った。商品を仕入れるために。それは尋問の時に言った。つまりナポリに行っていたと言ったけれど、バッグを買いに行ったとは言わなかった。バッグを売ってくれた人たちを巻き込みたくなかったから」

「一人で行ったのか？」

「そうだ」

「いつナポリから戻った？」

「午後、夜。よく覚えてない」

「それでその次の日は？」

「よく覚えてない。どこかの海岸に行ったけれど、どこだったか覚えてない」

「誰かに会ったのを覚えてないか？　つまり八月五日とその翌日の朝の両方のことだけど。君に会ったことを覚えていて証人として呼べる誰か」

「弁護士先生はいったいその朝どこにいた？」

僕はその頃くそまみれの泥沼にいたんだぞ、そう答えてやろうかと思った。その前日の朝もその翌日の朝も。今もかなりくそまみれだが。ただその頃より少しましなだけだ。

どうせアブドゥはそんなことには興味がなかっただろうから僕は何も言わなかった。

「オーケー。君の言うとおりだ。ある日の午後、ある朝、他の日と大して変わらない同じような日のことを思い出すのは簡単じゃない。僕たちはでもその日を再現しなければならないんだ。じゃあ今度はこの子供について何か言ってくれるかい？　彼のこと知っていたんだろう？」

「もちろん知ってた。前の年、つまり僕があの浜辺に行くようになった時から」

「最後に少年に会ったのがいつだったか覚えているか？」

「いや。正確には覚えてない。でも彼のことは僕がその浜辺に行くたびに毎日見かけたよ。いつも祖父母か母親と一緒にいた。時々おじさんたちと一緒に」

「子供の祖父母の家の近く、または海岸以外の場所で見かけたことは？　祖父母の家のあたりを通ったことはあるか？」

「僕は子供の祖父母の家がどこにあるのかさえ知らないんだ。彼には海岸でしか会わなかった」

「バール・マラカイボーの主人が、子供が行方不明になった日の午後君を見た、そしてその時に君は商品の袋を持っていなかった。祖父母の家へ向かっていたと言っているんだ」

「僕はどれが祖父母の家なのか知らない」と彼は怒って繰り返した。「それにあの日の午後はモノーポリには行かなかった。ナポリから帰ってきて僕はバーリに残ったんだ。何をしたかは覚えてないけれど、モノーポリには行かなかった」

怒り狂ったしぐさで彼は机の上に残っていた煙草とマッチ箱を取ると、もう一本に火をつけた。

僕は彼にゆっくり煙草を吸わせてから言った。

「いったいどうして家に子供の写真を持っていたんだ？」

「チッチョがくれたんだ。お祖父さんだと思うがポラロイドを持っていて海岸で何枚か写真を撮った。僕にそのうちの一枚を子供がくれた。僕たちは友達だった。僕は通りかかるたびに立ち止まってあの子と話をした。アフリカのこと、動物のこと、僕がライオンを見たことがあるか、そんなことを知りたがっていた。写真をもらってうれしかったよ。僕たちは友達だったから。それに家には他にもたくさんの写真があった。砂浜の人たちと一緒のも。そこのお客とは皆友達だったんだ。でも憲兵隊はその写真だけ持っていった。どうして写真を全部持っていかなかった？　どうして何冊かの本だけを持っていったんだ？　僕は子供の本しか持ってないわけじゃない。マニュアルもあれば、歴史の本、心理学の本もある、憲兵隊は子供向けの本だけを持っていったんだ。そうすれば、ぼくがマニアックだって、つまりペドフィロ（小児愛癖者）に見えるのが明らかだろう？」

「判事にこのことを言ったのか？」

「先生、判事のところに僕が連れて行かれた時、どんなだったか知ってるか？　殴られて息もできないぐらいだったんだ。何も聞こえなくてさ。最初に憲兵たちが棍棒で殴りつけ、それから刑務所に入ったら今度は看守たちがまた棍棒で殴りつけたんだ。判事に何も言わない方が僕のためだと言ったのはその看守たちだ。それから弁護士が事が複雑になるだけだから何も返事をしないように、もう僕が検事に答えたのが悪かったと言ったんだ。彼は先に書類をよく読まなきゃならなかった。それで僕は判事のところへ行って、答えたくありませんと言った。だけど答えていたとしても何も変わってなかったよ、判事は僕が言うことを何とも思ってなかったから。いずれにせよ僕は刑務所に残った」

もう一度話を始める前に僕は数秒間待った。

「君の持ち物は今どこにあるんだ。君が言ってた本とか写真とかは、みんな？」

「知らない。僕の部屋を空にして大家は別の人に貸した。アバジャジェに聞いてくれ」

数分間僕たちは黙っていた。僕は集めた情報を整理しようとした。彼はいったい何を考えていたんだろう。

それから僕が再び話した。

「よし。今日のところはこれでいいだろう。明日、いや月曜日に検察へ行って、いつ書類の写しがもらえるか見てくる。それからそれを検討して、考えがもっと明白になったら、すぐに君に会いに戻って、準備しよう、何か意味のある弁護を……」

そこで言葉を中断した、何かその後に付け足したいような感じのまま。

アブドゥはそれに気づいて、まだ疑わしそうに僕を見つめた。それから頭で合意の合図をした。一瞬ためらったが今度は彼が先に握手の手を伸ばした。その握手は少しだけ、ほんの少しだけ約一時間前のそれとは違っていた。

それから彼はドアを開け、レイプ犯、ペドフィロ、ペンティーティ（マフィア事件で逮捕された後、罪を認めてマフィアの内部事情を検察官に提供して捜査に協力する受刑者のこと）などの専門の特別房へ連れていく伍長を呼んだ。これらの犯罪の囚人は普通の受刑者とは長く一緒にいられないようなやつばかりだ。

僕は煙草の箱を取り、それが空になっていたことに気づいた。

三

月曜日、僕はいつものように五時半頃目を覚ました。

最初の頃は、また眠れるかもしれないと期待してベッドに残っていたが、眠れることはなく、ただ強迫観念に取り付かれた悲しい考えにおそわれるだけだった。

それでベッドに残っていない方がいいと分かって、とにかく眠れさえすれば四、五時間の睡眠で満足することにした。

目が覚めるとすぐに起き上がるのを習慣にした。体操をして、シャワーを浴び、ひげをそり、朝食の準備をし、家の中を片付けた。少なくとも一時間半をこんな風にしてほとんど何も考えることなく過ごした。

それから出かけて、朝の光の中を長い時間歩いた。これも何も考えないのに役立った。

その朝もそんな風にした。八時頃事務所に着き、スケジュール帳に目を通し、かばんにペン数本、収入印紙用の用紙、携帯電話と一緒にその手帳を入れた。秘書にメモを書き、彼女の机の上に残した。

そして裁判所へ行った。早起きしてこんなに早く裁判所に行けば、ある種の恩恵もあった。事務所はほとんど人がいないので書記課での仕事をすべて迅速に片付けることができた。

その朝僕には審理があったが、その前にアブドゥの事件を担当する検察官のチェルヴェッラーティ参事と話をする必要があった。

彼は裁判所の中で特に感じがいいわけではなかった。

背は高くなく低くもなく痩せているのでも正確には太ってもいなかった。中年肥りの腹はとりあえず冬も夏もいつもおぞましい茶色のチョッキで覆われていた。厚い眼鏡、髪の毛は少なく、いつも少し長めに残してあった。グレーのジャケット、グレーの靴下にグレーの顔色。

かつて愉快な僕の同僚がチェルヴェッラーティのことを**ランニングシャツの男**だといったことがある。その意味を聞いたら、彼女は自分が考え出した人類のカテゴリーの一つだと説明してくれた。

ランニングシャツを着た男――隠喩的――は、何よりも、真夏の三十五度の時に、ワイシャツの下に――本当の――ランニングシャツを着ている。「汗を吸うから、すきま風で風邪を引かない」。このカテゴリーの極端な異型はTシャツの下にランニングシャツを着る人だ。

ランニングシャツの男はベルト用の留め金がついた合皮の携帯ケースを持っている、

午後家に帰るとパジャマに着替える、昔の携帯電話e-tacsを一番使いやすいからという理由で大事に保存している。口臭に香りをつけるためにハッカ・ドロップを使う、タルカムパウダーやうがい薬を使う。

よくコンドームを財布に隠していて、けっして使わないが、遅かれ早かれ妻がそれを見つけ、びんたをくらうのだ。

ランニングシャツの男はこんなせりふを言う。ウンチを踏むのは運がいい。昨今は中心街で駐車場を見つけるのは不可能である。昨今は若者たちはディスコとテレビゲーム以外に何も関心を示さない。私はホモ／ゲイ／おかまなどに何ら反対していない、ただ私のことをほっといてくれさえすればいいのだ。もしある人がホモ／ゲイ／おかまなどであったとしてもそれは彼の勝手であるが、教員になってはだめだ。心からお悔やみ申し上げます。タカ派もハト派も同じことだ、両方ともみんな泥棒だ。私は天気が変わる時は前もって気がつく、ひじ、ひざ、足首または魚の目が痛むからだ。間違えながら学習する。今度お返しします。私は後ろから話さないで正面から物事を言う。仕事をする者は間違えもする。そんなひどいことはない。腹八分目が良い。命ある限り希望はある。まるで昨日のことのようだ。私はインターネットを習う／ジムに行く／ダイエットする／自転車を修理する／禁煙する決心をしなければならない。などなどなど。

ランニングシャツの男は当然「中間の季節はもうなくなってしまった」とか「乾燥している暑さまたは寒さは問題ではない、だが湿気のある暑さ寒さが耐えられないのだ」

などと言うのである。

ランニングシャツの男がつく悪態の言葉は、なんてこったい、おっとどっこい、ちくしょう、豚もピッグリ、魚もびっくりしてギョ、きゅうらいす、てけれっつのぱ、じょうだんじゃない、ほっといてくれ、こんちくしょう、トイレに行っトイレ、くそったれ、くたばっちまえ、ばかやろう、頭でも冷やしてこい、である。

チェルヴェッラーティを知っている人には誰も異存はないだろう。チェルヴェッラーティはまさにランニングシャツの男だった。

彼の数少ない長所のうちに毎朝八時半には事務所にいる、というのがあった。他の大半の同僚と違って。

僕はドアをノックした。入りなさいという声は聞こえなかった。僕はドアを開けて中をのぞいた。

チェルヴェッラーティは散らばったファイルから視線を上げた。机の上にはその他に少し汚れたファイルや法律集、関係書類などがあり、灰皿には半分の長さの消えた葉巻トスカーノがあった。部屋はいつものように埃の匂いとトスカーノの冷たい煙で少し臭かった。

「おはようございます、参事」僕は得意の作り笑顔で言った。

「おはよう、先生」お入りとは言わなかった。書類の山の向こう側の眼鏡を通した彼の顔にはいかなる表情もなかった。

入っていいですかと尋ねながら、返事を待たずに僕は中に入った。案の定返事はなかった。

「参事、私ティアム氏に任命されまして、もちろん覚えていらっしゃると思いますが」

「モノーポリの少年を殺した黒人」

彼はこう言った。もちろん覚えている。数日のうちに予備捜査終了の通知をする。そうすれば君は書類を閲覧コピーできる。私は君が略式裁判を願い出ると確信している。そうすれば皆にとって時間の節約になる。君もよく注意してみれば、純粋な見落としで、終身刑になる可能性のある加重事由の事実状況が通告されていないことに気づくだろう。略式裁判なら加重なしで君の依頼人は二十年ですむだろう。もし重罪院へいくとなれば私――チェルヴェッラーティ――はその加重事由を通告せざるをえず、アブドゥ・ティアムにとっては一生涯暮らす刑務所の門が開かれることになる。

やつは自分が無実だと言っているって？　誰だってそう言うものだ。君はまじめな人間だ。間違った考えや無罪になるというばかげた希望を持って重罪院で争おうと考えないと確信しているよ。アブドゥ・ティアムはいずれにせよ有罪になって陪審員のいる法廷でこてんぱんにやられる。私――チェルヴェッラーティ――だって何週間または何ヵ月も重罪院に時間をつぶしに行くつもりは全くない。

略式裁判は、業界用語で特別裁判と呼ばれるものの一つである。通常、検察官は捜査を終了すると殺人訴訟の場合、予審判事に起訴を申請する。

予審は裁判を行う条件の有無を審査する。殺人事件の場合、裁判を担当するのは重罪院で、職業裁判官と陪審員からなる公判が開かれる。条件がそろっていると予審判事が判断すれば重罪院への起訴を命じるのである。

しかし被告には重罪院への起訴を避ける可能性も残され、簡素化された裁判で済ませることができる。それが略式裁判である。

予審では直接または弁護士を通して、裁判が捜査調書資料をもとにして解決するよう申請することができる。予審判事が検察官の捜査資料を基準にして被告を有罪とするに十分な証拠があるかどうか判断し、その証拠がそろっていれば当然有罪を言い渡すのである。

これは通常の裁判よりかなり迅速な裁判である。証人尋問を行わず、例外のケースを除いて新しい証拠を入手することもない。傍聴人はなく裁判官一人で決定する。

要するに略式裁判で国はかなりの時間と費用を節約することができるのである。

もちろん被告もこの裁判を選ぶと明らかに利益がある。有罪になっても大幅に減刑されるのだ。簡単に言うと国は時間と金を節約し被告は刑務所の年数を節約できるのだ。

略式裁判にはもう一つ利点がある。もし被告に金がなく長い裁判の公判、尋問、反対尋問、証人、鑑定、論告求刑、長い口頭弁論などの費用を支払えない時は理想的だ。

だが当然、略式裁判を選べば被告は無罪になる可能性の大半を失う。なぜなら検察官と警察の捜査資料をもとにしてすべてが判断されるからで、彼らは被疑者をおとしいれるために働いているのであってその無罪を弁護するために働いているのではないからである。

だが通常の公判を選んでも被告人が無罪になる可能性が極く少ないか、または全くない場合、減刑は見通しとしてはまさに魅力的となる。

要するにあらゆる観点から見て、略式裁判は無罪になる可能性が本当に少ないアブドゥ・ティアムにとって理想的に思えた。

「書類を読みたまえ。そうすればうまい略式をするのが皆のために一番いいことだと分かる」とチェルヴェッラーティはそう締めくくり、僕を送り出した。

外は雨が降り始めていた。細かく降りしきるいやな雨だった。

僕が立ち上がろうとしたとき、チェルヴェッラーティは「いやな天気だな。寒くても乾燥していれば、それに北風があればましなのだが、こんな湿った寒さは骨にしみる……」と言って僕を見た。僕は言おうと思えば、僕自身の観点から見た別の愉快なことをいろいろ言えたのだが何も言わず、ため息をついて「暑さと同じで乾燥していれば、ずっと我慢できるんですがね、参事」と言った。

四

チェルヴェッラーティと会った後、偽装倒産で訴えられた女性の司法取引をした。

本当のことを言うとこの女性は倒産、破産、会社、裁判とは何ら関係がなく、会社の本当の持ち主は彼女の夫で、彼はすでに一度破産し、詐欺、横領、猥褻《わいせつ》行為の前科があった。

会社——飼料販売会社——を妻の名義にし、山のような手形に署名させ、従業員に給料を支払わず、電気代も電話代も払わず、金庫を消滅させた。

当然会社は倒産し、名義人は偽装倒産で訴えられた。夫は騎士道精神で司法当局に成り行きを任せ、刑罰を折衝できたとしても妻を有罪になるままにさせたのだった。

弁護料の支払いは前の週に請求書なしで済ませてもらっていた。消滅した金庫の金なのか、どこから出てくる金なのか、それはデ・カルネ氏の別の詐欺による金かもしれない。

刑事弁護士をしていてすぐに学ぶことの一つは、特にデ・カルネ氏のようなやつの弁護をする時は、前もって弁護費用の支払いをしてもらうということだ。

当然ながらいつも、またはほとんどの場合、何らかの犯罪に由来する金で支払われる。

このようなことは言うべきではないのだが、刑務所から出してくれれば一千万、二千万、三千万リラでも支払うと言う麻薬密売人の弁護をする時に、これらの金の出所について漠然と疑問がわかないでもない。

常習恐喝で訴えられた男性を弁護するとして、彼の友人たちが事務所にやってきて、弁護士代は心配しなくていい、おれらにまかせろと言われれば、これもまた、その弁護士代がまっとうなお金によって支払われないだろうと推測できる。

本当のところ、時々僕はそうまでして汚い金をもらいたくないと思うし、できればそういった客は避けたいのだ。だがだからといって僕が他の弁護士よりもすばらしい訳ではなく、彼らと同様そんな金を受け取ることもあるのだ。特に相手がデ・カルネ氏のようなタイプの時は。

要するに僕は出所の知れない――大いに疑問のある――金を前払いしてもらった。このかわいそうな婦人には少なくとも執行猶予を保証する威厳ある談判をつけてきたばかりだったので、その朝はもう家に帰ってもよかった。

ちょうど雨が止んだので、僕は買い物をしてから家に戻った。そしてサラダを作り始めようとしていた時に携帯電話が鳴った。

はい、グイードです。もちろん、君のことは覚えている、メリッサ。そうレナートのところで会った。あの夜はとても楽しかったよ。うそつき。いや、僕の携帯の番号を君が勝手に手に入れたからって、全然気にしないよ、むしろ。え、アシッド・スティールが誰か知ってるかって？　ごめん、知らない。今晩このアシッド・スティールのコンサートがあるって？　バーリ、バーリの近くで？　君と一緒に行きたいかって？　いいけど、チケットは？　チケットは二枚ある、実は招待状。いいよ、じゃあ君の住所を教えてくれたら迎えに行く。君が来る？　ああ、そう。僕が住んでるところをもう知ってる？　いいよ、じゃあ今晩八時に。大丈夫、弁護士の格好なんかして行かないから。チャオ。チャオ。

メリッサのことは良く覚えていた。十日ほど前に僕の友人で昔は反逆児みたいだったが今は看板広告業界に勤めているレナートが四十歳の誕生祝いをした。メリッサは背の低い会計士と一緒にやってきた。彼は黒いズボンにぴったりした黒いセーターとアルマーニ風の黒いジャケットを着て、髪の毛は耳にかかるほど長いが、頭頂の半球にはなかった。

彼女を見ないで通り過ぎる人はいなかった。中東風の顔立ち、一メートル七十五センチで男をそわそわさせる抜群のプロポーション。知的なまなざしさえそなえていた。外見上は。

会計士はその夜エースを引いたつもりだったのだろうが実はカード遊びのブリスコラ・ア・バストーニ（イタリアのカード遊び。金貨、カップ、刀、こん棒、四種類の絵柄で一から十まで。この場合最も高い得点がエースで最も低い点が二）でカップの二のカードだったのだ。メリッサは入ってくるとすぐに事実上パーティに来ている男たち全員と仲良くなった。

僕とも話をした。他の人と比べて長くも短くもなかったと思うが。彼女は僕がボクシングをしていることに興味を示した。もうすぐ生物学科を卒業するところで、その後はフランスで専門課程を続けるつもりだと言った。僕のことは感じがよくて弁護士には見えない、絶対にまた会いましょう、と彼女は言った。

それから他の男のところへ行った。

昔だったら――一年前だったら――僕はパーティにあふれかえっている下心のある男たちのジャングルの中で彼女を捕まえるのに躍起になっただろう。何か口実を作って僕の携帯電話の番号を彼女に渡し、できるだけ早くまた会えるような条件をこしらえただろう。

だがあの夜は何もしなかった。

パーティが終わると僕は家に帰って眠った。いつものように四時間後に目が覚めた時メリッサはもう遠くの方に行ってしまい、事実上消えていた。

十日後の今になって、彼女が僕の携帯に電話をしてきて、バーリで、いや実際はバーリの近くで演奏するアシッド・スティールのコンサートに僕を誘うというのだ。

僕は変だなと思った。一瞬もう一度電話をして別の用事があるから行けない、と言いたくなった。ごめん、忘れてたんだ、また別の機会に。

だが僕は声に出して言った。「おい、お前は**本当に頭がおかしい**。**本当に頭がおかしくなった**のか。このコンサートに行って、おどけた振舞いはやめるんだ。お前は三十八歳、まだこれからの人生は長いんだぞ、ずっとこんな風に過ごすつもりなのか？　このコンサートに行って礼を言うんだな」

メリッサは時間きっちり八時数分過ぎに歩いて僕の家にやって来た。その服装は扇情的でほとんど犯罪行為だった。

車が動かなかったから、とにかく中心街まで来たの、あなたの車をとってくる時間があるかしら、と僕に聞いた。大丈夫、その時間はあると僕は答えた。僕たちは車に乗ってターラント方面へ向かった。

コンサートはトゥーリとルティリャーノの中間にある田舎の使われなくなった小さな工場倉庫の建物で行われた。僕一人では絶対にたどり着けなかっただろう。

中は半ば非合法的な雰囲気だった。観客のうちの数人は決定的に不法な感じだった。

幸い中は禁煙ではなかった。

何を吸ってもよかった。

実際、皆が何かを吸いビールを飲んでいた。空気は煙、ビール、ビール臭い息と腋の臭いで満ちていた。誰も笑っていなかったし、多くの人が暗くて陰鬱でミステリアスな儀式に専念しているようだった。僕はそれからは——幸いにも——除外されていた。

僕は居心地の悪さを感じ始め、逃げ出したい衝動がどんどん大きくなっていった。

メリッサは皆と話をし、皆を知っていた。あるいは単にレナートのパーティの台本を繰り返していただけかもしれない。その場合会計士役の代わりが僕だと思った。逃げたい衝動は十倍になった。不安、不安、僕は皆に見られていると思った。不安。

すると、うまい具合にアシッド・スティールのコンサートが始まった。この音楽のいわゆる継続的な二時間については話したくない。なにしろ僕の最も強烈な記憶は騒音ではなく臭いだったからだ。ビール、煙草、マリワナかハシッシなどの麻薬煙草、汗か何か分からない臭い。それらがあの陰鬱な倉庫の空気に充満していくように思えた。一瞬、不意にすべてがすごい臭いのカクテルを空中に力いっぱい放り投げながら爆発するのではないかという馬鹿げた考えが僕に浮かんだ。この可能性のポジティブな点は、アシッド・スティール——その可視的な発汗は決定的にその臭いに貢献していた——が空中に放り出されて、今後一切誰も彼らのうわさを聞かなくなることだった。しかし倉庫は爆発しなかった。メリッサはビールを五、六杯飲み、煙草を数本吸った。彼女が煙草だけを吸っていたのかどうか確かではない。なぜなら全くの暗闇で——麻薬煙草も含む——臭いの出所がはっきりしなかったからだ。そしてある時ビールと一緒に錠剤か何かを飲んだように見えた。

僕は自分の煙草を吸って、時々メリッサが僕に差し出すビール瓶から少しもらうだけにとどめた。

コンサートは終わり、僕は出口で売っていたアシッド・スティールのCDを買わなかった。

僕は数人のグループと今晩まだ一緒に過ごさなければならないのかと恐れていたのだが、メリッサは彼らにさよならを言って僕の手をとった。僕は駐車場用に整地された畑の暗がりで血液が顔とそれに別のところまで集まってくるのを感じた。「何か飲みに行く?」彼女は、親指で僕の手の甲をこすりながら、変にほのめかすような、グーグーと音のする口調で言った。

「それより、何か食べないか?」僕は彼女の体の中にある何リットルものビールと血中とニューロンの中をまわっている正体不明の精神活性化物質のことを考えた。

「そうしましょう。ちょうど何か甘いものがほしかったわ。ヌテッラ(ヘーゼルナッツとチョコレートで作ったパンにのせるクリーム)か溶けたブラック・チョコレートの入ったクレープがいい」

僕たちはバーリに戻ってゴーギャンへ行った。そこはとてもおいしいクレープを出す店で、店員も礼儀正しくて感じが良かったし、壁には趣味のいい写真がかかっていた。僕がサーラと一緒にいた頃よく通った店だったがその後は一度も行かず、その夜が最初だった。

中に入ったとたん、そこへ行ったことを後悔した。テーブルには知った顔がいて挨拶をしなければならない人もいた。ほとんど皆が僕のことを知っていた。

テーブルの間から店主と店員たちが僕たちのことを見ていた。いや僕のことを見ていたのだ。僕は彼らの思考のざわめきを聞くことができた。きっと僕のことを話しているに違いないと**分かっていた**。僕は自分が若い女の子たちと出かける四十男だと感じていた。

一方メリッサはすっかりくつろいで休む間もなくしゃべり続けていた。

僕はハム、胡桃、マスカルポーネ・チーズのクレープとビールの小ジョッキを頼んだ。メリッサは甘いクレープを二つ、最初にヌテッラ、ピーナッツ、バナナの、二つ目にリコッタ・チーズ、レーズン、ブラックチョコレート・クリームのクレープを食べ、カルヴァドスを三杯飲み、話し続けた。二、三回彼女は僕の手に触れた。一度は話している最中で、急に話を止め、下唇をほとんど気づかないほど嚙みながら僕を見つめた。

僕はドッキリ・カメラがまわっているんだと思った。これは女優だ、どこかに隠しカメラがあって、今僕が何かばかげたことをしたり言ったりすると、誰かが出てきて、観客に向かって笑ってくださいって僕に言うんだ。

でも誰も出てこなかった。僕が勘定を払い、僕たちは店を出て車へ行き、エンジンをかけると、メリッサは今晩の締めくくりに彼女の部屋で何か飲むのはどうかしらと言った。

「いや、君はアルコール中毒かそれよりも始末が悪い。今から君を家に送っていく、**君の家には上がらない**、僕は帰って寝るんだ」と言うべきだった。または、

「よろこんで、でも本当に少しだけ飲んで早く帰って寝よう。明日も仕事だから」

しかし僕はこう言ってしまった「少しだけなら」と。

メリッサは、僕の唇の角にキスをして、数秒間ぐずぐずしていた。アルコール、煙草、何かを僕に思い出させる強いエッセンスの匂いがした。それから彼女は家には大したものはないから、バールによってビールを少し買ってきた方がいいと言った。

僕はあまり気がすすまなかったが、とにかく一晩中開いているバールの前で車を止め、車から降りて、ビールを**二本**買った。とりあえず状況が悪化するのを避けるために。

彼女は国営テレビ本局のあたりにある古い公営住宅のアパートに住んでいた。一部屋に外国人六、七人が住んでいたり、大昔に公営住宅の割り当てを受けた老人か、地方から来て下宿している学生が住んでいるような典型的なアパートだった。メリッサはミネルヴィーノ・ムルジェの出身だった。

入り口と階段の間には、とても小さな電球が一つあったがそれは何も照らしていなかった。メリッサは一階に住んでいて、階段は猫のおしっこの臭いがしていた。

彼女はドアを開け、先に中に入った。そして僕は電気がつく前に彼女の後について入った。閉め切った臭いと冷たい煙の臭いがした。

電気がつくと僕はちっぽけな玄関にいて、その左にはベッドと机のある部屋があるのに気づいた。右にある戸は閉まっていて、僕はトイレだろうと思った。

愚かにもその瞬間「台所はどこだろう？」と思った、と同時に彼女が僕の手を取って僕をベッドルーム／居間／書斎に連れて行った。ドアと反対側の壁に寄せてベッドがあり、机と、本が散らかっていた。棚の上の本、床に積まれた本、机の上の本、いたるところに散らかっている本。古いラジカセ、灰皿に押しつぶされた吸殻二本、空のビール瓶が何本か、そしてほとんど空のウィスキーJ&Bの瓶。

本は僕を落ち着かせてくれるはずだった。

僕は初めて誰かの家に行くと、本があるかどうか、少ししかないか、たくさんあるか、本が整頓されすぎている――つまり良くない置き方――か、あたりかまわずおいてある――良い置き方――かなどをチェックする。

メリッサの小さな家の本は僕にポジティブな感じを与えてくれるはずだった。だがそうではなかった。

「座って」とメリッサはベッドを指差した。僕は座り、彼女はビールを開け、僕に一本渡し、自分はビール瓶から口を離すことなく一気に半分以上飲んだ。僕は一口、付き合いで飲んだ。僕の脳みそは必死に逃げる口実を探していた。結局のところ、もう夜中の二時だったし、僕には明日仕事がある、素敵な夜だったよ、また必ずもう一度会おう、心配しなくても僕が君に電話するよ、それに少し頭も痛いし、ちがうよ、まずいことなんてないさ、君がアル中で、薬をやってて、多分性欲異常亢進で、僕は泣きたくなるってことを別にすれば。本当にまた君に電話するから。

もっと何か別の感傷的な言い方を考えようとしていると、メリッサは――その間に自分のビールを一口で飲み干していたが――黒いパンティをスカートの下からするりと脱いだ。

前置きとその他の退屈で形式的な手続きに余計な時間を浪費したくなかったのだろう。明らかに。

実際、形式的なことは何もなかった。

僕は、すべきことをするためにそこに残った。ほとんど朝方まで。

煙草を吸いながら、ウィスキーの瓶を全部飲み終えて、彼女は親が何も出してくれない下宿生活の難しさを僕に語った。毎月家賃、食料品――酒だろうと僕は思ったが――煙草、洋服、携帯、何回かの外出費を払う。もちろん本代も。いくつかのアルバイト――ホステス、PRの仕事――でもほとんどいつも足りないの。

例えば、その月はもう家賃の支払いが遅れていて、試験の準備もしなきゃならないし、大家は追い出す機会を狙っているような人だし。

もし君が迷惑でなければ僕がいくらか貸してあげてもいい。迷惑じゃないわ、でもあなたにそのお金を返させてくれるって約束してくれなきゃ。当然だよ、心配するなよ。え、現金で五十万リラは持ってない。ほら財布には二十二万リラあるから、二万は僕の分として取っておく。気にしなくていい。返せる時に返してくれれば。急がなくてもいいから。さあ僕は本当に帰らないと。明日は、つまりもう今日だけど、もうすぐ仕事だから。

彼女は僕に携帯の番号をくれた。必ず電話するよと僕は言い、ポケットの中でその紙を丸めながら、追いかけられている人のように急いでドアを開けていた。

外、夜明けは鉛色で空は鼠色だった。水たまりはあまりに黒く何も映っていなかった。僕の目には何も映っていなかった。

二年前に見た『ゴースト&ダークネス』という映画を思いだした。ハンターとライオンのとても美しい話だった。

ヴァル・キルマーがマイケル・ダグラスに聞く。「取り逃がしたことがあるか?」

答えは「人生に敗北したことがあるだけさ」

翌日僕は携帯電話の番号を変えた。

五

その夜の後の日々は記憶に残るものではなかった。

一週間ほどが過ぎ、捜査終了の通知が届いた。

その翌朝の八時半に関係書類の写しを請求するため、僕はチェルヴェッラーティの秘書のところにいた。写しを申請すると三日以内には入手できると言われ、それで僕はネガティブな感じにとらわれてそこを立ち去った。

金曜日に僕の秘書が検事局に寄り、書類の写しの手数料を支払い、それを全部受け取って事務所に持ち帰った。

土曜と日曜、僕はその書類を繰り返し読んで過ごした。

書類を読み、煙草を吸い、カフェイン抜きの薄めのコーヒーを大きなカップで飲んだ。読み、煙草を吸っても、僕の読んでいる書類は全く気に入らなかった。アブドゥ・ティアムはまずい状況にあった。むしろ状況は保安勾留命令を読んだ時よりもっとひどかった。ただ無意味に有罪判決を待つだけの見込みのない裁判に思えた。チェルヴェッラーティの言うことが正しく、損害を避けるためには略式裁判を選ぶしかないと思われた。

何よりも僕の依頼人を不利にしていたのはバールの主人の証言だった。彼は憲兵隊で事情聴取されていた。アブドゥ逮捕の前日である。そしてもう一度、今度はその数日後に同検察官の事情聴取をうけたのであった。

検察側にとって完璧な証人だ。

両方の調書を弱点を探して何度も何度も読み返したが、ほとんど何も見つからなかった。

憲兵隊の調書は、要約調書で最も典型的な兵隊用語で書かれていた。

一九九九年八月十日、十九時三十分、モノーポリの憲兵隊中隊地方局作戦班において。上記司令部所属の士官および司法警察官、ロルッソ・アントニオ准尉長、シャンカレポーレ・パスクアーレ准尉正、アメンドラジネ・フランチェスコ憲兵のもと、レンナ・

アントニオ、ノーチ（バーリ県）一九五三年三月三十一日生まれ、現住所モノーポリ、ゴルゴフレッド地区133号C、が出頭し、知っている事実について適宜尋問をうけ、以下のごとく供述する。

質問に答えて・私はモノーポリ、カピートロ地区に位置する「バール・マラカイボー」と称する商業店舗の主人である。午前七時から午後二十一時の継続営業開店時間を遵守し、夏季中は商業店舗は夜の十時まで開店している。私は上述の営業の管理において私の妻と子供二人の協力を受けている。

質問に答えて・私は少年ルビーノ・フランチェスコと特にその祖父母を知っており、祖父母は私のバールから約三、四百メートルのところに家を持っている。彼らはカピートロ地区に何年も前から休暇を過ごしに来ている。しばしば少年の祖父は私のバールに立ち寄りコーヒーをすったり、煙草を吸ったりする。

質問に答えて・あなた方憲兵がアブドゥ・ティアムという名前だという外国人（イタリア語ではエクストラ・コムニターリ＝EU圏外の外国人、特にアフリカ人、イスラム教徒らを示す。この本では統一して単に「外国人」と訳す）を知っており、私に示された写真で識別した。彼は偽ブランドバッグの商品を売る行商人で、商品を売る砂浜へ行くためにほぼ毎日私のバールの前を通る。時々飲食のため私のバールに立ち寄る。

質問に答えて・上述の外国人を、少年が行方不明になった日の午後に見たと記憶する。通常携えている袋を持たずに私の商業店舗の前を通りすぎ、急いでいるかのように早足で歩いていた。バールには立ち寄らなかった。

質問に答えて・外国人は北から南の方角へ向かっていた。要するにモノーポリの街の方から砂浜へ向かって。

質問に答えて・行方不明になった少年の祖父母の家は私のバールから約三百メートル南にあり、もしも間違っていなければ、海水浴場ドゥナ・ビーチの前にある。

質問に答えて・外国人が通るのを目撃した正確な時間を言うことはできない。十八時か十八時半だったかもしれない。もしかしたら十九時かもしれない。

質問に答えて・逆の方向に外国人が戻ってくるのは見なかった。その日彼を再び見なかった。

質問に答えて・間違いでなければ、少年の行方不明については事件の翌日知った。憲兵に召喚される前には、自分が捜査に関する情報を有しているとは思わなかった。つまりティアムの通過とその午後の少年の行方不明とを結び付けることを思いつかなかった。もし気づいていたら自発的に司法当局に協力するために出向いていたであろう。

他に付け加えることはない。以上、署名する。

本調書は録音装置が使用できないため、要約の形式のみにて作成された。

読んだうえ確認し署名する。

チェルヴェッラーティの調書は完全版だった。つまり録音とタイプ速記されたものだった。ここでは事件に関して情報をもつ人物レンナ・アントニオは「協力を受けている」「上述の営業」「コーヒーをする」のような彼が言いそうもない表現は使っていなかった。意味はしかし変わらなかった。

一九九九年八月十三日十一時、検察庁、ジョヴァンニ・チェルヴェッラーティ検察官、本調書作成のために臨席する司法補佐官ビアンコ・フィオーレ・ジュゼッペのもと、レンナ・アントニオが出頭する。彼の身分証明はすでに明示されている。本調書は完全版、タイプ速記によるものである。

問・それでは、レンナさん、あなたは数日前に憲兵に供述をしましたね。最初にあなたに聞きたいのは、それを認めますか。あなたが言ったこと、覚えていますね？

答・はっ、はい。検事どの。

問・それでは、認めますね？

答・はい。認めます。

問・では、あなたが言ったことをもう一度見てみましょう。まずあなたは外国人アブドゥ・ティアムをすでに知っていましたか？

答・はい、検事どの。でも名前は知りませんでした。名前は憲兵から知りました。私は見せられた写真で彼を確認しました。

問・知っていたのは、彼がよくバールの前を通り、時々何かを飲食していたから。そういうことですね？

答・はい、検事どの。

問・少年が行方不明になった日のことを話してもらえますか。あの日、あの日の午後、あなたはティアムを見ましたか？

答・はい、検事どの。私のバールの前を六時半か七時頃に通りました。

問・商品の袋を持っていましたか？

答・いいえ。袋を持っていませんでした。逃げていきました。

問・ということは走っていたか、急いでいたということですか？

答・いいえ。いいえ、急いでいました。走っていたのではなく、急いで歩いていました。

問・どの方角に向かっていましたか？

答・砂浜の方、ということはつまり、子供の祖父母の家へ行く方角で……。

問・よろしい、砂浜の方角。つまり北から南へということですね。

答・はい。モノーポリから砂浜の方です。

問・もう一度彼が店の前を戻ってくるのを見ましたか？

答・いいえ。

問・あなたは少年とその家族、特に祖父母をよく知っていたと憲兵隊に言いました。それを認めますか。

答・はい、認めます。祖父母の家は、私のバールの三、四百メートル先にあり、ちょうどあのモロッコ人の若者が向かっていた方向です。

問・モロッコ人？

答・外人のことです。私たちはあの種の黒人のことをモロッコ人と呼ぶので。

問・ああ、よろしい。他に何か捜査の目的に関して思い当たる詳細はありますか？

答・いいえ、検事どの。でも私は、絶対にあのモロッコ人だったはずだと思います。なぜなら……。

問・いや、レンナさん、あなたは個人的な意見を言ってはいけません。もし他に思い当たることがあればよろしいが、そうでなければここで調書を終わりにしましょう。他に特別な事実が思い当たりますか？

答・いいえ。


検察官によるアブドゥの取調べはほとんど壊滅的だった。

夜中にバーリの憲兵隊兵舎で官選弁護士立会いのもと行われた。調書は要約で、録音もタイプ速記による記録もなかった。

一九九九年八月十一日、一時三十分、バーリ憲兵隊作戦部
ジョヴァンニ・チェルヴェッラーティ検察官の面前にて。調書作成のためモノーポリ憲兵隊中隊に所属するシャンカレポーレ・パスクアーレ准尉正が臨席。ティアム・アブ

ドゥ一九六八年三月四日、セネガル、ダカール生まれ、現住所バーリ市エットレ・フィエラモスカ通り一六二番、が出頭。

上述ティアムに私設弁護士を指名する意図がないため、指名されて赴いた官選弁護士のジョヴァンニ・コレッラ弁護士が同席。

検察官はティアム・アブドゥにルビーノ・フランチェスコ誘拐殺人の罪を通告し、彼に対して彼を被疑者とする証拠材料を総括して示す。

質問に対して黙秘権があること、ただし質問に答えないとしても、捜査は継続することを彼に知らせる。

被疑者は、返事をする意図あり、弁護のための猶予期間すべてを放棄すると明言する。

弁護士はその点について何ら所見を述べない。

質問に答えて・帰せられた犯罪責任を否定する。ルビーノ・フランチェスコという人を誰も知らない。この名前を聞いても何も思い出さない。

質問に答えて・八月五日の午後私は自分の乗用自動車に乗ってナポリに行ったと思う。私の同郷人を訪ねたが、その人物の名前は言うことができない。前回と同様私たちは中央駅の近辺で会った。この同郷人の身元を同定するのに有効な情報を提供することができず、私がその日にナポリにいたことを確認してくれる人を誰も示すことができない。

質問に答えて・その日モノーポリにいたことは否定する。ナポリから戻り、バーリに残った。

質問に答えて・私が提供した説明はすべて信憑性がないと貴殿が私に気づかせようとしていることは分かったが、その日ナポリにいたこと、モノーポリとその近隣を通らなかったことを再確認する以外になにもない。

質問に答えて・八月五日午後カピートロ地区で私を見かけた証人がいることを知らされる。貴殿が私に自白するようにと勧めることを知る。自白すれば私の立場が軽くなるかもしれないことを知る。しかし私に帰されている殺人を私はしていないことを主張する。五日に誰かが私をカピートロ地区で見たと言うことが、なぜ可能なのか分からないということを主張する。

このときになって、被疑者に対して上述の住居の家宅捜索で発見された一枚の写真が示される。

その写真を見た後でティアムはこう述べる。

私は写真に写っている少年を知っているが、今になって初めて彼の名前がルビーノ・フランチェスコだと分かった。私は彼のことはチッチョという名前で知っていた。

質問に答えて・写真は子供が私にくれた。私が撮影したのではない。私はカメラは持っていない。

二時三十分、被疑者に弁護士との面談を認め、取調べは中断される。

三時二十分、取調べが再開される。

質問に答えて・弁護士と話をした後でも——彼は私に真実を話すように助言したが——すでに述べた供述に何ら付け加えることはない。

弁護士は何ら異論を唱えず。

読んだ上で確認し署名する。

逮捕の二日後、予備捜査判事のもと勾留認可の審理が行われた。アブドゥは黙秘権を行使した。

その時以降彼は取調べを受けなかった。

僕は保安的勾留を適用する命令書をもう一度読んだ。自由裁判所の措置を読んだ。それによれば諸材料を考慮して当然アブドゥの保釈申し立ては却下されていた。

砂浜によく来ていた人々、アブドゥが立ち止まってその少年としばしば話をしていたのを目撃した人々の証言。自動車の洗車について話すセネガル人の証言。別のセネガル人は、少年がいなくなった後の日、いつもの砂浜でアブドゥを見なかったと話していた。

現場の記録、少年の死体発見の記録、アブドゥの自宅の家宅捜索、押収本のリストが付いた記録。

鑑察医の報告書は、写真を見ないようにして目を通した。

少年の両親と祖父母の意味のない悲しい証言。

日曜日の夜、僕の目はひりひりした。それで外出した。冷たい北西の風マエストラーレが吹いて寒かった。

三月のこの無慈悲な寒さは、春がまだ遠いことを思わせた。

その辺を散歩しようと思っていたが、気が変わり車を出し、北の古い国道十六号線へ向かった。

北西の風で一掃された人気のない海岸沿いの町を通り過ぎる間、ブルース・スプリングスティーンがスピーカーと僕の頭の中で鳴っていた。

トラニのカテドラルの前に車を止めて、僕は海を見ながら煙草に火をつけた。ハーモニーは耳と魂の中できしんだ音をたてていた。

厳しい言葉は僕の絶望的な孤独のために書いてあった。

I remember us riding in my brother's car
Her body tan and wet down at the reservoir
At night on them banks I'd lie awake
And pull her close just to feel each breath she'd take
Now those memories come back to haunt me
They haunt me like a curse.

THE RIVER
by Bruce Springsteen

明け方、僕は寒さにぞくぞくして目を覚ました。口の中は煙草の煙の臭いがした。手はまだ携帯電話を握ったままだった。眠り込む前に長い間僕は携帯を眺めていたのだ。サーラに電話しようと思いながら。

六

刑事訴訟法によると、捜査終了の通知から起訴申請までの期間は少なくとも二十日と規定されている。ほとんどの場合検察官はそれよりもっと長い時間をかける。時によって数ヵ月かけることもある。

チェルヴェッラーティは起訴申請を二十一日目に提出した。強迫観念的な時間厳守が彼のスタイルだった。あらゆることで訴えられてもいいが机上に書類が滞っていることだけでは責められたくないのだ。

予審は五月上旬に決まった。裁判官はカレンツァだった。やれやれ最悪は避けられた。カレンツァ裁判官は僕ら弁護士から良識のある裁判官だと思われていた。それで略式裁判はさらに興味ある仮説となった。アブドゥは本当に二十年の刑ですむかもしれなかった。

二〇一〇年頃には、品行方正で仮出所が可能かもしれない。

こんなことを考えながら審理の確定通達を手にしていると、いやな気持ちになった。その理由はどうしても分からないまま、その日一日中不快感が僕を襲った。

それと同じいやな感じはその一週間後、略式裁判の方がいかに、どうして都合がいいのか、そしてなぜ終身刑ではなく二十年の刑で房の壁を見ながら出所の日を数え始めた方がいいのかを説明しに刑務所へアブドゥを訪ねていかなければならなかった時にも僕を襲った。

アブドゥはこの前のときよりもっと痩せていた。少なくとも僕にはそう見えた。右の頬骨の大きな内出血のあざがどうして出来たのか説明しなかった。僕が話すのをテーブルの木目を見ながら、身振りも——わかった、とか何を言っているんだ？　といったしぐさも――何もせず、頭を動かすわけでもなくただ聞いていた。

彼の場合どの方法が最善かということを説明し終わると、アブドゥはかなり長い間黙っていた。僕はマルボロを差し出したが、彼はとらなかった。そのかわり赤いディアナの箱を出して、そのうちの一本に火をつけた。

煙草を吸い終わり、そろそろ沈黙が耐えがたくなってきた時、彼は口をひらいた。

「略式裁判をして、無罪になることもあるのか？」

彼は頭がよすぎた。略式裁判をすれば必ず有罪になるだろう。僕はそれを言わなかったが、彼はそれがわかったのだ。

僕は居心地悪くこう答えた。

「技術的に、理論的にはな」

「どういう意味だ？」

「つまり理論的には無罪になることもある。だが検察官の資料をもとにするから、つまりその資料に従って裁判官が判決を下す。だから略式を選んだら可能性はほとんどない」

そこで少し休んで、それから回りくどく言うのはもうやめようと思った。

「言ってみれば実質的には不可能だ。だが略式判決では前に言ったように避けようと思えば……」

「そう、それはわかった。無期懲役は避けられる。要するに略式裁判を選べば俺は確実に有罪になるけれど割引してくれる。そういうことだろう？」

僕の居心地の悪さは大きくなっていった。顔が紅潮してくるのがわかった。

「そういうことだ」

「それで、もし略式裁判を選ばなかったら、どうなる?」

「君は重罪院に起訴される。つまり八人の判事による公判が行われるんだ。そのうちの六人は陪審員、つまり公の市民っていうことだが。それに二人の職業裁判官だ。重罪院で有罪になったら終身刑になる可能性は本当に大きい」

「だが無罪になる可能性はあるのか?」

「少ない」

「略式裁判よりも多い?」

僕はすぐに答えなかった。深く息を吸って、手で顔をこすった。

「多い。とても多いわけではないが、多い。略式の場合事実上有罪が確実だが、重罪院の法廷では何かが起こるかもしれない。検察官によって証人は全員取り調べられ、そして僕たちは反対尋問をすることができる。つまり僕が君の弁護士として証人たちに反対尋問できるということだ。そのうちの誰かは供述を認めないかもしれないし、誰かは矛盾に陥るかもしれない、新しい要素が出てくる可能性もある。だがリスクはとてつもなく大きい」

「可能性はどのくらいだ?」

「数字ではいえない。五パーセント、多くて十パーセントだ」

「なぜ君は略式裁判にしたいんだ」

「なぜって？　一番都合がいいからだよ。この裁判官なら最低限の罪ですむだろう」

「俺は、皆が言っているようなことはしていない」

僕はもう一度深く息を吸った。そして煙草を一本手に取った。何を言ったらいいのか分からなかった。そして当然間違ったことを言ってしまった。

「アブドゥ、聞いてくれ。僕は君が何をしたのか知らない。だが弁護士にとって依頼人が何をしたのか知らない方がいい場合もある。その方が明晰でいられるし、感情に左右されることなく最善の選択をするのに役立つ。言っていることが分かるか？」

アブドゥは頭で見分けのつかないほどわずかな返事をした。彼の目は黒い眼窩《がんか》の中に落ち込んでしまったかのようだった。僕は視線をそらして続けた。

「もしも略式裁判をせずに重罪院へいけば、勝つ可能性のほとんどないトランプゲームに君の一生をかけるようなものだ。それにこのゲームをするためには金が、たくさんの金がかかる。重罪院の裁判は時間とコスト、金がたくさんかかるんだ」

僕は自分の言葉を聞きながら、馬鹿なことを言ったと気づいた。そして同時になぜ今まで居心地の悪さを感じていたのかも理解した。

「つまり僕が金を払えないから略式裁判にした方がいいって言っているのか？」

「ちがう、そう言ったんじゃない」僕の口調は少し上ずっていた。

「その重罪院の公判をするために、いくら必要なんだ？」

「お金は問題じゃないんだ。問題はもし重罪院へ行ったら君は終身刑になって君の一生は終わりだってことだ」

「どっちにせよ、子供を殺したとして有罪になれば、僕の人生は終わりだ。いくらだ？」

突然僕はものすごい疲れを感じた。巨大などうしようもない疲労感。僕は肩を落とした、そしてその時まで自分がどんなに緊張していたかということに気づいた。

「少なくとも四千万、五千万。もしも弁護側の捜査をしたいとなると——その場合はおそらく——もっともっとかかるだろう」

アブドゥは呆然としたようだった。苦労して唾を飲み込み、それは何かを言いたいのだが言えないような感じだった。それから僕の入り込めない思考の糸を手繰り始めた。アブドゥは上を見上げ頭を振った。そして唇を動かし無言で神秘的な連禱《れんとう》を唱えた。とうとう最後に両手で顔をおおい、それを二、三回こすり、手を下げて僕のことを見つめなおした。彼は黙ったままだった。

頭の中でブーンという耐えられない音が聞こえ、それをやめさせるために僕は話した。その朝決める必要はない。いずれにせよ予審まで一ヵ月以上ある。必要ならその時に略式裁判を選べばいい。それにアバジャジェと話さなければいけない。金のことは最後の問題だ。僕は書類を見直して何か一縷の望みでもないか見てみよう。もう行かなければならない。早いうちにもう一度会おう。何か必要なことがあれば知らせてくれ。電報でもいい。

アブドゥは何も言わなかった。挨拶のつもりで彼の肩に触れた時、僕はその無気力な体を感じた。

僕はそこから逃げ出した。彼の幻影と、僕の幻影に追いかけられながら。

七

その翌朝家を出る時、引っ越しに気がついた。僕の住んでいる建物に新しい住人が入った。そのことを頭の中に書きとめて、ポメラニアン犬やうるさい子供のいない家族であることを祈って、すぐに別のことを考えた。

その日は新聞が**ドッグ・ファイティング**と呼んでいた裁判が始まるはずだった。

正確に言うと新聞がそう名付けたのではなく、その十ヵ月ほど前に闘犬とそれに関連した違法賭博に関する捜査に警察がそう名前をつけ、新聞はそれから名前を拝借しただけだった。

すべては動物実験に反対する団体LAVの訴えから始まり、その事件の捜査が優秀な警察官カルメロ・タンクレーディ警部に任されて捜査が継続した。

タンクレーディ警部は違法賭博の仲間に入り込むことに成功し、闘犬に立会い、録画し、動物の飼育場のある場所まで突き止め、どこでどのようにして賭金が受け取られているのかをメモした。つまり彼らを動けなくしたのだ。

彼は頬骨のこけた、場違いな黒い口ひげのある小柄な男だった。地球上で最も無害そうな男に見えた。

だが反対に彼は僕が知り合った中で最も優秀で誠実な猛烈刑事《デカ》だった。

機動捜査隊の第六部に所属していた。それは性犯罪とその他の部署――もっと重要な部署――が触れもしたくないような犯罪すべてを担当する部署だった。

クリミナルポール（全国犯罪捜査部）、DIA（組織犯罪捜査部）またはSISDE（内務省諜報部）への異動の話が何度もあったにもかかわらず、彼はそのポストから離れようとはしなかった。そっちの部署へ行けば仕事は減って給料は増えるはずだったにもかかわらず。

一度僕のところに水泳のコーチに性的暴力をうけた九歳の少年の両親が来たことがあった。彼らは訴えた方がいいのか、その場合どういうことが起こるのか、子供にはどういうことが起こるのかについて助言を欲しがっていた。僕は彼らをタンクレーディのところへ連れて行った。僕は彼が子供とどんな風に話すか、それまで地面に目を伏せて言葉少なにしか答えなかったその子供がタンクレーディとどんな態度で話をしていたか見た。子供は彼を見つめ、笑みを見せはじめてさえいた。

水泳のコーチは逮捕され刑務所にとどまった。運悪くタンクレーディ警部と出会って刑務所行きとなった多くのマニアック、レイプ犯、ペドフィロと同じように。

闘犬の主催者たちもまた不運だった。

警察が行動を開始すると、ピットブル八匹、フィラ・ブラジレーロ五匹、ロットワイラー三匹、シェパードとピットブルをかけあわせたバンドッグ三匹が押収された。それらはすべてチャンピオンで、それぞれが二千万から一億リラの価値があった。最も貴重だったのは、三歳のバンドッグで名前をハーレー・ダヴィッドソンといった。二十七回の闘犬で優勝した、いわば南イタリアのチャンピオンで、ミラノ県で行われるピットブルとの全国タイトルをかけた戦いに挑む準備中だったことが捜査で確認された。その闘犬の賭金は五億リラを超えるものだった。

犬同士の戦い、犬とピューマの戦い、犬と豚の戦いまでを録画したカセットも十本ほど押収された。犬小屋の番人が逮捕され、動物のほかに武器と麻薬も見つかった。彼らは告訴され、その中には有名な獣医、数人の飼育者、すでに逮捕されていた覚醒剤密売、マフィア犯罪で有罪になっていたもの三人も含まれていた。しかし彼らは当然ながら勾留期間が切れて自由の身だった。

とにかくその三月の末の朝、ドッグ・ファイティング捜査作戦から生まれた裁判が始まるはずだった。ＬＡＶは損害賠償を求め、弁護士に僕を委任した。

先の決定事項は二つだけで、それで受け入れられたのは動物虐待の裁判でＬＡＶと犬の保護団体が求めた損害賠償だった。

それは予想していなかった問題だったので裁判所で主張すべき説得力のある論証を見つけるため僕は午後中いっぱい勉強して行った。またそれは頭の中からアブドゥとの面会を消し去るためでもあった。

その朝、僕は自分が満足のいくように仕事しようと相当準備をしていったので、裁判は決まり文句——審理の過度な負担とすべての手続きを本日中に明確にするのが不可能——で予備的に延期された。

延期は予備的だったのに、審理と待機あわせて四時間も待たされた挙句の命令だった。やれやれ。裁判長は結局十四時三十分頃その決まり文句を読み、被疑者全員はすでに保釈されていたので急ぐ必要はなく、裁判は十二月に延期された。

僕はそんなのにはもう慣れっこだった。レインコートを着てかばんを取り、もう誰もいなくなってしまった裁判所の中を横切って、家へ向かった。

アバーテ・ジンマ通りを、カヴール通りの方角へ向かっていた時、僕を後ろから呼ぶ声が聞こえた。弁護士さん弁護士さん、とこの近郊のはっきりしないアクセントのあるしゃべり方で。

彼ら二人はまるで街周辺地区の不良グループに関するドキュメンタリーから飛び出してきたみたいだった。小さい方の男が僕の近くに寄ってきて話し、大きい男は一メートル後ろにいて、まぶたを半分閉じた眼で僕のことを見ていた。

小男はある男——その名前を言った——僕の依頼人だったことがあるので僕がよく知っている男の友人だった。

その口調は親切で、ほとんど外交的ですらあった。僕はその友人のことを知らないと返事した。もし仕事の問題で話し合いたいならアポイントを取って、事務所の方に来てもらえないか。

彼らは事務所に来たいわけではなかった。小男は僕に、落ち着いてじっとしてろと言った。もう外交的な口調ではなかった。

おまえがLAVの小便野郎のために損害賠償請求をしていることは知ってるぞ。だが皆のためにお前は自分のことだけしてろ。

僕は鼻で深呼吸をすると同時にかばんを車のボンネットの上に置いた。そして二言、いつも子供の時に路上での不意打ちのけんかで使っていたせりふを言った。

「でなきゃ、なんだってんだ?」

小男の方が横幅のある右手でぎこちない平手打ちをしてきた。僕はそれを左手ではらい、ほとんど同時に右手で彼の顔にパンチをくらわせた。彼は後ろに倒れ、罵り始め、大きい男にこいつをやっつけろ、と叫んだ。

彼は身長一メートル九十センチ、腹だけでも少なくとも百二十キロの大きな野郎だった。僕との間の空間の取り方と攻撃の準備の仕方から左利きだと分かった。事実左のスイングが飛んできた、おそらくそれは彼の最も得意なパンチだっただろう。パンチがあたっていたら痛かっただろうが、男の動きはスローモーションだった。僕は右腕でそれをはらい、自動的に脇腹を左フックで打ち、顎に直接ダブルパンチを食らわせた。大男の顎はまるでガラスでできているようだった。彼は一瞬、立ったまま、変な驚いた表情でじっとしていた。それから倒れた。

僕は男の顔を蹴りたい、あるいは二人ともやっつけたいという衝動を抑えた。僕はかばんを取り上げ、立ち去った。その時血液がまた、激しくこめかみに脈打ち始めるのを感じた。小男の方はもう罵るのをやめていた。

角を曲がり、もう一ブロック進んでから立ち止まった。彼らは追ってこなかった。誰も僕を追ってこなかったし午後の三時だったので、通りには人がいなかった。かばんを置き、顔の前に両手をあげ、それが強く震えているのを見た。右手に痛みを感じ始めた。数秒間こんな風にしてから、僕は肩をすくめ、子供じみた笑みが唇に浮かぶのを感じた。そして家へ向かう道をまた歩き始めた。

八

その翌日車のタイヤ四つが切られ、車体全体に――ナイフかペンチでつけた――ひっかき傷が走っているのを見つけた。

損害に腹が立つというより屈辱感を覚えた。僕は、帰宅したら泥棒に家中をひっくり返されたのを見つけた人が感じることが頭に浮かんだ。それから今まで弁護して無罪にしてやったアパート泥棒全員の顔が頭に浮かんだ。

最後には脳みそが僕のことをぐしゃぐしゃに押しつぶして、自分が感傷的になってきているのだと思った。それで幸いにも精神的思索を捨ててむしろ実践的になろうとした。

僕はバーリ市だけでなくその県内でも犯罪の裏世界で名声のある客に電話をした。事務所にやって来た彼に不意打ちの殴りあいのことも含めてこの事件を語った。警察や憲兵隊へは行きたくないが、彼らが僕を警察に行かざるをえなくさせるのをやめて欲しいのだと言った。僕の方の勘定は五分五分だ。僕は自分の車の損害を支払い、彼らは、誰であろうと、不意打ちの殴りあいの件をこらえて僕の仕事にかまわないで欲しい。

彼は僕の言うことが正しいと言った。やつらが僕の車を修理して新しいタイヤ四つを返すべきだとも言った。僕は、車は自分で修理するし、タイヤはいらない、と言った。

どうせ彼らがくれるタイヤは正規の販売店で買ったのではないはずだから贓物《ぞうぶつ》収受隠

匿罪もごめんだと思った。だがそれは言わなかった。

お互いがそれぞれの場所にいて、他人の邪魔をするのをやめてくれさえすればいいんだと言った。彼はそれ以上固執せず尊敬の念でうなずいた。それは普通弁護士に対する尊敬とは違うものだった。

二日後に、何らかを知らせると言った。

彼は約束を守り、二日後に事務所にやってきて、その筋の重要人物の名前を出した。その人物はこの出来事について僕に謝罪すると彼を通して伝えてきた。ちょっとした事故で——本当のことを言うと事故は二つだと思ったが、詳細に触れるのはやめよう——二度と起こらないだろうと言った。とにかく何か必要なことがあれば彼はいつでも協力するということだった。

この話はそんな風に終わった。

自分の懐から出さなければならなかった車の修理代二百万リラは別にして。

数日後、アパートの新しい住人が誰なのか知ることになった。新しい女性の住人。

夜の九時半頃、ジムから家に戻ってきたばかりで、鶏の胸肉二切れを焼こうと解凍し、サラダを作る支度をしていると家のベルが鳴った。

数秒間、何が起こったのだろうと僕は思った。やがてそれが家の呼び鈴であることに頭の隅の方で気づき、ドアに向かう間、ここに住むようになってから誰かがベルを鳴らすのは初めてだと考えた。それで悲しくなってドアを開けた。

やっと誰か家にいたわ。ドアをたたくのは四回目なのですが、今まで一度も誰も家にいませんでした。一人暮らしでしょう？　私は新しく引っ越してきた者です。もう建物の住人全員に自己紹介しましたが、あなたが最後です。私の名前はマルゲリータ。マルゲリータ、で苗字は良く分からなかった。

彼女は目に見えないドアの境界線を越えて手を伸ばした。彼女の手は男っぽくて大きな力強い手だった。

ある種の女性は——そして特にある種の男性は——力ずくで握手をするが、すぐにそれが虚栄だとわかる。彼らは自分を決断力と実行力のある率直誠実な人物に見せたがるのだが、その力は手と腕の筋肉の力にすぎない。つまり中から発せられるものではないのだ。まるで握りつぶさんばかりにする人は、ボディービルをやっているようなものだ。だがまれに筋肉の内部に何かがあると感じさせる握手をする人もいる。僕は多分数秒間必要以上に長く彼女の手を握っていたが彼女は微笑み続けていた。

それから僕は無骨に彼女に中に入りたいかと聞いた。いいえ、ただ挨拶に寄っただけです。一日中外にいて今家に戻ってきたばかりなので。引っ越しの後ですることがたくさんあります。それが全部片付いたら貴方をお茶にご招待しますね。

いい匂いがした。さわやかな乾いた清潔な空気と男性用の香水と革の匂いが混ざった匂いだった。

彼女は階段の方へ行きながら「元気を出して」とそんなふうに言った。

彼女がもう消えてしまってから、実際には彼女をよく見ていなかったことに気づいた。家の中に入り目を軽く閉じて頭の中で彼女の顔を思い出そうとしたができなかった。道で彼女に会っても、それが彼女と見分けがつくかどうか確かではなかった。

台所では電子レンジの中で鶏肉が解凍されていた。ただ単に焼くだけというのはやめて、台所にあった一度も使ったことのない料理の本を開いた。

ポルペッテ・ディ・ポッロ・サポリーテ。うん、これがいい。つまり名前のことだ。レシピを読み材料がそろっているのに満足した。

料理を始める前にサーリチェ・サレンティーノ（プーリア州レッチェ北部で生産されるワイン）をあけ、それを味見してから、料理している間に聴くCDを探した。

『ホワイト・ラダー』

「プリーズ・フォーギブ・ミー」のシンコペーションのリズムからスタートさせると、すぐにデヴィッド・グレイの歌声がした。この曲の中で一番好きなパートにくるまでスピーカーの前で僕は聴いていた。

I won't ever have to lie
I won't ever have to say good bye
Every time I look at you

Every time I look at you.

PLEASE FORGIVE ME
Words & Music by David Gray

それから台所に戻って料理を始めた。

鶏肉をゆでてミンチにし、数日前から冷蔵庫にあったハム百グラムと混ぜる。それからそれを全部、卵、粉パルメザンチーズ、ナツメグ、塩、黒こしょうと一緒にボールに入れる。最初に木杓子で混ぜて、パン粉を加えた後、手で混ぜた。卵の大きさに丸め、それを少しの水とワインを加えて混ぜた卵の中にくぐらせ、ナツメグを少し加えたパン粉の中で転がして、中火で熱したオリーブオイルの中でパチパチと揚げた。

その——すごくおいしそうな匂いを発していた——肉団子をキッチンタオルで包み、バルサミコ酢を使ってサラダを作った。それからテーブル・クロスをしいて、本当のお皿と本当のフォークセットを置いて、食べ始める前にCDを換えに行った。

サイモンとガーファンクル。**『ザ・コンサート・イン・セントラル・パーク』**十六番目の歌まで**スキップ**・ボタンを押した。**「ザ・ボクサー」**。

僕は最終節まで全部立ったまま聴いた。僕の好きな曲。

In the clearing stands a boxer and a fighter by his trade
And he carries the remainders
of every glove that laid him down
or cut him, till he cried out
in his anger and his shame
I'm leaving, I'm leaving
But the fighter still remains
Just still remains.

THE BOXER
Words & Music by Paul Simon

そしてステレオを切って食べに行った。

ポルペッテはとてもおいしかった。そしてサラダも。ワインはいい香りがして、グラスの中に光の反射が映っていた。

その晩僕はもう悲しくなかった。

九

「我々がアメリカ式の裁判を望んだのである。だが我々にはアメリカ人のような下地がない。弾劾主義裁判を行う文化的基盤がないのである。アメリカの、またはイギリスの裁判で行われる審問、反対尋問を見てみたまえ。それから我々のを見てみたまえ。彼らは能力があるが我々にはない。彼らのようには決してなれない、なぜなら我々はしょせん反宗教改革主義の落とし子だからだ。我々は自らの文化的運命から逃れることはできないのである」

こんな風に弁護士チェーザレ・パトローノは、僕が彼と一緒に弁護をしていた裁判の休憩時間に話をしていた。彼は法廷のプリンス、億万長者でフリーメイソン会員だった。

僕は、新しい刑事訴訟法が発効した一九八九年以後、彼がこの意見を表明するのを百回は聞いていた。

他の人に能力がないというのは当然で——もちろん彼以外の——弁護士、特に検察官に能力がないと言っているのは明らかだった。

パトローノはすべてのこと、すべての人を悪く言うのが好きだった。特に司法官を脅すか、廊下の会話で――そして審理中でも――同僚を侮辱するのが好きだった。気分を害させるのが好きだった。

ミステリアスな理由で、なぜか僕は彼に気に入られたらしく、僕に対してはいつも親切だった。時には彼の弁護に僕を加えてくれた。それは経済的な観点から見るとかなり利のいい仕事だった。

彼が現在の刑事裁判についての見解を表明し終えた時、審理法廷から肩に法衣をまとったままのアレッサンドラ・マントヴァーニ検事代理が出てきた。

彼女はヴェローナ出身で、恋人のところに来るためにバーリに異動を願い出た。ヴェローナには金持ちの夫ととても楽な生活を置いてきた。

バーリに転勤すると恋人は彼女を捨てた。彼は自分の空間が必要であること、今までうまくいっていたのは二人の間に距離があって退屈しないでルーチンに陥ることがなかったからだと説明した。考える時間が欲しい。つまりはお決まりの泥沼の別れの文句のオンパレードだった。

マントヴァーニは、戻る橋も絶たれてしまいバーリで一人ぼっちになった。しかし言い訳をせずに残った。

僕は彼女がとても好きだった。彼女は優秀な検察官、または優秀な警察官のどちらにしても大体同じことだが、そのあるべき姿のようだった。

何より彼女は知的で誠実だった。そして犯罪者――あらゆるタイプの犯罪者――が嫌いだった。しかし彼らの多くが法の網をうまくくぐりぬけたことにもんもんとして時間を失うことはなかった。特に自分が間違った時には言い訳をせず、それを認めることができた。

僕たちは友人になった、またはそれに似たようなものに。つまり一緒に昼ごはんを食べに行って自分たちのことを話したりするほど親しくなったが、それ以上に親しくはならなかった。僕たちの関係の憶測が裁判所の噂話の一つになっていたとしても。

パトローノはマントヴァーニを嫌っていた。それは彼女が女性で司法官で、彼よりもずっと知性があり厳格だったからだ。当然彼は絶対にそれを認めなかっただろうが。

「シニョーラ、この話をちょっときいてください」彼は女性司法官の気分を害していらだたせるために、法学士、裁判官、女性司法官などとは呼ばず、シニョーラと呼んだ。

「最新の話、本当に趣味のいい小話」

マントヴァーニは数歩近くによって、頭をかしげながら一言も言わず、彼の目を見た。軽い同意のしぐさ――あなたのその話を言ってごらんなさい――という見せかけだけの微笑み。それは真心のこもった微笑みではなく、口は動いても目は動かず冷ややかだった。

パトローノはその小話をした。それは少しも新しい話ではなく、最新なんかでは全然なかった。

ある良家の若者の小話だった。若者は友達に元売春婦と結婚するところだと打ち明けた。若者は友人に自分にとって婚約者の昔の職業は問題じゃないと説明する。婚約者の家族親戚が麻薬密売人、泥棒、年上の女に囲われているひもだったりするのも問題ではない。すべてはうまくいきそうだ。しかし若者は友人に一つだけ大きな心配事があると打ち明ける。「何だ？」と友人。「花嫁の両親に僕の父親が司法官だってことをどう言えばいいんだ」

パトローノは一人でくすくす笑った。僕は当惑していた。

「私も一つ、かわいいのを知ってる。動物の小話」とマントヴァーニが言った。

「ヘビとキツネが森の中で散歩していました。そこに突然雨が降り始め、二匹とも雨をよけるために、それぞれ別々の入り口から狭い地下道へ入りこみました。その細い道を二匹は進み始めました。そこは真っ暗闇で、それぞれが道を突き進むと、お互いに出会いました。むしろお互いにぶつかって衝突しました。

この地下道はとても狭くて、二匹が楽にはすれ違えません。片方が通るためにはもう一方は壁にくっついて道を譲らなければなりません。

二匹のうちのどちらも、道を譲りたくないので争いになりました。

『横によって、僕を通してくれよ』

『お前がどけよ』

『貴様何様だと思ってるんだ』

『お前こそ誰だ』

『お前が先に誰だか言えよ』

『いやいや、君が先に誰だか言うんだ』

などなど、こんな調子で。

結局、状況は臨界点に達し、にっちもさっちも行かなくなりました。二匹はそこからどうやって出たらいいのかわからず、それにどちらも相手が誰なのかわからないので攻撃にでるイニシアチヴもとりたくありませんでした。

それでキツネにはアイデアが一つ浮かびました。『ねえ、こんなふうにいつまでも穴の中で一日中、けんかし続けるのは無駄だ。問題を解決するためにこうしよう。僕が今じっとしているから、君は僕に触って僕が誰か当ててみてくれ。それから今度は君がじっとしていて君を僕が触って君が誰か当てるんだ。相手が誰だか当てた方が勝ちで先に道を進む、どうだろう?』

『そうだな、いいアイデアかもしれない。いいよ、僕から始めるかい?』とヘビは言った。

それでヘビは曲がりくねりながらキツネを触り始めました。『えっと、何て長い、とがった耳なんだ、それにとがった鼻、柔らかい毛、大きな尻尾……君はキツネだね!』

すこしうんざりしてキツネは相手が言い当てたことを認めざるをえませんでした。

『じゃあ、今度は僕に触って、もし君が当てたらおあいこだから今度は別の方法を考えなきゃ』

それで、今度はキツネが地下道の床に横になったヘビを触り始めました。

『なんて小さな頭だ、耳がない、つるつるして、長い。なに金玉がないぞ！　まさか君、弁護士じゃないだろうな？』」

僕は声を殺して眼を閉じて笑った。パトローノも笑おうとしたが、笑えなかった。無理にある種の冷笑をしようとした。何か言おうとしたが適した言葉は何も浮かばなかった。彼は負け方を知らないのだ。

マントヴァーニは法衣を脱ぎ、彼女の部屋に戻ると言った。また後で審理の時に会いましょうと言って行ってしまった。

時として彼女は男の中の男だ。僕はそう考えた。

十

それから数日が経ち、アバジャジェから電話があった。

僕に会いたがっていた。すぐに。

その日の夜、事務所を閉める八時に来てもらえるか、そうすれば落ち着いて話ができると僕は言った。

彼女が約三十分遅れでやって来たので僕は驚いた。なぜなら彼女に描いていたイメージと一致しなかったからだ。

もう帰ろうとしている頃呼び鈴が鳴った。

誰もいない事務所を横切り、ドアを開け、彼女を見た。電気の消えた踊り場の真ん中に。

彼女はダンボール箱を引きずりながら中に入った。その中にはアブドゥの本と少しの所持品が入っていた。写真が十枚ほど入った封筒もあった。

僕の部屋へ行けばゆっくり話ができると言ったが、彼女は首を振ってそれを断った。彼女は急いでいた。そこ、ドアから一メートルのところに残ったまま、バッグを開け、初めてこの事務所に来た時に出したのと同じように丸めた紙幣の束を取り出した。お金を僕の方に差し出し、僕の目を見ず、急いで話し始めた。このときは外国人のアクセントが感じられた。強く、匂いのように。

出発しなければなりません。アスワンに戻らなければならないのです。どうしても、義務でエジプトに戻らなければならないのです――と言った――。

僕はいつ、そしてなぜなのか尋ねた。彼女の説明は混乱していた。僕の分からない言葉で時々中断した。コース修了の試験を一週間以上前に受け、理論的にはその後すぐに出発していなければならなかった。実際彼女の仲間の奨学生たちはもう帰ってしまっていた。

いくつかの項目についてまだ深く掘り下げる必要があると主張して奨学金の延長を願い出てここに残っていた。だが延長は受け入れられず、その前日に国から彼女に帰国を命じるファックスが届いた。もしも早急に帰国しなければ農業省上級職員のポストを失うことになるのだった。

選択の余地はありません、と彼女は言った。ここに残ったとしても、お金も仕事もなければアブドゥを助けることはできないでしょう。

家もないのです。学校の寮の部屋を一刻でも早く空けるようにと言われていますから。ヌビアに行って休職期間をとるようにします。すぐにイタリアに戻ります。出来るだけのお金をアブドゥの弁護、つまりあなたに支払うために集めました。全部で三百万リラあります。彼を助けるため可能な限りのことをしてください。

いいえ、アブドゥはまだこのことを知りません。彼には明日、面会の時に言います。とにかく、何とかしてイタリアに戻ってくるようにします――と早口に僕の方を見ないで繰り返した――。

二人ともそれが本当でないことを知っていた。

まったく、と僕は思った。何て災難だ、まったく。

こんな責任を押し付けて僕を一人にしていくなんて、と彼女を怒鳴りつけたい気持ちになった。

僕はそんな責任なんて引き受けたくなかった。

彼女を怒鳴りたかったのは、彼女の予期せぬ平凡さと臆病な振舞いが僕とそっくりだったからだ。そして僕はそれを許しがたい明瞭さで自覚していた。

サーラが子供のことについて話をしたときのことが頭に浮かんだ。それは十月のある午後で、僕はまだその時期じゃないと思うと言った。彼女は僕のことを見つめ何も言わずにうなずいた。そしてそれ以後彼女はもうこのことについて一度も話さなかった。

アバジャジェを怒鳴りつけることはせず、何も言わずに彼女の弁明を聞いた。

それが終わると彼女は後ずさりしながら出て行った。まるで僕に背中を見せるのが怖いかのように。

僕はアブドゥの物が入った箱のそばの入り口のところに突っ立っていた。手にはお札を握ったままで。それから秘書の机の上にあった電話を取ると何も考えずにサーラの、以前は僕のでもあった電話番号にかけた。

呼び出し音が五回鳴って相手が出た。

「はい」

鼻にかかった、かなり若々しい声だった。

自宅にいる人の口調だった。もしかしたら仕事から帰ったばかりで、電話が鳴った時にはネクタイを緩めて、返事をしながら上着を脱いでソファーの上にそれを投げている、という感じだった。

なぜか僕は電話を切らずに言った。

「ステファニアいますか？」

「いいえ、ここにはステファニアという者はおりません。番号をお間違えでしょう」

「ああ、失礼しました。すみませんが、僕が今かけた番号を言っていただけますか？」

彼は番号を言い、僕はそれを書きとめた。状況が良く分かったかどうか確かめたかったからだ。

長い間その小さい紙片を見つめ続けた。僕の脳みそは僕の家の電話に出た顔のない鼻にかかった声の周りを空回りしていた。

十一

「今晩、映画とても良かった。なんていう名前だったかしら？　俳優たち」

「ハリーはビリー・クリスタル、サリーはメグ・ライアン」

「ねえ、どういうせりふだった？　オリンピックの夢のところ」

「またあの夢をみた。僕がセックスをしていて、オリンピックの審判がそれを審査しているんだ。決勝に進出した。カナダ人審査員は僕に九点を入れ、アメリカ人は十点満点、でも東ドイツの審査員に変装した僕の母親は三点しかくれないんだ」

彼女はふきだした。彼女の笑い方が好きだ、と僕は思った。

大笑いは重要だ。なぜなら人をだますことができないから。一人の人間が本物かにせものか分かる唯一確かなシステムはその大笑いを見ること——そして聞くこと——だ。本当に価値のある人は笑いを知っている人だ。

彼女は僕の腕に触れて揺り動かした。

「あなたの好きな映画を三つ言って」

「『炎のランナー』、『ビッグウェンズデー』、『ピクニック・アット・ハンギング・ロック』」

「あなたが最初だわ、そんな風に……すぐに答えたのは。考えもせずに」

「好きな映画はいつも自分にする質問なんだ。だから準備はできていた。それで君の好きなのは？」

「一番は絶対に『ブレードランナー』」

「俺は君たち人類が思いもよらないようなものを見た。オリオン座の要塞の沖で炎に包まれる戦艦。それから**タンホイザー**ゲート近くの闇の中でベータ光線が光り輝くのを見た。そしてこれらすべての瞬間は時間の中に失われる。まるで雨の中の涙のように。死ぬ……時間……だ。タイム……トゥー……ダイ」

「そう、本当にそういうのよ。死ぬ……時間……だ、って。言葉を切りながら、それから鳩を飛ばすの」

僕はうなずき、彼女は話し続けた。

「他の映画は『アメリカン・グラフィティ』と『マンハッタン』。明日は別の映画を言うかもしれないけど『ブレードランナー』だけはいつも変わらない。でも今日はこの二つ。例えば、何回か『メトロポリス』って言ったこともあるのよ」

「どうして今日はこれなんだい？」

「さあ。ねえ、続けましょうよ」

「いいよ。じゃあ別のゲーム。宇宙人が僕たちの地球にやってきたとして、君は彼に地球上の一番いいものの例を見せるんだ、ここに残りたいって思わせるように。物、本、歌、言葉。映画でもいいけど、それはもう言ったから」

「そういうの私好きよ。言葉はもう知ってる、マルローの『選ぶすべを知る男の祖国は、それは茫漠とした雲の赴くところだ』」

僕たちは一瞬沈黙した。彼女が続けようとした時、僕はそれをさえぎった。

「お願いがあるんだ。君に」

「いいわよ、何」

「もし君が絶望的なほど僕に恋をしたら、それをすぐ僕に言って欲しい。僕の直感にまかせないで欲しいんだ。お願いだよ。いいかい?」

「いいわよ、私の場合も同じ?」

「そう。じゃあ今度は火星人のために他の物を言って」

「本は『ライ麦畑でつかまえて』よ。歌は自信がないけど、パティ・スミスの『ビコーズ・ザ・ナイト』。でなければレナード・コーエンの『スザンヌ』か『エイント・ノー・キュア・フォー・ラブ』、これもレナード・コーエン。でもわからない、このうちのどちらかよ、きっと」

「物は?」

「自転車。今度はあなたが言う番よ」

「言葉は、実際は二人の会話だ、『路上』から。こんなふうなんだ、『僕たちは行かなければならない、到着しない限りとまってはいけないんだ』そうするともう一人がこう答える。『どこに行こうってんだい?』『知らない、でも行かなきゃならないんだ』」

「本」

「絶対に君は知らないよ、『留学生』。フランス人作家の本」

「私それ読んだわ。フランス人の若者が五〇年代の米国のカレッジに勉強しに行く話」

「この本はふつう誰も知らないのに、君が最初だ。変だなあ」

一瞬彼女の目が車の暗闇の中で光った。まるでナイフの刃のように。

僕たちはポリニャーノの海に突き出している岩壁の上に車を止めていた。二月で外はとても寒かった。

車の中は違った。その夜、車の中はすべてから守られているようだった。

「私、今晩あなたと出かけてよかった。最後まであなたに電話して、出かけるのを断ろうと思っていたの。でももうあなたは家を出てしまっただろうと思ったし、いずれにせよ、失礼なことだと思いなおしたの。それで映画は行くけど、すぐに家に送ってもらって早く寝ようと自分に言い聞かせていたの」

「どうして出かけたくなかったんだい？」

「今は言いたくない。ただ今晩出かけてよかったとあなたに言いたかっただけ。映画の後ですぐに家に送ってもらわなくてよかったわ。もっとこのゲーム続けましょうよ。私これ好き。歌と物を言って」

「物は万年筆。歌は『ガラスの破片《かけら》』」

「ねえ本のことで言っていいかしら？」

「え？」

「ライ麦畑、あまり自信ない」

「変えたい？」

「多分ね。『星の王子さま』、こっちの方がぴったりだと思う。キツネは星の王子さまに何て言ったかしら？　飼いならして欲しい時に」

「麦ばたけなんか見たところで、思い出すことって、なんにもありゃしないよ。それどころか、おれはあれ見ると、気がふさぐんだ。だけど、あんたのその金色の髪は美しいなあ。あんたがおれと仲よくしてくれたら、おれにゃ、そいつが、すばらしいものに見えるだろう。金色の麦をみると、あんたを思い出すだろうな。それに、麦を吹く風の音も、おれにゃうれしいだろうな……」

彼女は僕を見た。彼女の目には子供のような驚きがあった。彼女はとてもきれいだった。

「どうして全部覚えていられるの？」

「さあね、いつもこうなんだ。好きなことがあれば一度読むか、聞くだけで覚えられる。でも『星の王子さま』は何度も読んだから。大した手柄でもないさ」

「ねえ、あなたは、人間にとって一番大事な資質は何だと思う？」

「ユーモアのセンス。もし君にユーモアのセンス——皮肉や嫌味ではない、それは別のことだから——があれば、物事を真剣に受け止めないだろう。そうしたら意地悪になったり愚かになったり下品になったりしない。そう考えればユーモアのセンスの中に多くの資質が含まれているんだ。君はユーモアのセンスのある人知ってるかい？」

「少しだけ。その代わり、私は大勢の、特に男性で生真面目な人にたくさん出会ったわ」

彼女は一瞬躊躇《ちゅうちょ》して、それからまた続けた。

「私の恋人って、そんな人たちの一人よ」

「君の恋人何してる人？」

「エンジニア」

「まじめ？」

「いいえ、彼は笑わせることができるの。愉快な人、頭もいいし、面白いことを言うし、でも他人についてだけしか、ふざけることができないの。自分自身についてはものすごく真剣で。ユーモアのセンスは持ってないわ」

少し休んで、それから続けた。

「もしあなたがそれ、ユーモアのセンスを持ってたら、すごくうれしい」

「僕だって欲しいと思う。本当のことを言うと、君が今言ってくれたことを考えたら、父母を人食い族に売ってでも欲しいぐらいだ。もちろん、本気じゃないけどさ」

彼女はもう一度笑い、僕たちはまた話し続けた。こんなふうに車の中で僕たちは風から守られ外から遮断されていた。数時間も。

帰らなければならないと気づいたときにはもう朝の四時を回っていた。

中心街にある彼女の家の下に着いた時、もう空は明るくなり始めていた。

「明日もしまだ僕に会いたかったら、電話をしてくれるかい？　電話をくれたら君に本を一冊プレゼントする」

サーラは僕のあごを指先でつまみ、僕の唇にキスをした。それから何も言わずに車から降りた。その数秒後彼女は光沢のある木の扉の向こう側に消えた。

僕は自分の顔に小さなパンチを二つ、片方ずつ食らわせた。それから車を動かしてそこを去った。音楽のボリュームを上げたまま。


十年後、僕は記憶と刺すような鋭いメロディーとともに、誰もいない事務所に一人でいた。

もう大分前から、一度聞いたり読んだだけで歌や本や映画のせりふを覚えることができなくなっていた。

僕が無駄にしてしまったすべてのものの中にこれもあった。

それで家へ帰らなければならないと思った。家を出た時持ってきた数少ない本の中に『星の王子さま』があることを祈りながら。その時間に開いている本屋はもうなかったし、僕は急いでいた、次の日の朝まで待てなかったのだ。

あった。終りの方のページ、星の王子さまが蛇に嚙まれそうになるところ、友達の飛行士に挨拶するところを僕は開いた。

《きみにとっては、星が、ほかの人とはちがったものになるんだ……。ぼくは、あの星のなかの一つに住むんだ。その一つの星のなかで笑うんだ。だから、きみが夜、空をながめたら、星がみんな笑ってるように見えるだろう。すると、きみだけが、笑い上戸の星を見るわけさ。それに、きみは、いまにかなしくなくなったら——かなしいことなんか、いつまでもつづきゃしないけどね——ぼくと知りあいになってよかったと思うよ。きみは、どんなときにも、ぼくの友だちなんだから、ぼくといっしょになって笑いたくなるよ。そして、たまには、そう、こんなふうに、へやの窓をあけて、ああ、うれしい、と思うこともあるよ……。そしたら、きみの友だちたちは、きみが空を見あげながら笑ってるのを見て、びっくりするだろうね。そのときは、〈そうだよ、ぼくは星を見ると、いつも笑いたくなる〉っていうのさ。そしたら、友だちたちは、きみの頭がおかしくなったんじゃないかって思うだろう。》(内藤濯訳)

十二

きっかり二時間眠った。

三時少し前にベッドに入り五時ちょうどに目が覚め、不思議と元気に起き上がった。その朝は約束がなかったので家を出て歩こうと思った。シャワーを浴び、ひげをそり、楽な着古した布製のズボンをはき、ダンガリーシャツとトレーナーを着た。運動靴を履いて革のジャケットをはおった。

外は明るくなり始めていた。

もうドアのところにいたが公園か喫茶店かどこかで読む本を持っていこうと思い立った。何年も前にしていたように。それで僕のアパートの一度も整理したことのない本を点検した。

それらはとりあえずという感じであちらこちらに散らかっていた。

数秒間、それらは自分と同じようにこの家の中で仮のものなのだ、と考えたが、またすぐにそれはただの平凡な感傷的省察にすぎないと自分に言い聞かせた。そしてこんなふうに哲学者ぶるのはやめて一冊だけ選びに戻った。

『夢小説』を取った。文庫版で革のジャケットのポケットに入れるのに便利だった。煙草を持ち、わざと携帯電話を**持たずに**外に出た。

僕の家はプティニャーニ通りにあったので家を出るとすぐ右にペトルッツェッリ劇場が見えた。

その劇場は外からは屋根やその他ごく普通だったが中は違った。約十年前のある夜、火事で無残に荒れ果て、その時から誰かが再建してくれるのをじっと待っていた。そしてその間そこには猫や幽霊たちが住み着いた。

早朝の澄んださわやかな空気を顔に感じながら劇場の方へ向かった。車は少なく人はほとんどいなかった。

ふと、大学の終わりの頃よくこの時間に家に帰ってきていたことを思い出した。夜はポーカーをしに行くか、女の子たちと出かけた。そうでなければただ単に友達と飲んだり煙草を吸ったり話をして過ごしていた。


こんなふうに過ごしたある夜の後、朝六時頃、僕は寝に行く前に水を一杯飲もうと台所にいた。そこに父親がコーヒーをいれに来た。

「どうしてこんなに早く起きたんだ？」

「ちがうよパパ、今帰ってきたばかりなんだ」

父親は薄目を開けて一瞬僕を見つめ、

「こんな時間にまでそんな馬鹿なことを言う気になるなんて、理解できないな」と言い、あきらめたように肩をすくめながら背を向けた。


カヴール通り、ちょうどペトルッツェッリ劇場の前まで来て、それから海の方へ向かった。二ブロック先のバールで朝食をとり、その日最初の煙草に火をつけた。

僕はバーリで最も美しい家々のある場所にいた。そのあたりには大学時代の恋人だったロッサーナが住んでいた。

僕のせいで、僕たちは嵐のような恋愛関係をおくった。つきあいはじめて数ヵ月後にはすでに「僕の自由はいわゆる僕たちの関係によって危うくなった」と思っていた。

だから時々約束を破った。破らない時は必ずと言っていいほど遅れて行った。彼女は怒り、僕はそれは重要なことじゃないと主張した。彼女は良いしつけが大事なのだと言い、僕は彼女にへりくつの論拠を並べ立てて形式的な良いしつけ——つまり彼女の——と、本質的な良いしつけ——つまり僕の——の違いについて説明し始めていた。

その当時、自分がただの横暴な無礼者だとは漠然とさえ考えてもいなかった。反対に言葉でだますのに長けていたので自分の言うことが正しいと自分自身さえ納得させていた。このことは僕の態度を悪い方向に向けさせた。道徳観のない女の子たちとの一連の浮気も含めて。

僕たちが別れた後になって、このことすべてに気がついた。そして何度かその恋愛について考えなおし、自分が本当に嫌なやつのように振舞っていたと思った。もし機会があったらそれを認めて謝らなければならないと思った。

それから多分、七、八年後、偶然ロッサーナに会った。彼女はボローニャで働いていた。クリスマス休暇の間に僕たちは友人の家で再会し、彼女は僕に次の日にお茶でも飲まないかと言い、僕はオーケーした。このようにして僕たちは会い、お茶を飲み、少なくとも一時間ぐらい話をして過ごした。

彼女は女の子を産み、夫と別れ、旅行会社を持っていて、その仕事の稼ぎはよく、そしてまだとても美しかった。

僕は彼女に再会できてうれしかったし、気分がよかった。それで自然と、一緒にいた頃のことをしばしば考え自分の態度はよくなかったと思っていると言った。彼女がどんな風に思うか、それが分かるかどうかは別にして、僕はただ彼女にそのことを言いたかった。彼女は微笑み数秒間僕のことを少し変な風に見つめ、そして言った。それは予想していた答えとは全く違っていた。

「あなたは甘やかされた子供のようだった。あなたは自分のことだけに気をとられていて、まわりで起こっていることに気づいていなかったのよ、本当に近くで起こってることも」

「どういう意味？」

「あなたは、一年近くも私が別の人と会っているのを、全く疑いもしなかった」

その瞬間の自分の顔を見たかったぐらいだ。まぬけな顔だったはずだ。なぜならロッサーナは微笑んでいると同時に僕の顔を見ながら楽しんでいるふうだったからだ。

「別の人とも会ってたって？　どういう意味だよ、それ」

その瞬間彼女は微笑むのをやめて、笑い出した。どうして彼女が間違っていると言えるだろう？

「どういう意味って？　私たち会ってたのよ」

「会ってたって、どういう意味だよ？　君は僕と付き合ってただろう？　彼にいつ会ってたんだ？」

「夜、ほとんど毎晩。あなたが私を家まで送ってくれた時、彼は角の向こう側、車の中で私を待っていたの。私は家の入り口を入って、中であなたが行ってしまうのを待って、それから門を出て角を曲がって車に乗ったの」

僕は不思議なめまいのようなものに襲われた。

「それで、どこ……どこに行っていたわけ？」

「彼の家、バーリ・ヴェッキアのムラーリア（城壁）の方」

「彼の家、バーリ・ヴェッキア。それでバーリ・ヴェッキアのムラーリアの彼の家で何をしてたんだ？」

全く実に愚かなことを言ってしまったと気づくのが遅かった。だがその時もまだ良く筋道を立てて考えられなかったのだ。

彼女もそれに気が付いて、僕の気を損ねるようなことはしなかった。

「何をしてたかですって？　夜、ムラーリアの彼のアパートで？」

彼女は本当に楽しそうだったが、僕にはとんでもなかった。昔の恋人と茶を飲みに出かけて突然昔の恋愛ストーリーを書き換えなければならない羽目に陥っていた。

彼がベッペという名前で、ジュエリーの卸をしていたこと、すでに結婚していて金持ちだったことを僕は知った。ムラーリアのアパートは、正確に言えば彼の家ではなく、ギャルソニエール（独身男性用のアパート）だった。その当時彼は三十六歳で良妻がいた。

その当時僕は二十二歳で、両親から週四万リラの小遣いをもらい、兄弟で部屋を共有していた。そして僕には——遅まきながら発見しつつあったが——尻軽な恋人がいたのだ。

海に着くと左に、マルゲリータ劇場の方角に曲がった。そしてそこからサン・ニコラ教会へ向かってムラーリアに沿って上った。そう、まさしくベッペ氏が僕の恋人を連れこんでいたギャルソニエールがあった場所だ。

もう日は高くなっていた。空気は冷たく澄んで散歩するにはもってこいの日だった。ズヴェーヴォ城まで行き、それからさらに見本市会場の方へ、家を出てから二時間ばかり、数キロメートル歩いてサン・フランチェスコの松林にたどりついた。

そこは人がまばらだった。ほんの何人かがジョギングをし他の人は座って犬を駆け回らせていた。

日の当たる場所の背もたれのある緑色の木のベンチを選んで、そこに座って本を読んだ。

約二時間後本を読み終わった時、自分は元気だと思い、家へ向かう前にもう十分間ぐらい休憩できるだろうと思った。または事務所に、そこではきっと僕がどこに行ってしまったのかと心配し始めているだろう。

暑くなり始めたのでジャケットを脱ぎ、それをクッションのようにたたんで枕にして太陽の方に顔を向けて横になった。

目を覚ますともう正午を過ぎていた。ジョギングをする人は増え、若いカップルや、子供連れの女性たちや石のテーブルでカード遊びをする老人たちがいた。エホバの証人の二人も、攻撃的な顔をしていないすべての人を改宗させようとしていた。

もう行かなければならない時間だった。決定的に。

十三

家に戻り携帯電話を見たがそれを無視した。午後事務所に行った時にはまだ電源を切ったままでポケットの中にあった。

ドアを開けようとした瞬間、マリア・テレーザが僕を押し倒しそうになった。僕のことを皆が午前中ずっと探していた。家に電話をしても誰も出ないし、携帯電話はずっとつながらなかった。

もちろんだ、皆のことを無視して携帯も持たずに松林で日光浴をしていたんだから——と僕は思った——。

午前中は大混乱でした。

でも審理を忘れたわけじゃないだろう？　ああ、そうだと思ったよ。たくさんの人が僕を捜してたって？　でも、どうせまたかけてくるだろう。もちろん、コライアンニの上告期限が明日だってことを忘れてたわけではない。うそだった。すっかり忘れていたのだ。やれやれ、仕事のできる秘書がいて助かった。

正午から三回も刑務所から電話があったって？　なぜ？

マリア・テレーザは理由を知らなかった。緊急な用事だと言っていたけれど、それが何か説明しませんでした。最後にはスラノ監督官という人が電話してきて、連絡がつき次第、折り返し電話するよう言って欲しいということでした。

僕は刑務所の受付に電話をして、スラノ監督官を呼んでもらった。すると三分以上待った後で、低いしわがれたレッチェ県のアクセントの声が聞こえた。

はい、グエッリエーリ弁護士です。はい、勾留中のティアム・アブドゥの弁護士です。はい、すぐにそちらに向かいますが、その前に理由を説明してもらえませんか。

彼は理由を説明した。その朝面会の後、勾留者ティアム・アブドゥは首吊り自殺を図った。

シーツを引き裂いて編んで作った縄にぶら下がっていたところを助けられた。今は刑務所の医務室に二十四時間監視体制で入院中である。

可能な限り早くそこへ向かいますと僕は言った。

可能な限り早くというのは、平日の午後、バーリの中心から刑務所へ向かう場合にはかなりあいまいな表現になる。

それでも何とか三十分強で刑務所の門の前に着き、車を駐車して呼び鈴を鳴らした。

車を止めたのはもちろん駐車禁止の場所だった。

護衛所にいた看守には僕が到着することはあらかじめ連絡済だった。看守は僕に待つように言ってスラノを呼んだが、彼は異例の早さでやって来た。彼は所長が僕に会って話をしたいので先に所長のところに行きましょうと言った。依頼人の様子を尋ねると、まあ肉体的には大丈夫ですと答えた。所長との面談の後ですぐに彼がじきじきに僕を医務室まで連れて行ってくれると言った。

僕たちが青白く照らされた黄ばんだ廊下に潜入すると、そこには刑務所、兵舎、病院の嫌な臭いが立ち込めていた。時折箒を動かしているかワゴンを押している労働中の囚人とすれ違った。そしてやっと僕たちは壁を塗りかえたばかりの廊下に出た。観葉植物が置いてあり、その奥に所長室のドアがあった。

スラノ監督官はドアをノックし、部屋の中に顔をのぞかせて何か言ったが、それは僕には聞こえなかった。そしてドアを開け僕を中に入れるとその後について彼も中に入った。

所長は五十五歳ぐらい、没個性的な雰囲気で皮膚は薄くくすみ、あいまいなまなざしをしていた。

彼は、この出来事は残念なことだったが幸いにも彼の部下の一人の迅速な行動で悲劇は免れたと言った。

僕は昔の依頼人――二十歳の麻薬中毒者――の自殺、確認されなかったが規則に従わせるため囚人に加えられた暴力の噂のことを思い出して、**もう一つの**悲劇だろうと思った。

所長は僕に、勾留者、何という名前だったか、そうティアム・アブドゥ勾留者がまた自殺を図ったりあるいは自虐的行動をするのを予防する目的で一定の監視体制を敷くように厳重に申し伝えてあると言った。

彼は、この残念な事故が今後尾を引くことはなく勾留者自身にも刑務所の平静さにもなんら影響を与えないと確信している、そして僕に何か必要なことがあれば、いつでも協力する用意があると言った。

普通のイタリア語に言い換えると、皆のために面倒なことはしないでくれ、君の依頼人も含めてだ。彼はもう勾留されているのだし今後も中にいた方が良いという意味だった。

気にしなくていいと彼に言いたかったが、アブドゥに早く会いたかったし、それに突然疲れを覚え、それで彼の協力に礼を言い医務室に連れて行ってくれるようお願いした。

僕たちは握手をせず、スラノ監督官は僕を来た時とは逆の順路に導き、それからまた別のもっと物寂しい廊下に出て鉄格子の前を通り、あちらこちらの隙間に入り込んでいるかのような嫌な臭いの中を進んだ。

医務室はベッドが十もある大部屋で、それらのベッドはほとんどすべてふさがっていた。アブドゥが見えないので僕はスラノを見た。すると彼は頭で部屋の奥の方を指し、それから僕の先に進んでいった。

アブドゥは両腕をベルトで固定され、目は半分閉じてベッドに横たわっていた。口で息をしていた。

彼の横に、ひげの太った看守が座り退屈そうな感じで煙草を吸っていた。

スラノは威張って「おい、アッバティッキオ、医務室で煙草なんか吸うな。消せ、消せ。それから弁護士先生に座ってもらえ」と言った。

こんなに親切なのは見たことがない。明らかに所長が僕を丁重に扱うように言ったに違いなかった。

アッバティッキオ看守は監督官を鈍い目で見た。何かを言おうとしたように見えたが、多分言わない方がいいと分かったのだろう。煙草を消して僕のことを無視して、遠ざかった。スラノは僕にゆっくりしてかまわないと言った。終わったら彼自身が僕をまた出口まで案内すると言い、そして彼も医務室のドアのところまで遠ざかった。

今僕はアブドゥのベッドのそばに一人でいた。彼は僕の存在に気づいていないように見えた。

少しかがんで彼の名を呼んでみたが返事のそぶりも見せなかった。腕に触ろうとすると、今度はほとんど唇を動かさずに言った。

「何の用だ？　弁護士先生」

僕は思わず飛び上がって手を引っ込めた。

「何が起こったんだい、アブドゥ？」

「何が起こったか知ってるだろう。でなければここには来なかったはずだ」

彼は目を開けて今度は天井を見つめていた。僕は座り、その瞬間全く何を言ったらいいのか分からないことに気づいた。

ベッドと同じ高さのところで、首のすり傷に気がついた。

「今朝アバジャジェが来たのか？」

返事はせず、僕を見なかった。口を閉じて顎をきつく引き締め、唾を飲み込もうとし、二回目にやっと飲み込んだ。それからまるでスローモーション・シーンのように、彼の左目の内側の角にしずくが――ひと粒だけ――たまっていき、次第に大きくなって、そこからゆっくりと顔全体に転がり落ち、顎の端に消えていくのを見た。僕も唾を飲み込むのに骨が折れた。

それからしばらくの間二人とも口をきかなかった。そして意味があるとしたら唯一つだけ言うことがあると僕は気づいた。

「君は一人っきりになった、それでもう本当に終わったと思っているんだろう。多分君の考えが正しいのかもしれない」

天井を見つめていたアブドゥの目が、ゆっくりと僕の方へ動いた。頭も、少しだけだったが動いた。僕に彼の注意が向かっていた。僕はまた話し始めた。声は不思議と落ち着いていた。

「実際、僕の思うところ君には唯一の可能性がある。それもかなり微々たるものだが。決めるとしたらそれは君が決めるものだ」

彼は僕を見ていた、そして今僕は自分が落ち着いているのが分かっていた。

「もしその可能性にかけたいなら、言ってくれ」

「何の可能性だ？」

「略式裁判をしないで重罪院で裁判をしよう。勝てるように、つまり君が無罪になるように。可能性は少ない。この間君に言ったことに変わりはない。僕の助言は常に略式裁判を選ぶことだ。だが決定は君がしてくれ。もし略式裁判を選びたくないなら僕は君を重罪院で弁護する」

「僕には金がない」

「金なんてくそくらえだ、もし君を無罪にできたら、それは難しいが、支払う方法ぐらい見つかる。もし君が有罪になったら僕への借金よりもっとひどい問題になるんだぞ」

彼はそれまで僕が話している間僕にむけていた視線をそらした。そしてまた天井をじっと見つめた、が今度は違う風に。唇には苦い笑みのような印象があった。そしてやっと彼は僕を見ずに、だが決然たる声でこう言った。

「先生、君は頭がいい。僕はいつも自分が他人よりずっと頭がいいと思っていた。それは幸せなことじゃない。それを理解するのは難しいけれど。もし自分が人よりもずっと頭がいいと思っていたら多くのことは分からないんだ、自分の身にふりかかるまでは。

そして、その時にはもう手遅れさ」

彼は腕を上げるしぐさをしたが腕はベルトで止められていた。彼にベルトをはずしてもらいたいかと聞きたい衝動にかられたがそれを口に出さなかった。彼はまた話し始めた。

「今日、君は僕より頭がいいと思った。僕は自分がもう死んだと思っていたが、今、君の話を聞いた後では、自分が間違ってたと思う。君は僕には分からないことをした」

そこで少し休んで鼻で深く息を吸った。まるで全力を集中させようというように。

「裁判をしたい。無罪になるために」

僕はふるえが頭のてっぺんから発して背中全体に広がっていくのを感じた。何か言いたかったが何を言っても間違ったことを言ってしまうと分かっていた。

それで「オーケー、近いうちにまた会おう」と言った。

彼はまた顎をきつく引き締め、天井を見つめている視線を動かさず頭で合図した。

自動車に戻ると、フロントガラスに駐車違反の罰金通知の白い紙片があった。

十四

その二週間後予備審理が行われた。

カレンツァ裁判官はいつものように遅れてきた。

僕は同僚弁護士数人やこの裁判のために集まった記者たちと立ち話をしながら予審の法廷の外で待っていた。一方チェルヴェッラーティ検事はいなかった。

彼は弁護士たちに混ざって部屋の前で裁判官を待つのが嫌いだった。だから自分の秘書から裁判官の書記官に審理が始まろうという時に呼ぶようにと頼ませていた。

カレンツァ裁判官は書記官と山のようなファイルをのせたワゴンを押す事務官を従えて審理室に入ってきた。僕も中に入り裁判官の正面にあたる右側の列の僕の席に座って書類を開いた。それはただ、いらいらを和らげるためだった。

そして少ししてから法廷に同僚のコトゥーニョ弁護士がいるのに気づいた。彼は子供の両親の損害賠償請求を行うことになっていた。彼は年配の弁護士で少しほら吹きで耳が遠く、口臭が強烈だった。

コトゥーニョ弁護士との会話はシュールだった。彼の聴覚はあまり機能しないので自然とこっちに近づいてくる。反対に話相手はふつう正常な嗅覚を持っているので環境と良識が許す範囲で遠ざかろうとする。だが結局は彼の口臭を被らざるをえなかった。

このように検察官の席にコトゥーニョ弁護士を見た時——慣例で損害賠償の弁護士はそこに座ることになっていた——僕は彼の口臭を避けるため複雑な戦略にでた。中腰になって机にもたれたまま立ち上がり、最大限可能なだけ腕を伸ばして、不安定なバランスのまま彼に握手を求めた。明らかにこの状況で会話はできない。そして戻って席に座った。

留置場の看守に勾留者を連れてこさせるようにと裁判官は書記官に命じた。

その時チェルヴェッラーティが僕の左側に出現した。グレーのスーツを着て茶色の紐がなくふさ飾りのついたモカシン・シューズをはいていた。僕にこの裁判をどうするつもりかと聞いた。

僕はうそをついた。私の依頼人は最後の最後までどうするか考えたいということなので、私自身も今朝まで略式裁判にするかどうかを知らないと言った。

チェルヴェッラーティは僕を見つめ、何か言おうとしたが、頭を振りながら自分の席についた。僕のことを信じていなかった、そしてそれはあまり好意的な態度ではなかった。

二分後に横のドアから四人の看守に囲まれて手錠をはめられたアブドゥが入ってきた。カーキの綿布のズボンをはき、白いシャツを着て、腕にはジャケットかジャンパーを持っていた。清潔な感じだった。ひげをきれいにそり、彼のシャツはその朝にアイロンを当てたような感じだった。

「裁判官、裁判の始まる前に依頼人と二、三、言葉を交わしてもよろしいでしょうか」

「どうぞ。どうか手錠をはずしてください」

一番年配の看守が鍵を取り出し、アブドゥの手を自由にした。彼が手首をさすっている間に僕は彼に近づき小声で話した。

「アブドゥ、もし考えを変えたのなら、まだ間に合う。少しだが、まだ間に合う」

彼は頭でノーと返事した。僕は一瞬彼を見た、そして彼が僕を見た。それから僕は自分の席に戻った。鼓動のリズムが速くなり恐怖が波のように押し寄せてくるのを感じながら。

審理開始の手続きは速やかに進められ、そしてその時が来た。

「別の裁判の申請はありますか？」カレンツァ裁判官が言った。

僕は上着のボタンをはめながら立ち上がり、もう一度アブドゥの方を見た。

「裁判官殿、長期にわたり私は依頼人とともに略式裁判申請について検討いたしましたが、結局、最後には公判で詳細を検討し判断をゆだねる裁判を求めるという結論に達しました。それゆえ別の裁判の申請はいたしません」

僕はチェルヴェッラーティを見ないで座った。

裁判官は両者に結論を述べるように求めた。

チェルヴェッラーティは簡略に話した。裁判はティアム・アブドゥ被告をとがめる証拠に満ちております。それらは間違いなく刑事的責任を断定するであろう証拠で、罪状項目に通告された犯罪の全仮説――重大な憎しみをかきたてる犯罪仮説――誘拐および意図的殺人の責任追及をするため予審は重罪院へ起訴する以外にありません。ただし罪状の内容項目Bに補足する必要があり、刑事訴訟法第四百二十三条により検察官は単純殺人から加重殺人へ殺人の罪状を変更する意図があります。

チェルヴェッラーティは新たな罪状起訴内容を口述した。

彼は約束を守った。もはや僕の依頼人は有罪ならば直ちに終身刑となる罪状だった。裁判官は僕に弁護側から期間延長申請の意図がありますかと聞いた。これはただ礼儀上のジェスチャーであり実際は許されていなかった。それで僕は礼を言い、申請するつもりはありませんと答えた。

そしてコトゥーニョの番が来た。彼はチェルヴェッラーティよりさらに短かかった。彼は検察官の申請に同意し起訴を求めた。

僕には言うことはなかった、なぜならこのような裁判の予審で無罪になる可能性は明らかになかったからである。

それで僕は単純に起訴の申請に関して異議はありませんと言った。

それから裁判官は命令を発した。

ティアム・アブドゥ、一九六八年三月四日セネガル国ダカール生まれ、の誘拐および加重殺人の容疑につきバーリ重罪裁判所において六月十二日に公判を行うことを定める。

第三章

一

事務所から家へ帰るところだった。また外食しないですむよう何か買い物をしないといけないなと思った時だった。僕の後ろで少しフランス風ののどの音がする女性の声がした。

「助けてもらえないかしら？　倒れてしまいそう」

同じアパートに住むマルゲリータだった。まだ倒れていないのが不思議なくらいだった。ふくれ上がった仕事用のかばんと食料品がいっぱい入った色とりどりのプラスチックの袋を下げ、設計士が使うような図面を入れる長い筒を持っていた。

僕は彼女に手を貸した。つまり彼女の買い物袋をすべて持ってあげたという意味だ。そんなふうにして僕らは一緒に歩き始めた。

「あなたに会って助かったわ。一週間前同じ状況の時に老教授に会ったの。あのコスタンティーニさん。助けましょうって言ってくれたから袋を渡したら、ワンブロック歩いた後でほとんど心臓発作を起こしそうだったのよ」

僕はぼんやりと間の抜けた笑いをした。当然このコスタンティーニ教授が誰なのか知っているべきだったのだろう。

「コスタンティーニ教授って誰？」

「アパートの二階の人よ。あなたどのくらい前からあそこに住んでらっしゃるの？」

僕はあのアパートに住んでかれこれ一年以上になるなあと考えた。だが住人の名前を誰一人として知らなかった。

「一年かな、大体」

「まあ、すばらしい。ずいぶん社交的なタイプだこと。いったい何をなさっているの。昼間寝て夜は街を犯罪者から救うためにつなぎとマントと仮面をかぶって徘徊するとか？」

僕は弁護士をしていると言った。すると彼女は——ちょっとしかめ面をした後で——自分もずっと以前弁護士になるよう進路を決められていたのだと言った。手続きをして試験に合格し弁護士名簿に登録した、けれどその後で進路を変更したわ。全然違うことに。今は広告の仕事をしている。でも私たちは同僚だったのだから『君』で話してもいいはずね、その方が気を使わないからいいわと言った。

「私は『貴方』で話すのはいつも問題があって、無理しないと自然に出てこないの。数年前、良家のお嬢さんは知らない人と話すときに『君』で物を言っちゃいけないと周りが私に教えようとしたのだけれど、私は自分が良家のお嬢さんかどうかいつも疑問に思っていて。で、あなたは？」

「もし僕が良家のお嬢さんかどうか確信がなければだね？　実際に疑問はあるけど」

彼女は短く――のどのグルグルという音のような――大笑いをしてまた話し始めた。

「そうでしょう。あなたも大概、疑いがあるのよ。何て言ったらいいかしら、ちょっとぴったりの言葉が見つからないけれど、自分の気に入らない自問自答を反芻しているような、またはその答えが気に入らないとか、全然気に入らないとか、そんな感じ……」

僕は振り返って彼女を見つめた。いくぶん呆然として。

「僕たちが会うのはこれで二度目だから、その分析が何をもとにしているのか教えてくれないか？」

「**あなたが**私に会うのが二度目なの。私はあの建物に引っ越してきてから少なくともあなたを四、五回は見かけてる。二回なんて道ですれ違ったのにあなたは私のことを文字通り見ていなかった。それに挨拶にも来なかったんだから。私の虚栄心にとって愉快なことじゃないけれど、でもあなたは全く上の空だった」

僕たちは沈黙したまま、十メートルほど歩いた。それからまた口を開いたのは彼女だった。

「私、何か悪いことといった？」

「いや、君が言ったことを考えていたんだ。そんなに明白なのかと自問していたんだ」

「そんなに明白じゃないわ。私が優秀なだけよ」

僕たちは家の建物の入り口のところまで来た。一緒に中に入りエレベーターにつづく小さな階段を上った。僕はそこで別れるのが残念だった。

「君はうまく僕の興味を引いたよ。それでもっと詳しいコンサルタントを受けるには、僕はどうしたらいいんだろう？」

彼女は数秒間考えた。何かを決めようとしていた。

「あなたは一人暮らしの女の子に夕食に招待されたら誤解するタイプ？」

「昔は誤解のプロだったけど今はもうやめた、と思うよ。そう願っている」

「それなら。つまり誤解しないなら、それに用事がないなら今晩いいわよ」

「今晩は僕の都合もいい。君は六階それとも七階？」

「七階よ。テラスもあるわ。でも残念、外はまだ寒すぎるから。それなら九時でいい？」

「いい。何を持っていこうか？」

「ワイン、もしあなたが飲むなら。私の家にはないから」

「いいよ。じゃあ今晩」

「エレベーターに乗らないの？」

「乗らない。歩いていく」

一瞬何も言わず少し不思議そうに僕のことを見つめ、それからうなずいて買い物袋を受け取って挨拶した。

その午後何をしたのか正確には思い出せない。しかし身軽さの感触は覚えている。ずいぶん前から感じていなかった感触だ。

それは高校最終年の五月の午後のような感じだった。

もう学校へはほとんど行かないでよかった。成績で不可をとった学生が補習授業と口頭試問のために行っていただけだった。そしてその他のごく数人だけ。

それは僕ら全員にとって休みの始まりの一番嬉しい日々だった。ある意味で違法な日々だったからだ。規則としてはまだ学校に通わなければいけないが、行かなくてよかった。それらは奪い取った日々、一日一日学校のカレンダーから奪い取った自由な日々だった。

おそらくそんな理由でぴりぴりするあの緊張状態、学校と夏の神秘の平衡状態の間にある五月の午後には期待に膨らんだあの不思議な緊張感があった。

何かが起ころうとしていた――起こらなければならないはずだった――。そして僕たちはそれを感じていた。僕たちの時間は弓のように張りつめ、飛び放たれる準備ができていた。どこへだか知らないが。

その午後、僕はこの青春グラフィティーのような気分だった。

七時半頃出かけてワインを買いに酒屋へ行った。何を食べるのか、そしてマルゲリータの好みも知らなかったのでいつも自分がするように赤ワインだけを選ぶわけにはいかなかった。僕は白ワインは好きじゃない。

それでマンドゥリアのプリミティーヴォ、それから僕が田舎者であることを示すために白のカリフォルニア・ワインのナパ・ヴァレーを買った。

ワインを選んだ後で時間があったのでスパラノ通りを散歩した。

周囲を歩いている人々を眺め、時間がまるで宙ぶらりんになっているような気がした。

空気は、うまくつかめないけれど甘いメランコリーな感じ、そんな何かがよぎっていったような感じがした。

九時十五分前に家に戻りシャワーを浴びて服を着た。明るい色のチノパンツ、ダンガリーシャツ、軽い柔らかい革靴を履いた。

片手でドアを閉め、もう一方の手で二本の瓶の首を持って『ローマのアメリカ人』のアルベルト・ソルディのスタイルで階段を駆け上がった。

それでつまずいて、もうちょっとでワインの瓶を割ってしまうところだった。つい笑いがこみ上げてきて二階上のマルゲリータの家のドアをたたいた時にはまだ少し愚かしい笑みが残っていたのだろう。

「どうしたの？」

挨拶した後、目を細めながら彼女が当惑して訊いた。

「いや何でもない。階段で転びそうになって。少し頭が混乱してるんでちょっと楽しいことを見つけたのさ。とにかく大丈夫だよ、僕は無害だ」

彼女は笑った。いつものグルグルというのどの音で。

家の中はいい匂いがした。新しい家具の匂い、清潔な匂い、おいしい料理の匂い。僕の家よりも大きかった。壁を取り払ったのだろう、玄関がなく、入るとすぐに大きな窓のある居間になっていた。その窓の外にテラスがあった。家具は少なく背の低い日本の箪笥に似た家具があった。壁には白木の棚がありガラスと鉄製のテーブルとメタル製の椅子が四脚。床には大きなココヤシのじゅうたん、部屋の二面には高さの異なる大きな色付キャンドル、小石が入っているブルーのガラスの花瓶、それに黒いステレオ。棚の上にはたくさんの本とオブジェがあり、この家には大分前から人が住んでいるという印象を与えていた。

壁にはホッパーの複製が二枚かかっていた。『ケープコッドの夕べ』と『ガス』。田舎のガソリンスタンドの絵だ。それらはとても美しく、心を震わせた。

それを彼女に言うと、僕が単にぶっているためだけに言っているのかどうか確かめるように一瞬僕のことを見つめた。それから真剣にうなずき、そして数秒間黙っていた。

「辛いの食べる?」

「辛いの食べる」

「私はキッチンに行って準備するから、あなたはその辺を見ていて。五分で準備完了。そうしたらテーブルで話をしましょう。赤ワインを開けるわね、その方が料理にあうから。それに白ワインは今から冷やすのは間に合わない。少ししか時間がないから」

彼女はキッチンに消えた。僕は棚の上にある本を吟味し始めた。いつも知らない人の家に行くとするように。

小説や短編集がたくさんあった。アメリカ、フランス、スペイン、そして原語の小説。

スタインベック、ヘミングウェイ、フォークナー、カーヴァー、ブコウスキー、ファンテ、モンタルバン、ロッジ、シムノン、ケルアック。

擦り切れた『禅とモーターサイクル修理技術』の古い版があった。そして多分知っているのは自分だけだと思っていた僕が大好きな米国人ジャーナリスト――ビル・ブライソン――の旅行記が数冊あった。

それから心理学の本、日本の武術の本、展覧会のカタログ、それに多くの写真集。僕はフィレンツェで行われたロバート・キャパの展覧会のカタログを棚から取り出した。チャットウィン、そしてドアノー、一九五〇年代のパリ、白黒のキスシーン、それからホッパーに関する本。それを開くと献辞があり僕は困惑して急いで次のページをめくった。

序文の数行を読んだ。

『ほとんど常に人の気配がない都会と田舎のイメージ。そこで視覚のレアリズムは風景、人物、物体の悲痛な感情と融合する。ホッパーの絵は客観的外観のもとに形而上学的な沈黙、孤独、驚愕を表現している』

ホッパーをそこに置いてジョン・ファンテの『塵に訊け!』を手に取り、それを持ってテラスへ行った。空気は乾燥していてさわやかだった。僕は植木の間をうろうろとして、それから身を外に乗り出して道路を見下ろし、立ち止まって蠟のような硬さの不思議な小さな花を触った。そして鉄製のランタンらしきものの下の壁によりかかって最後のページをめくった。その部分をもう一度読み返したかったからだ。

《かげろうが揺れていた。俺は道を戻り、フォードにたどり着いた。助手席には俺の本が、最初の本が置いてあった。俺は鉛筆を見つけ、何も印刷されていないページを開いて書いた。

カミラへ、愛を込めて　アルトゥーロ
俺は本を摑んで、荒地を百メートルほど南東に歩いていった。あらんかぎりの力を込めて、その本を彼女が消えた方向に投げた。そして車に乗り、エンジンをかけ、ロサンゼルスに向かった。》（都甲幸治訳）

「用意ができたわ。テーブルにどうぞ」

僕ははっと我にかえった。そして家の中に入った。テーブルはもう準備してあった。プリミティーヴォはカラフに入れてあり、もう一つの同じカラフには水が入っていた。肉入りチリがふたつきのスープ容器に入れてあり、鉢には白いご飯が入っていた。別の皿にはとうもろこし四本とその中央にバターがのっていた。

僕たちはとうもろこしとバターから始めた。ワインの入ったカラフをとってマルゲリータのグラスに注ごうとした。

彼女は、だめ、飲まないのと言った。

「私、何ていったらいいの、飲むのは問題があって。数年前にね。それからすごーく問題が大きくなって。だから今はもう飲まない」

「ごめん、知ってたらワイン持ってこなかったのに」

「何言ってるのよ、ワインを持ってきてって言ったのは私じゃない。あなたのために」

「もし迷惑だったら、水を飲もう」

「迷惑じゃないわ」

彼女はそう笑って言ったが、口調はその話はもうおしまいにしてと言っていた。

そう、それならその話は終わりにして僕は自分のグラスにワインを注ぎ、とうもろこしにかぶりついた。

食べながら僕たちはあまり話をしなかった。チリは**本当に**辛くてワインは完璧だった。デザートはナツメヤシと蜂蜜のお菓子だった。それもメキシカンだ。

栄養学的に優れた夕食ではなかった。最後に何か強いものが飲みたかったが何も言わなかった。しかしマルゲリータはキッチンへ行き、まだ封がしてあるテキーラ・ブラウンの瓶を持って戻ってきた。

「今日の午後あなたのために買ってきた。メキシコ料理の夕食をテキーラで締めくくらないわけにいかないでしょう。後でその瓶を持って帰って。白ワインも」

僕はテキーラを注ぎ、煙草を取り出し——遅すぎたが——それから考えた、もしかしたら煙は嫌いかもしれない。だがマルゲリータは僕から一本抜いて溶岩石の乳鉢を灰皿の代わりに引き寄せた。

「煙草は買わない。買ったら吸うから。でも誰かからもらう」

「その方法は知ってるよ」と答えた。数年間それは僕のやり方だった。それから僕の友人たちは徐々に僕を敬遠し始め、僕の人気はなくなり、それで要するに最後には自分で買わなければならなくなったのだ。

僕はテキーラを一口飲み、数秒間黙っていた。その数秒は長すぎた。それで彼女は僕のその気持ちを読んだ。

「アルコールの問題が何か知りたい」

それは質問ではなかった。僕はいいやと言おうとしていたが、何だって彼女はこんなことを考えたんだろう、僕は単にテキーラを味わっていただけだというのに。

それで僕は、そうだと言った。

彼女は話し始める前に煙草を力づよく吸った。

「私は三年間アルコール中毒だった。大学卒業後両親は三ヵ月のアメリカ旅行をプレゼントしてくれた。サンフランシスコ。それは私の人生で最も楽しい時期だった。帰ってきた時に初めて自分の将来は父親の事務所で弁護士をすることだって知った。いいえそうじゃない、それじゃあ説明にならない。今になればそれが原因だったと知ってるけれど、あのころは意識的には何も分かっていなかった。でもはっきり無意識にそれを察した。要するにレクリエーションは終わったのに私はその階級に戻る用意ができていなかった。そう、そこ、私が入らなければならなかった場所に戻る用意が。

事態を悪くしたのは、アメリカから帰ってから恋人ができたこと。彼はかわいくて八歳年上。公証人で折り目正しく私の両親はすぐに気に入った。最高のゲーム。それまでの私の恋人はほとんど全員両親の気に入らなかった。一人娘の一生を託してもいいような人たちではなかったわけ。私は、何と言ったらいいか、少し快活で気が変わりやすく、多分それがあまりよくなかった。だけど両親は特別何も言わなかった。母は何度か言ったけれど、要するに両親は特別問題としていなかった、と私は思っていた。

いずれにせよ、ピエルルイージが現れた時彼はまさしく願ってもない男だったわけ。つまり逃してはならない恋人。彼との恋愛が始まった少し後に私は飲み始めた。たくさん飲んだ。特に夜デートに出かける時私は飲んでさらに陽気になった。皆は私の話に笑って彼は私を連れて歩くのが自慢だった。私を見せびらかすために。

それから私たちは——つまり彼が——結婚する時期が来たって決めたわけ。私は父親と一緒に仕事をして、まもなく弁護士になろうとしていた。彼は公証人だから貧乏ではなく婚約者同士を続けている理由もなかった。彼が話を切り出して私は彼の言うとおりだと答えた。

そう決めた後私は出かける前にも飲み始めた。彼が迎えに来たら私はインターホンに五分待ってと答えて、そこら辺にあるもの、ビールからワイン、蒸留酒まで手当たり次第飲み干した。それから臭わないように歯を磨いて香水をつけて出かけた。友人たちに会えば私は前にもまして感じ良く振舞った。私は飲んで飲んで、アペリティフから食事の時にはワインかビール。デザートの後にも一杯——二杯か三杯——飲んだ。テキーラ・ブラウンが大好きだった。ちょうど今あなたが飲んでる銘柄。でも区別はしなかった。あるものかまわずすべてを飲んだ。時々自分をコントロールできないかもしれないという残念な気持ちがして、時々はもしかしたらもう量を減らした方がいいのかもしれないと思った。けれどやめようと決心した時には問題なくやめられるはずだと自分では思っていた。もう一本煙草くれる？」

彼女に煙草を渡して自分も一本火をつけた。彼女は力強く二口吸って、CDをかけに行った。

『メイキング・ムービーズ』、ダイアー・ストレイツ。

二口ほど吸って、また話し始めた。

「こんなお気楽な調子で私たちは結婚までたどり着いた。それから、母が私の部屋に来て、早くしなさいって言った。私たちは、何だったかしら、披露宴のメニューだったか教会の花だったかを選びに行くはずだった。それで私は、はい、ママって言いながらリキュールのミニボトルを飲み干して、歯を磨いて――私は本当に何度も歯を磨いていた――出かけた。そんな外出のうちの一つで私が覚えているのは、母をお店に残して自分はちょっと急いでビールを一番近いバールに飲みに行っていたこと。それからその午後中は息のことばかり気にしていた。

私がどんな風に結婚式に行ったかわかる？　酔っ払ってよ。前の晩に飲んで、翌朝もビールを飲んで。気分を落ち着けるためよ。それにウィスキーを一杯――二杯かもしれない——。でも私は歯を良く磨いたの。教会に入ったら転んだわ。私は酔っ払ってたから。でも皆は感動のあまりだと思っていた。式の間中いつ披露宴が始まるかとばかり思っていた。飲みたかったから」

彼女は最後の一服をフィルターまで吸い、それから吸殻を乳鉢で消した。力強いしぐさで。僕は彼女の手か肩か顔に触れたいと思った。そばに僕がいることを知らせるために。でもそれができないでいると、また彼女は話し始めた。

「今でも、どうして皆が何も気がつかなかったのだろうって思う。結婚式まで、それからその数ヵ月後も。弁護士試験に合格した時、状況はさらに悪化した。結婚する前に筆記試験は終えて、その数ヵ月後に口答試験を受けた。試験の最終結果は二位だった。アル中にしては良い出来でしょう？　それで私なりの方法で祝った。それから家に戻ったら気分が悪くなって、夫はベッドに横たわっている私を見つけた。私は何度も吐いて、それで臭っていた。アルコールだけじゃなくて、でももちろん**アルコールも**臭っていた。その時から最悪の時期が始まった。彼は状況を理解し始めた。一度にすべてではないけれど、数ヵ月のうちに妻がアル中だって理解した。彼は彼なりにひどい態度をとらず私を助けようとした。家からアルコール類をすべて無くして別の町の専門家のところに私を連れて行った。もちろんスキャンダルを避けるため。私はアルコールを止めますと約束しながら隠れて飲み始めた。アル中をコントロールするのは不可能。アル中はずるがしこくて、うそつき。麻薬中毒のようにね。でもそれよりも悪いかもしれない。だってアルコールは麻薬よりも手に入れやすいから。ある日朝の十時に、誰かが私が中心街のバールで生ビールを一気飲みしているところを見かけてピエルルイージに言いつけたの。私はもう止めますと誓ってその三十分後にまた隠れて飲んだ。それで彼はとうとう私の両親に話した。彼らは最初は信じなかったけれど、信じざるをえなくなった。一緒に別の専門家のところに行った、また別の町の。その結果は最初と同じ。あなたのために話を短くすると、私のアル中がばれてから、この話はまだその後一年続く。そして夫は家を出て行った。彼が間違ってたといえる？

私は家の中を大きな青あざか、顔にひっかき傷をつけてうろうろした。だってテキーラかウォッカと抗不安剤のカクテルを飲んで眠りについた後で夜中にトイレに起きて、それでドアにぶつかったり、直接床に転んだりしていたから。セックスはあってもまれだったけれど彼にとってすごく楽しいというものではなかったと思うわ。私だってもちろん楽しくなんてなかった。私は泣きたかった、そして飲みたかった。要するに最後に彼は家を出て行った。それでよかったんだわ。

彼が出て行ってから、記憶は本当に混乱している。記憶が薄れているの。その後どのくらいの時間がたったのか良く分からない。私はピエモンテ州のクリニックにいた。すべての種類の依存症の治療を専門にしているクリニックにいた。普通の麻薬中毒から薬物依存症、賭博依存症、それから私たちみたいなアルコール依存症。それが大多数だったけど。

それが私の人生の中で最もつらかった時期。そこの人は冷酷な人たちだったけれど私が迷い込んだ泥沼の中から這い出すのを助けてくれた。飲まなくなってからもう約五年。最初の二年間は日にちを数えて過ごした。それからきっぱりやめて今私はここにいる。この五年間、他にもたくさんのことが起こったけれど、それはまた別の話」

僕は彼女の顔を見つめ、何を言ったらいいか何をしたらいいのか分からなかった。何をしてもすべてが場違いになると思って黙っていた。すると彼女が言った。

「この話を私が会う人全員にこんな風にしてると思うかもしれない。考えてみたらあなたと知り合ったのは事実上今日だということ。そのことを考えているの？」

「いいや」

「なぜ？」

「さあ。君が皆にその話をしていない、と思いたいから」

僕は今度だけは返事を間違えなかった。彼女はうなずいた。まるでそれでよかったというように。

それから僕たちはそこにとどまって夜中まで話し続けた。

二

裁判までの数週間はあっという間に過ぎた。

六月十二日の朝九時頃、空気はまだひんやりしていた。裁判所へ行く途中コンピュータ店の液晶温度計が二十三度を指しているのを見てこの季節の平均温度を下回っているなと思った。

気温だけがその日唯一のいいことだと思った。

その前夜僕は寝付かれなかった。二時過ぎに睡眠薬を飲んだが何の役にも立たなかった。四時半頃眠りについて二時間後にまた目が覚めた。最悪の頃のように。

バールに立ち寄りコーヒー――本当のコーヒー――を飲んで煙草を一本吸った。自分で自分にむかついていた。

数日前から、自分にとって、いや何よりアブドゥにとって物事がひどい終わり方をするのではないかという考えに苛《さいな》まれていた。

裁判が近づくにつれて一層執拗に、自分が感情に流されるまま、とんでもない愚行をしているのではないかと考えた。自分が粗悪なテレビドラマ、B級フィクションの登場人物みたいに思えた。西暦二〇〇〇年のバーリに場所を移した『アンクル・トムの小屋』のような。

勇気を出せ黒人の友人よ、僕は白人弁護士の進歩主義者だ、重罪院で君を無罪にするために戦おう。厳しいだろうが最後に正義は勝利し、君の無実は証明されるのだ。

無実？　僕には疑問がわいてきた。そしてそれは公判開始前数日間、僕の脳にしがみついていた。僕は本当にアブドゥについて何を知っているんだ？　個人的で不確実な直感は別として、この依頼人が本当に少年の誘拐と死亡に関係がないと誰が僕に言ったのか？

多分その時の僕は可能な――むしろ蓋然的な――敗北のアリバイを探していたのだと、今になって思う。だがその時はそんな仮説を思いつくほど明晰でなく、単純に言うと空回りしていた。

このような裁判の前にこんな雑音がきこえるのは弁護士にとっていいことではなかった。それに特に依頼人にとっていいことではなかった。弁護士はぶざまな姿をさらす準備をし、依頼人は痛めつけられ有罪になる準備をすることになるのだから。

その前の数日間に弁護準備のためアブドゥと二度話をした。被告人側の証拠、アリバイの発端か何かヒントを探したが、僕たちは何も見つけられなかった。

ある朝僕は子供がいなくなった場所と遺体が発見された場所を回ってみた。それはいささか映画的、感傷的な考えだった。解決につながる何らかの直感に希望をつないでいたが、当然ながらそれは得られなかった。

そしてとうとう審理の日になった。裁判はもう始まろうとしていたのに、僕にはたった一人の証人も被告人側の証拠もなく何もなかった。

検察官は証人と物的証拠を示してくるだろう。そうしてほぼ確実に僕らを圧倒するだろう。僕が反対尋問をする番が回ってきた時に証人の誰かを窮地に陥らせることができるよう祈るしかなかった。

もしそれができたとしても、とにかくポジティブな結果を確信することはできなかっただろう。しかし何とか僕の勝負ができるかもしれない。

もしそれができなかったら、その可能性の方が大きいのだが、その場合は勝負にもなにもならない。そして刑務所の記録簿にはアブドゥの名前の横に無期懲役と判が押されるのだ。

フィルターまで吸った煙草を靴の裏で押しつぶし、裁判所へ向かってまた歩き出した。

重罪院法廷の前には記者とテレビ・カメラマンがいた。ガッゼッタ・デル・メッツォジョルノ紙の記者が最初に僕を見つけて近寄ってきた。どんな弁護を行うつもりですか？　被告側の証人はいますか？　裁判は長く続くと思いますか？

吐き気がしたが、何とかうまく自制できたと思う。検察官には証拠はなく状況証拠だけだと僕は言った。まことしやかだが推測でしかない。裁判で僕たちはそれを証明するつもりだ。そのために被告側の証人は今の段階では必要ではない。

話している最中に別の記者が近寄ってきた。彼らはいくつかメモを取り、テレビカメラは手短に僕の顔を撮影してから僕を法廷に入らせた。

中には数人の憲兵、書記官、司法官吏しかいなかった。僕は自分の弁護席、裁判官に向かって右側の席に座った。何をしたらいいか分からず、かといって忙しそうなふりをする気もなかった。その日特別必要ではないエアコンのブーンという音が聞こえていた。数分後、傍聴人が少しずつ入り始めた。

そして法廷の後方から刑務所の青い制服をきた護衛官らが入ってきた。その中にアブドゥがいた。彼を見て少し気分がよくなった。一人ぼっちではなくなった。周囲の空虚さが減ったと思った。

彼を檻の中に入れてから彼らは手錠をはずした。僕は挨拶と話をしに行った。彼のためというより僕自身のためだったと今は思う。

「やあ、アブドゥ、どうだい？」

「元気だ、裁判になってよかった。待つのは終わった」

「僕たちは君の尋問を請求するかどうか決めなければならない。それは君次第だ」

「なぜ、請求しないんだ？」

「リスクがあるからだ。いずれにせよ、僕らが請求しなくても、ほぼ確実に検察官が請求するはずだ。要するに僕たちは君が返事をしたいかどうかを決めなければならないんだ。君が望むなら答える意志がないと言うこともできる。その場合彼らは検察官の面前で行われた君の尋問調書を読み上げる」

「答えたい」

「よし、じゃあよく聞いてくれ。裁判長は君に自発的陳述をしたいかどうか裁判の途中で聞くが、君は礼を言って何も陳述はしないこと。たとえ叫び出したくなったとしても僕と話す前には何も言ってはいけない。もし言いたいことが何かあったら、僕を呼んでそれが何なのか言ってくれ。そうしたら僕は君にそれが話すべきことなのか、いつ話したらいいかを教えるから。わかったか？」

「はい」

その瞬間、裁判官の入場を知らせる鐘が聞こえた。

「よしアブドゥ、始めよう」

僕は振り返り、自分の席に戻ろうとしていた、その時にはもう裁判官らが法廷に入ってくる足音が聞こえていた。

「弁護士先生」

僕は檻から数メートルのところで振り返った。裁判長はすでに入室し、その他の裁判官らは彼に従っていた。

「何？」

「ありがとう」

僕は一瞬何を言ったらいいか、または何をしたらいいか分からないままそこに立ちすくんだ。裁判官らはすでに壇上の大きな机の後ろに勢ぞろいしていた。

僕はうなずいて自分の席へ行った。

三

公判開始の手続きは速やかに行われた。裁判長は書記官に罪状を読み上げるよう命じ、次いで検察官に発言を許した。

チェルヴェッラーティは立ち上がって肩に羽織った金色のひも飾りのついた法衣を直し眼鏡をかけて自分のメモを読み始めた。

「一九九九年八月五日十九時五十分、モノーポリの憲兵隊に未成年ルビーノ・フランチェスコ年齢九歳が行方不明との電話がありました。この通報は母方祖父アップレーシャ・ドメニコによるもので、カピートロ地区にある母方のこの祖父母の別荘建物の前で数分前まで遊んでいた少年が失踪したとの届け出でした。直ちに少年の捜索が開始され、捜査犬も導入しましたが、結果の出ないまま一晩中捜査は続きました。同時に予備的捜査活動も始められ事実関係を知っている人、行方不明になった地域の住人や避暑滞在者または商業活動者などに参考人として事情を聞きました。

次の日も捜索は一日中、夜も続けられましたが結果は得られませんでした。八月七日ポリニャーノ憲兵隊に匿名の通報があり、少年は国道十六号線とサン・ヴィートの地区の中間にある井戸の中だと言及しておりました。直ちに現場で捜索が開始され、残念ながら肯定的な結果、つまりフランチェスコの死体が発見されたのであります。死体には暴力の明確な痕跡は見られませんでした。

続いて行われた司法解剖で死因は窒息死であると判明しました。

死体発見後速やかに行われた捜査で今日被告のセネガル人、ティアム・アブドゥを被疑者とする決定的な要素が入手されました。

ごく簡単にまとめ、公判の証人尋問で問題とする点を明らかにしておきますと、その入手された疑惑の要素というのは以下の通りです。

証人数人が――数回――海水浴場ドゥナ・ビーチで被告がフランチェスコ少年と話すため立ち止まっているのを目撃したと述べました。

少年の祖父母の家――つまり子供が最後に目撃された場所――のすぐ近くにあるバールの主人が子供の失踪の数分前に被告が通り過ぎるのを目撃したと言っております。ティアムの同郷人二人はそれぞれ上述人物が砂浜に――いつもの海水浴場ドゥナ・ビーチ――に少年の失踪の翌日姿を現さず、その数日間自動車を洗うのに忙しかったと供述しました。

被告の住居における家宅捜索で少年のポラロイド写真一枚が発見されました。このデータの重要性はコメントを必要としません。同じく家宅捜索で多くの児童書が見つかり、一人暮らしの成年男子がこれらの本を所有していることはそれ自体で疑惑となり、本事件の証拠の枠内で気がかりな意味ある要素と判断されます。

最後に、特に重要な意味を持つのは、捜査中における被告の尋問内容であります。検察側は現段階から本公判でティアム氏の被告尋問を請求することをまず前提としておき、私がただ指摘しておきたいのは、上述の者は、ルビーノ少年を知っているかとの問いに、それを認めなかったことであります。ただし、その後彼の自宅で押収された少年の写真を見せられた時、彼はいかにもこっけいな説明をしたのであります」

チェルヴェッラーティはいつもの鼻にかかった単調な声で話していた――というより読んでいた――。僕は彼の報告から驚くべきことは何もなさそうだったので一人ずつ裁判官を観察することにした。

裁判長ニコラ・ザヴォイアンニはバーリ市のいわゆる上流社会で著名な人物だった。美しい顔立ちの男で六十歳を越えているにもかかわらず若々しく、ヨットクラブの常連でポーカーの上手な遊び手で女好きという噂だった。仕事で消耗するまで働いたことはないが、かなり前から重罪院の裁判長をしていた。つまり大抵の仕事のやり方は知っている。一度も彼を感じがいいと思ったことはなかったし、それはお互いさまだろうといつも思っていた。

裁判官は陰気な男で髪の毛が薄く近眼で皮膚が光っていた。民事出身で、彼に裁判で会うのはこれが初めてだった。何かから身を守ろうとするかのように法衣の前を手で押さえていた。僕は彼の目を良く見ることはできなかった。それは分厚いレンズに覆われていた。

陪審員は女性四人と男性二人だった。全員が最初の公判審理のときに陪審員が見せる場違いな感じを発していた。両端には五十から六十歳の女性が座っていた。そのうちの一人はぼんやりと僕の大叔母、母の従姉妹を思い起こさせた。まるで今にも僕を裁判官席に呼び寄せて修道院のアーモンド菓子を差し出しそうな感じだった。

裁判官の横には二人の男性陪審員が座っていた。一人はごく短い白髪で古臭い型の二つボタンのジャケットを着て黒いネクタイをし、六十歳ぐらいかもう少し上、横長の目で退役キャリア軍人のようだった。とても見込みはなさそうな感じだった。もう一人は若くてせいぜい三十歳ぐらいの男で、賢そうな顔で周囲を眺めていた。

裁判長の側には女性が二人いた。一人は校長先生みたいだ——とその時僕は思った——。もう一人は化粧が厚く派手に口紅を塗り美容院から出てきたばかりのような日焼けした女性で偶然にも裁判長のとなりにすわっていた。

僕は検察官の話が証拠申請に入ってほぼ結論に差し掛かっているのに気づいてその観察を中断した。「……それゆえ私は証人リストの承認と先に提示した資料の採用、もし認められるなら被告の尋問を申請します。被告が尋問を拒否する場合は予備捜査の段階で行われた供述調書を公判の証拠書類として採用することを今の段階から申請いたします。さらにセネガル国籍の二人の証人は行方がわからず本公判出席が不可能なため、第五百十二条（二）に従い予備捜査段階で行われた彼らの供述調書の採用を今の段階から申請します」

裁判長はコトゥーニョに発言をゆだねた。彼は手短に話した。民事当事者はけっして復讐のための裁判を求めているのではなく、ただ公正な裁きを得るためであります、と言った。責任が厳格に認められ、同等の厳格さで事件の重大さに見合った刑罰が規定されるときに裁きは公正になるのであります。彼からの証拠申請はなく検察側の申請全部に従うとした。その大筋で全面的に同意していた。

僕の番だった。

「裁判長、裁判官、陪審員の皆様。検察官はまるで有罪判決の判決理由を読み上げるがごとく話をしました。しかし我々は実質審理の証拠調べで、証人まさしく検察側の証人の反対尋問を行い、検察官の頭の中にすでに書かれているその有罪判決が推測によって構築された城に過ぎないことを立証します。捜査はその初期の段階からこの恐ろしい犯罪の真犯人を探し当てることではなく**誰でもいいから一人の**犯人を見つけることに向けられていたことを立証しようと思います。気の毒なフランチェスコ・ルビーノの家族と司法全体への要望に緊急に——もちろんそれには異論の余地はありませんが——答えを出さなければいけないとあせる余り、緊急性が証拠物件を客観的にゆがめたことを立証します。その点についてもっと明白にすると、我々は私の依頼人であるティアム・アブドゥを害するために、故意に証拠がゆがめられたと主張しているのではありませんし、それは憲兵隊でも検察官によってでもありません。だが、できるだけ早く司法の要求を満足させる犯人を見つけなければならないという悲壮な必要性が捜査を近視眼的にし見通しを誤らせ方法論の間違いをもたらしたのであり……」

裁判長が僕をさえぎって言った。

「グエッリエーリ弁護士、あなたは自分の証拠申請を、もしそれがあるならしてください。口頭弁論はまだ始めなくてよろしい」

「裁判長。私は刑事訴訟法第四百九十三条に従い、立証しようと意図する事実を提示するにとどまっていることを丁重に指摘しておきます。特に捜査の大筋の欠点——もちろん最善の意図によって生まれた欠点ではありますが——は収集された証拠資料の質と信憑性に影響を与えたことを立証します。もう大体言いたいことは終わりましたから、お許しいただけるなら、もう少しだけ続けますが」

「弁護人は続けて話をしてよろしい、ただし限界があるということをわきまえておいてもらいたい」

「裁判長ありがとうございます。それで私が言っていたのは、一連の偶然によるほぼ事件直後の容疑者の特定が、取調官をして、一種の無意識で連鎖的な、疑惑から推量へ、推量から推定の証拠へと変化させたのだと私は言っているのです。我々が公判の経過でたどる目的はこのメカニズムを暴き、それを逆向きにたどって、欠点のある推論、不正確な推論、無意識だとは言え、本質的で重大な不法を審査することであります。

今の段階で表明すべき証拠はありません。ただし反対尋問を行うため私はいくつかの書類を使用することを予告しておきます。その書類については次いで証拠としての採用申請をいたします。結論として、陪審員の皆様に覚えておいて頂きたいことは、文明国において、起訴された者は何も立証しなくてよいということです。もう一度この概念を申し上げますと、被告人は立証しなくてもよいということです。訴える検察側が、あらゆる妥当な疑問を越えて、被告の法的責任を立証しなければならないのです。お願いですからこの裁判の間、常にこのことを覚えておいてください。ありがとうございました」

これは即興だったが、座った時には、ほとんど自分に満足していた。苦肉の策で出てきた、推量から推定の証拠へ、単なる疑惑から推量へ、という過程を逆向きにたどるという考えが気に入った。他人——裁判官——を説得し始めるために話しながら自分自身を説得し始めていた。この仕事ではこういうことが起こるのだ。そして起こらなければならない。

もしかしたらうまくいくかもしれない。もしかしたら状況はあの朝そしてその後数日間、僕が思っていたほど絶望的ではないかもしれない。

おそらく。

裁判長は短い命令を口述した。それによると申請された証拠を承認し、証人尋問の開始はその翌日の裁判にするというものだった。その朝オフレコで我々に説明したのだが、陪審員のうちの二人に変更不可能な個人的な用事があり、そうせざるを得ないということだった。

裁判官らは法廷から立ち去り、護衛官はアブドゥに手錠をはめ、連れて行った。傍聴人は四散した。

僕は書類を片付け法衣を片手に持ち、もう片方の手でかばんを持って最後に出口へ向かった。

四

検察側の最初の証人はモノーポリの作戦隊指揮官の憲兵中尉だった。二十六、七歳ぐらいの感じのよい若者であまり軍人らしくなかった。

裁判長は彼に宣誓書を読むよう言った。中尉は書記官が差し出したくたびれた紙片をとって読みあげた。

「道徳的司法的責任を認識し、真実すべてを供述し、自分の知っていることを何も隠さないことを誓います」

「身元証明を述べてください」

「モローニ・アルフォンソ中尉、一九七三年九月十二日ブレーシャ生まれ、現住所モノーポリの憲兵隊中隊方。作戦部隊および無線パトロール部隊の指揮官であります」

「検察官、どうぞ直接尋問を進めてください」

チェルヴェッラーティは自分の前にあった関係書類からメモを取り出してはじめた。

「それでは中尉、まず裁判官に対して少年ルビーノ・フランチェスコの誘拐および殺害に関する捜査でのあなたの役割について言及してください」

「はい、かしこまりました。それではですね、一九九九年八月五日十九時五十分頃、作戦本部の電話一一二番に通報がありました。九歳の男子、名前はルビーノ・フランチェスコが行方不明になったという届け出でした。電話は少年の祖父からで、少年は祖父のもとで休暇を過ごしておりました。というのは私の間違いでなければ両親は別居しており……」

「よろしい中尉、余計な部分は無視してよろしい。重要な事実のみお願いします」

中尉は何とかそれに答えようとした。言葉をさえぎられたのを喜ばしく思っていなかった。しかし彼も軍人である。何も言わず、少し間をおいて証言を再開した。

「作戦室に通報が届き、私が個人的にその情報を知り、私が無線パトロール隊を祖父母の屋敷に……送りました」

「その屋敷はどこにありましたか?」

「ええ、それを言おうとしていたところですが。祖父母の屋敷は……、カピートロ地区、海水浴場ドゥナ・ビーチの近くにありました。パトロール隊の警官は現場に到着し少年の祖父母に会い、事態がもっと深刻だと理解するにいたりました。なぜなら少年が行方不明になったのはその二時間前だったかもしれなかったからで、私にそれを連絡してきました。その時点で私は捜索援助を依頼するため警察分署にもその旨連絡し、私も作戦班の警官とともに現場に向かいました」

「捜索はどのように組織されましたか?」

「警察のほかに自治体警察つまり市の警察にも協力を要請しました。もちろんその件についてはバーリの上司に報告いたしました。前もって述べておきますと大尉は病気で休暇中で私がモノーポリ中隊の責任者をしておりました。いずれにせよ捜索の早い段階からバーリの人員も参加しておりました。翌朝には犬を使った捜索も開始されました」

「捜索犬の導入で状況に重要な新しい発見がありましたか?」

「はい、そのとおりでございます。私たちは犬を祖父母の屋敷へ連れて行き、少年がいなくなった場所、つまり最後に彼が目撃された場所から捜査を開始させました。犬たちは決然と走り始め、そのあたり全体を——それは屋敷の門のすぐ外でしたが——通り抜け、内部の私道まで達しました。その道はカピートロの県道から一群の屋敷をつなぐ私道で、その道を犬は県道まで一直線に走って行き、そこで止まりました。つまり内側の私道と県道の交差点で犬は子供の手がかりを失ったのであります。我々は犬を県道の反対側へ連れて行き数百メートルあちらこちらを調べさせましたが何も見つかりませんでした。最後に少年の匂いがかぎつけられた地点は内側の私道と県道との交差地点でした。この事実から我々は結論として子供は乗用車に乗りこんだものと推論いたしました」

「いつ子供は発見されましたか？　そしてその様相は？」

「はい、我々は子供の体をポリニャーノ近郊、海岸に近い畑の井戸で発見しました。匿名の通報がポリニャーノの憲兵隊分署にありました」

「電話の人物は何と言いましたか？」

「我々が捜索している子供はポリニャーノ市内サン・ヴィートの井戸の中だと言い、井戸の位置を正確に言いました。つまり何キロメートルのところだとか、そういうことですが、今は覚えていません。とにかく国道十六号線を基準にしていました」

「この人物は特別なアクセント……で話していたと言えますか？」

それは僕が介入する番だった。

「裁判長、異議あり。今のところ匿名電話についての事実は別として、私が知る限り中尉は彼自身で通報電話を受けたのではなかったことを私は指摘しておきます。これらの質問は認められないものであり、このことについては後で言及するとして、電話を受けた憲兵に対してなされるべきものであります」

裁判長は僕の言うとおりだと言い、この質問を認めなかった。尋問は単調に捜査の経過、アブドゥの逮捕まで続いた。中尉は捜査の調整をするにとどまり家宅捜索と押収には加わらず、重要証人の取調べをしなかったので、僕の観点からみると彼の重要度は二次的だった。

チェルヴェッラーティが終わると民事訴訟担当弁護士は検察官の証人尋問は余すところのないものであり、よって自分の質問はありませんと言った。

僕の番だった、もし質問があるならと裁判長は言った。

実際中尉に聞くべきことはほとんどなかったし、楽をして反対尋問を省略してもよかった。だが僕は陪審員に対して自分の存在をアピールする必要があった。それで、はい、証人にいくつか質問がありますと答えた。

「それでは中尉、あなたは作戦室に子供の行方不明を届け出る電話があったのは何時といいましたか」

「十九時五十分です」

「十九時五十分。ありがとうございます。一方、あなたが派遣したパトロール隊は何時に祖父母の屋敷に到着しましたか?」

「移動時間、つまりモノーポリの兵舎からカピートロへの所要時間の十五分、多くても二十分後です」

「子供がいなくなったのは何時ですか?」

「正確な時間がどうしてわかりましょうか」

「中尉殿、私がこの質問をしたのは、あなたが検察官の質問に答えて、パトロール隊は子供がいなくなってからすでに二時間を経過していることに気づいたと言ったからです」

「はい、そのとおりですが、その事情を私に言ったのは私の部下の男たちでありました」

「それでは、裁判官らに対して、あなたが持っているデータにもとづいておおよそのところ何時に子供がいなくなったのか言っていただけますか？」

「二時間前です、先に言ったように」

「つまり？」

「六時頃、ということです」

「子供は十八時頃いなくなり、祖父は十九時五十分に通報した、で正しいですか？」

「おおまかな参考としての時間です」

「そうですとも、子供は参考の時間として十八時にいなくなり、祖父は十九時五十分に電話をした。正しいですか？」

「はい」

「祖父には、どんな理由で通報する前に二時間以上も待ったのか、非公式にでもその理由を聞きましたか？」

「なぜ待ったのかは知りません。おそらく自分たちで探したのではないかと……」

「すみません、中断しますが、中尉、私はこれについてあなたの意見を伺っているのではありません。あなたに聞いたのは、祖父はどういう動機でその約二時間待ったのか、その理由を言ったかということです。この質問に答えられますか？」

「言ったかどうか覚えておりません」

「あなたは彼に非公式にでもその質問をしたかどうか、覚えていますか？」

「いいえ、覚えていません」

「それでは、あなたは子供がいなくなってから通報までの間の二時間に何が起こったのか知らないということで、正しいですか？」

「すみません弁護士、その時我々は子供の捜索にあたっていたわけで、捜索を組織したりしており、いかにそしてなぜ祖父が通報を遅らせたのか理解するのに専念していたのではありません。通報が遅れたことは認めるとしましても」

「もちろんあなた方の行動の正しさを議論しているのではありません。あなたに別の質問をしますが、あなたは検察官が証言をさえぎる前に子供の両親が別居していたことに触れましたね」

　ここで検察官は僕のこともさえぎった。

「裁判官、異議あり」

　コトゥーニョもわって入ってきた。

「民事側としても異議ありに賛同いたします。すでに悲劇を被った家族であります、何のために裁判とかかわりのない個人的な事情をあれこれと詮索されなければならないのでしょうか」

いつもなら僕は固執しなかっただろう。探りを入れるためにこの質問をしてみたにすぎなかった。検察官が中尉をこの点で中断させたからだった。しかし今の相手の反応は大げさすぎるように思えた。それでもう少しこの話題に固執してみようと考えた。何が起こるか見るために。

「裁判長、この事情に対する検察官と民事弁護士の反応は理解できません。私は子供の家族、彼らを襲った苦痛に対する敬意の念を欠くつもりはありませんし、それに私の質問にそんな効力があるとも思えません。私の関心はただ少年がいなくなった直後の数分、数時間に何が起こったのかということで、子供の両親が捜索に加わったかどうかということであります」

「その範囲内で、継続することを許します」

「ありがとうございます裁判長。それでは子供の両親は別居していた——または現在もしている——ということですね？」

「そうだと思います」

「その事情をいつ知りましたか？」

「現場に行ったときです」

「そこに子供の両親はいましたか？」

「いいえ」

「彼らがどこにいたか知っていますか？」

「いいえ、母親は数日前から休みで外出していたのだと思います。父親の方は知りません」

「その事情をどのようにして知りましたか？」

「アップレーシャ氏、つまり母方の祖父が私が現場に到着した時にそう言いました」

「アップレーシャ氏は子供の行方不明を両親が知っているとあなたに言いましたか？」

「はい、娘には携帯で連絡がついたので今戻ってくるところだ、と私に言いました、ただどこからかは覚えていません。または言わなかったのかもしれません。いずれにせよ、その夜遅く私は少年の母親に会いました。捜索の基地として利用していた屋敷でです」

「それで父親は？」

「ええそれは、私は父親については何も言うことがありません。その次の日にルビーノ氏に会いましたが、彼がいつ到着したのか、どこから来たのかは知りません」

「彼も休暇中だったかどうか、知っていますか？」

「知りません」

「母方の祖父母が少年の母親の他に父親にも電話したかどうか、知っていますか」

「知りません」

「もっと概略的な言葉で言うと、誰が子供の父親に知らせたのか知っていますか？」

「いいえ」

「いずれにせよ、行方不明の晩母親は来たが父親はいなかった。それで正しいですか？」

「はい、正しいです」

「ありがとうございます。私から別の質問はありません」

実際これらは無意味な質問だった。両親の別居は子供の行方不明、この裁判、そしてそれ以外と何の関連もなかった。多分このような質問に異議を唱える検察官と賠償請求の弁護士の言い分は正しいのだろう。

しかし僕ができることは少なかった。本当に少なかった。だから何かをしなければならなかったのだ。見当違いでも何かの音を聞き取る望みを持って、そしてどの方向が正しい道なのかを知るために。進路を見極めるために。

弁護士のマニュアルでは、これは間違った審理の進め方だと言うだろう。

返事の予測できない質問はしないこと。到達すべき正確な目標がないままやみくもに反対尋問をしてはいけない。反対尋問は厳密に計画どおり行い、即興を行わないこと、なぜならその場合相手の立場を補強することになりかねないからである、などなど。

忌々しい裁判に、こんなマニュアル執筆者が立ち向かうのを見てみたいものだ。本当の裁判の雑音と不潔で血なまぐさい胸がむかつくような中で、彼らを見てみたいものだ。そして彼らの理論を応用するのを見てみたいものだと思った。

見当違いの反対尋問をしない。

彼らを見たいものだ。僕は先が見えないまま仕方なく進まなければならないんだ。裁判だけじゃなくて。

その公判審理にはそのほか数人の証人が呼ばれた。子供の遺体発見につながった電話を受けた憲兵は無名電話の声は**不思議な**アクセントだったと言った。検察官はもっと何か言って欲しかったのだろう。おそらくアクセントはセネガルのアクセントだったとでも証人に言って欲しかったのだろうが、憲兵は助け舟を出さなかった。彼にとってアクセントは単に**不思議な**だけで、それはすべてを意味すると同時に何も意味していなかった。

犬で捜索を行った憲兵たちも現れたが彼らの話は中尉の話と比べて特に新しいことはなかった。少年の体に引き縄をつけるために井戸に降り、遺体を引き上げた消防団員も来た。その証言は悲しく無意味だった。

それからドゥナ・ビーチ海水浴場の常連客数人に事情を聞いた。彼らはアブドゥを知っていた。ある者は彼の商品を買ったことがあった。全員がこのセネガル人が時々砂浜で立ち止まって彼らと話をしたことを覚えていた。時々子供と話をしているのを見たと言った人もいた。僕は彼らにアブドゥがどんな態度だったか尋ねた。全員が、いつも和やかで変な態度は一度も見たことがないと言い、少年と友達同士のように見えたと言った。

司法解剖をした医師の尋問も行われるはずだったが医師は欠席だった。事前に欠席届で別の審理の時に尋問して欲しいと願い出ていた。裁判長は予定よりも少し早く終わるのがいやでないらしく裁判は次の月曜日に延期された。

僕は、その頃にはもう残念ながら暑くなっているだろうなと思った。六月はいつもこんなに運がいい訳でもなかった。もう六月なのだからいつまでも涼しいはずがないのは当然だった。

五

マルゲリータの家で夜を過ごしてから二週間経っていた。その後僕たちは会わなかったし電話もしなかった。その翌朝僕には不思議なことが起こった。つまり僕は罪の意識を感じたのだ。サーラに対してだと僕は思っていた。

それは不思議なことだった。サーラが僕を捨て彼女自身の生活を始めてから、一年半以上経っていたからだ。それなのに馬鹿馬鹿しくも初めて彼女を裏切ったと思った。ただあの夜マルゲリータと一緒に気分良く過ごしたということだけで。

　僕たちが結婚して一緒に住んでいた頃、僕は見苦しいことをたくさんした。それで不快な思いもしたし自分自身を軽蔑したことも何度かあった。しかし本当に罪の意識を持った事は一度もなかった。あの夜の後のようには。

　僕は時々この現象について考えた。その時は分かっていなかったけれど多分今は分かる。

　人は痛みに愛着をもつんだ、そして絶望にさえも。ある人のためにとても悲しんだ時、その痛みが過ぎ去っていくという事実に僕たちは愕然とする。そのうちにすべてが本当に終わってしまうのを意味すると信じるからだ。

　いやそうではない。だがその時僕はまだ分かっていなかった。

　僕はマルゲリータに電話しなかった。自分の痛みを失うのが怖くて彼女を探さなかった。変な生き物だ、僕たちは。

　いずれにせよ彼女の方が電話をしてきた。午後の二時半頃で僕は本屋にいた。それは僕が一番好きな時間だ。本屋にはほとんど誰もいない、音楽も聞けるし人がいないので新しい紙の匂いを感じることさえできるのだ。

　携帯に返事をした時、僕は評論を立ち読みしていた。それは好きな本全部を買うだけのお金を持っていなかった頃に開発した昔のテクニックだった。

　何してたかって？　今本屋にいるんだ。一緒にコーヒーでも？　いいよ。ラテルツァ

（バーリの出版社、本屋の名前）から家へ帰るのにかかる時間、十分ぐらいで行けるよ。え、カフェイン抜きのコーヒーがいいかって？　普通のコーヒーがいい。じゃあ、もうしばらくしたら会おう。うん、僕も君の声が聞けてうれしいよ。本当に。

急いで――そうとは気づかないまま――家へ向かっている間、自分の携帯の番号を彼女に渡したかどうか覚えていないこと、眠れないことや、カフェイン抜きのコーヒーのことを彼女に話した記憶がないのに気づいた。でも彼女が電話をくれたのはうれしかった。

彼女は僕に手を差し出し、僕を少し自分の方に引っ張りながら頬に二回キスをして挨拶した。友好的なほとんど仲間同士のような挨拶。それなのに僕はへその下で何かを感じて少しだけ赤くなった。

僕をテラスに座らせた。そこは北向きだったので陰になっていて涼しかった。僕たちはコーヒーを飲み煙草に火をつけた。彼女は色あせたジーンズと半そでの白いTシャツを着ていた。Tシャツにはこう書いてあった。**青虫が世界の終わりと呼ぶものを、残りの世界は蝶と呼ぶ。　老子**

彼女の顔と腕は日に焼け、腕は筋肉質で美しかった。アブドゥの裁判のことを何だか派手に書いた新聞を読んで僕がその弁護士だとわかったから、もっと詳しく知りたくなって電話したのだと言った。僕はがっかりして小さな痛みを感じた。ただ裁判について知りたいという好奇心で電話してきたんだ。僕は一瞬よそよそしくしようかと思った。

だが幸いなことにそれはすぐにおさまった。

僕は話した。検察官の捜査資料に何が書かれているか、推定にもとづいた裁判、すごく状況証拠が多い裁判だということについて、それからどのように僕がその担当になったか、アバジャジェのことやその他すべて。

彼女が質問してくるだろうと思ったが、やはりしてきた。

「あなたはこのセネガル人が無罪だと信じているの？」

「さあね。ある意味ではこれは僕の問題ではない。できるだけ最善の弁護をするのが僕たちの仕事だ。無実であろうと有罪であろうと。真実が、もし存在するなら、裁判官がそれを見つけなければならないのだ。僕たちは被告を弁護しなければならない」

彼女は吹き出した。

「おみごと。何だったっけ、開講講義、弁護士の高貴な職業？　政界に入りたい？」

僕は適当な答えを捜したが見つけることはできなかった。彼女の言うとおりだ、そして自分はいったいどうしてこんなばかげた傲慢な態度で話をしたのだろうと思った。

「ねえ、傷ついたわけじゃないでしょう？　ふざけてただけだってば」

首を僕の方に伸ばして僕の顔を見た。それで自分が必要以上に長い間黙っていたことに気づいた。

「君の言うとおりだよ、こっけいだった。僕はアブドゥが無罪だと信じている、だけどそれを言うのが怖いんだ」

「なぜ？」

「自分の直感、自分の想像をもとにしてそう考えているから。僕は彼が好きなんだ、それで彼が無実だと考える。なぜなら彼が無罪になって欲しいからだ。そして有罪になるのを恐れている。もし彼の無実を確信しすぎて、彼が有罪になったら――おそらく有罪になるだろうけど――そうしたらそれは僕にとっていやな一撃だよ、まあそれにも増して彼にとってもっとひどい打撃だけれど」

「どうして彼のことが好きなの？」

考えもせずに答えがでたのに自分でも驚いた。そしてその答えを言うと同時にそれが見つかったことにも驚いていた。

「何か自分に似ているからだよ、多分そうだと思う」

この答えは彼女の心を打ったようだった。彼女はしばらくの間黙りこくって、目をどこか、左の下の方に向けていたから。どこか自分の中で何かを探している、と思った。それを終えて彼女が話し始めるまで、僕は彼女をじっと見つめていた。

「裁判を見に行きたいんだけど、いいかしら？」

「もちろんいいよ。次の公判は来週の月曜日だ」

「書類を読んでもいい？　その前に」

僕は微笑みたくなった。どうしてだか分からないけれど。どうしてか分からないが彼女が的を外していないと思った。彼女の本棚にある武術のマニュアル本のことを考えた。

どうしてそんなものを持っているのか、何か武術をしているのか、そしてそれは何なのか、それまで彼女に訊いていなかった。それで僕はその時に言った。

「いつでも好きな時に読んでいいよ。ここに持ってきてもいいけど、多分君が事務所に来たほうがいい。大きな紙の山だからな。君はどうしてこんなにたくさんの武芸の本を持ってるんだ？」

「合気道を少しやってるの。飲むのを止めた時から」

「少し、ってどのくらい？」

「黒帯二段」

「見てみたいな」

「そう。じゃあ中にきて」

僕たちは部屋の中に入った。彼女は棚からビデオを取り出しビデオデッキのスイッチを入れ、僕に座るように言った。

ビデオは誰もいない緑色の畳が敷いてある日本式の道場の撮影で始まった。画面の外から、何か僕の分からないことを言っている声が聞こえた。そして画面に白い上衣と黒いズボンをはいた女性が入ってきた。髪の毛は一つに縛ってあった。それがマルゲリータだと分かるのに数秒要した。彼女は外の一点を見つめていた。その方向から同じ衣装の男が入ってきて彼女の上衣の襟をつかんだ。そして彼女が彼の手をつかんで脚の上でまわした。それはまるでスローモーションだったが、それでもどのように男が畳の上に音を立てて放り出されたのかはよく分からなかった。止まることなく立ったまま回転して振り向いた後、男はもう一度攻撃した。彼の手は開いてマルゲリータの頭へ落ちてきた。また回転しそしてまた僕に分からない動き。そしてまたしても男は幅の広い黒いズボンで空中に優雅な形を描きながら飛んでいった。別のシーンが続いた。そこでは攻撃者は棒、またはナイフを持っていたり、または二人組みだったりした。

それは魅力的なショーで、二十分ほど続いた。それからマルゲリータはカセットを取り出し片付けた。その間彼女は何も言わなかった。そして僕も。そしてその後も二人とも何も言わず、しばらく黙っていた。でも僕の一生の中で多分初めて、沈黙の中にいても居心地の悪さは感じなかった。その沈黙を僕の声か何か他の音で必死になって埋めようとしなくてもよかった。僕は繊細で変わりやすい筋立てを直感したような印象を持った。音楽、その瞬間そう思った。

帰る時になって、カセットを見る前も後もずっと彼女のこと、特に腕を眺めていたことに気づいた。黄金色に輝く皮膚としなやかで長い強靭な筋肉を見ていた。テラスで前腕の金色の軽い産毛を、涼風にそれがどんなふうに軽くそよぐかを見ていた。

「君の腕とてもきれいだ」ドアのところで彼女に言った。それからいつものように中途半端に終わらせてはいけないと思って付け加えた。

「君はとてもきれいだ」

「ありがとう。あなたもとても素敵よ。いつもは笑わないけれど笑った時の顔はとてもいい。あなたは子供のような笑顔をする」

誰も今まで僕にそんなことは言わなかった。

六

その次の月曜日、最も重要な調書を作成した准尉、司法解剖を行った医師、特にバール・マラカイボー店主の証言が予定されていた。このバール店主はアブドゥを少年の失踪直前に見かけたと証言していた。それはたとえ決定的ではないとしても基本的な審理だったので僕は土曜と日曜の午前中、供述調書と法医学の文献を勉強した。

土曜の午前中、家の近くのカラーコピーをしてくれる文房具店にも行った。僕が必要とするものを言った時、女性店主は少し変な顔で僕のことを見た。

だが店を出る時、僕は彼女のした仕事と自分が持ち帰っているものに満足していた。ゲームのもち札を得た気がした。

マルゲリータは金曜の午後僕の事務所に立ち寄った。打ち合わせ用の小部屋で三時間以上一人で裁判の資料を読んだ。そしてとても当惑していたマリア・テレーザにコピーを少し頼んでから九時頃僕のところに挨拶にきた。土曜、日曜日は出かけるから。

誰と？と一瞬思った。

月曜の朝、九時半に重罪院で会いましょう。バーチ（キスのこと、投げキスのしぐさをしながら言う、挨拶の一つ）と立ち去りながら彼女は言った。僕もバーチと答えたかったが、そのしぐさを手でしただけで彼女を見つめた。そして彼女がもう部屋を出て行ってしまった後で空中にあったその手をゆっくりと閉じた。

幸いまだずいぶんと涼しい週末だった。だから働くのはまだ辛くなかった。

日曜の一時半頃、もう終わりにしてもいいだろうと思い、出かけることに決めた。その時間なら海に行けた。街は閑散とし道路はすいてるから、どこでも行きたいところに少しの時間で着けるだろうと思った。僕はかばんにタオルと水着と本を入れて出た。

街は本当に閑散として、数分で中心街を抜けてホテル・ナツィオーニを後にして海岸通りに出た。メルセデスはリラックスした音で前進し気づかないうちにバイパス道路へ出ていた。出発した時はバーリから二十キロぐらいのコッツェか遠くてもオリニャーノへ行こうと思っていた。しかし途中で考えを変えてカピートロの出口までアクセルを踏んだ。

思っていたほど混んでいなかった。海水浴場のパーキングに簡単にあきを見つけることができた。それは——車を降りる時に気がついたのだが——少年が行方不明になった場所から一キロも離れていなかった。

　駐車料金と砂浜の入場料が込みの料金を払い、靴を脱いで砂の上を歩き始めた。不思議な感じがした。自分は気が狂うと信じていたあの夏からもう一年近くが経っていた。前の年は目をくらませる太陽の光が嫌いで砂浜と人が嫌いだった。僕がいたるところで居心地の悪さを感じているというのに、彼らは気分よさそうにしていた。

　今自分は病み上がりの病人だと思った。前の年嫌っていた人、海、砂を見ることができ、それらを見てももう自分が痛みを感じていないことに驚いた。一種の甘い無関心さを感じて、一年前に自分があれほどひどい状態だったと考えるのが難しかった。

　小さな共同更衣室で服を脱ぎ、デッキ・チェアーを借り、波打ち際においてもらった。海はちょうど僕が好きな海だった。穏やかだが全くの平坦ではなく、風が軽く海水の表面を波立たせていた。日のあたる場所はちょうどいい暑さで気持ちがよく、デッキ・チェアー近くの砂の上に本をおいて、眼を閉じてうとうとする。僕はそんなふうにして過ごした。波打ち際の人々の喧騒とともに。だがそれもやがて僕を包み込んでいた不思議な幸福感の中に消えていった。

　夢を見た。ちょうど目覚めと眠りの狭間、または眠りと目覚めの不思議な相で夢を見るように。

　道で僕はサーラに会った。僕たちの家、つまり昔の僕たちの家で今は彼女の家の近くで。彼女は僕を迎えにきて僕を抱きしめ口づけした。僕はそれに応えたが当惑していた。

とどのつまり——夢の中では——僕たちは四年前から会っていなかったし電話もしていなかったのだ。それでそれを彼女に何とかして言った。すると彼女は僕を見つめ、あなたは変な人ねと言いながら、驚いた顔をしてまるで今にも泣き出しそうだった。僕は彼女に四年前から僕たちは会ってないのだと繰り返した。すると彼女は泣き始めた、絶望的に。なぜそんなひどいことを言うのと訊き、僕は何をしたらいいのか分からなかった。彼女が本当に絶望しているように見えたから。僕は悲しくなり、それはただの夢なのだと思った。そして目を開けようとした。しかしどのくらいの時間か分からないが目を開けられずにそこにじっとしていた。夢と海辺の喧騒の間で。

そして、顔と胸に水しぶきを感じた。それからすぐに誰だかわかる声。エレナ。

「グイード、グイード、久しぶり！」

「エレナ、なんてうれしい……」

うそだ。僕はどうしようもないうそつきだ、と文字どおり思った。僕はエレナが嫌いだった。彼女と彼女のとんでもない夫、ぞっとする友人たちのグループ。彼女はサーラと同じ高校と大学に通って親友同士だと確信していた。サーラは同意見ではなかったが失礼になるのを嫌がって僕たちは周期的にエレナの招待を受け、時々それにお返しせざるをえなかった。

彼女がかがみこんで僕に抱き付いて挨拶しようとした時、**オピウム**の香水の匂いが僕を包んだ。海で**オピウム**？　別居の後、絶対僕のことをたくさん話しただろう、それもどれ一ついいことではなく、と僕は思った。今彼女はその人格と完璧に一致するしぐさで僕を抱き寄せキスをして、ずっと何をしていたの？　と訊いた。

「グイード、元気そうじゃない！　冬の間スポーツ・ジムに通ったの？　一人？　それとも恋人いるの？」

目くばせして、こんなスタイルで。つまり、**私には言っていいわよ、新聞か街中のポスター百枚ぐらいに宣伝を出すのにとどめておくから。**

「ああ、なんて嫌な女だ、僕は一人だし一人のままでいたい。いずれにせよお前がここに来て邪魔をするならお前に言うことがある。だから良く聞け。お前の夕食はいつも拷問だった。特に料理はまずかった。もちろん皆がお前は料理がすごくうまいって言っていたのは知ってるがそれは僕にとっては永遠になぞのままで残るのだ。お前の夫はお前よりひどい。それにお前の友人たちは彼よりもひどい。一度なんか僕にロータリークラブに入れって勧めたんだぞ。お前に僕が**共産主義者**だって言いたかった。数年間何度もお前は自分の家の夕食に**共産主義者**を呼んでたんだぞ、わかったか？」

こんなことやそれ以外のことも言いたかったが、もちろんそうはせず、僕は吐き気がしそうなくらい愛想よく答えた。そう一人さ、恋人はいない、本当だよ、いやサーラにはずいぶん会っていないな、えっ君はこの砂浜に一人できているのか？　友人たちはマリオとうまくいかない？　誰がうまくやっていけるっていうんだ、マリオと。君ともだめなのか、そうだろうな。

近いうちに夜会わなきゃ？　君と僕で？　もちろん。君の携帯の電話番号を持ってるかって？　持ってると思う。ああ、新しいからそれじゃない。じゃあ新しい番号を言ってくれるって。じゃあ、電話してくれるかって？　当てにしてるって。もちろん当てにしていいとも。大丈夫、チャオ、じゃあ。バーチ、挨拶のキス、**オピウム**、それからキス、グランフィナーレにウィンク。

僕は海の水がどんな具合かを見るため、そして**オピウム**の匂いをとるために泳いだ。水はまだかなり冷たかった。六月の半ばだったし、それまで本当に暑い日はなかった。僕は何ストロークか泳いで、シーズン最初の水泳としてはこれで十分だろうと思い、海岸、砂と海の間を散歩することに決めた。

ビーチ・ラケットで遊ぶ人たちがいたが七月や八月ほど多くはなかった。彼らを殺してしまいたいぐらいだったが、まだシーズンの初めだったので楽な即死がいいと思った。七月か八月には苦痛を味わわせつつ殺してやろう。

僕は海岸でラケット遊びをする人が嫌いだ。だが——わざと球の行く方向にわって入り無理やりできる限り邪魔をして——歩きながら、ビーチ・ラケットで遊ぶ人たちよりももっともっと嫌いな人種を見た。砂浜でパイプを吸うやつらだ。

僕はパイプ喫煙者が嫌いだ。特に道でパイプを吸っている人を見ると相当いらついた。——その午後のように——慇懃無礼に周囲を見まわしながら砂浜でパイプを吸う人を見ると本当にいらいらした。シャーロック・ホームズのように、しかも水泳パンツ姿でだ。

僕はパイプ喫煙者、ビーチ・ラケットで遊ぶ人たちについてこんな省察をしていた。そして自分の健常な偏狭さをいくぶんかでも取り戻したのならば自分は回復してきているのではないかと思った。

その瞬間、僕の視野に黒人の少年の姿が入った。彼は雑多な商品を細い棒に結びつけ片方の肩でバランスをとりながら運び、そしてほころびて穴のあいた大きな袋を持っていた。足首までの長さの色物のチュニックを着て筒状の小さな帽子をかぶっていた。僕は水の中に足をつけたままかなりの間彼を眺めた。そしてなぜ自分が彼を眺めているのか分かった。

特別な意味は分からないままそれに気づいた時、彼が砂浜でどんな風に動くのか、ちょっと調べてみようと決めた。もちろんはっきりした考えを持っていたわけではない。一瞬、彼にアブドゥを知っていたかどうかたずねようかと思ったが、それはやめて彼を眺めるだけにした。

彼は気楽な感じで、デッキ・チェアーや砂の上に置かれたバスタオルの間を動いていた。ほとんど正確な間隔で砂浜にいる女性たちに手を振って挨拶していたし、彼女たちはそれに答えていた。一人が遠くから彼を、僕にはよくわからない名前で呼び、彼は振り返って彼女のそばへ笑顔で近寄り、荷物を地面に置いて握手をしてから話し始めた。もちろん何を言っているのかは聞こえなかったが手の動きから商品を見せているのは明らかだった。五分以上そこにいて最後に女性はバッグを一つ買った。彼はまた歩き始め、僕は彼を追い始めた。最初は視線で、その後は歩きながらおよそ二十メートルの距離を置いて。半時間の間に今見た光景が何回か繰り返された。理由なく僕は彼のそばを通って彼を見てから帰ろうと決めた。もう観察するのに疲れてもいたので。ちょうど僕が彼の近くに寄ってほとんど触れるぐらいの距離で横を歩いていた時、耳をつんざく電話のベルが彼の袋の中から聞こえた。彼は立ち止まり、明らかに呼び出し音を最大にセットしたモトローラ社の古い携帯電話を取り出した。

プロント（Pronto＝もしもし）を彼は三流映画の黒人のように、**ブロント**（Bronto）と言った。本当にこんな風に。もしも中国人だったらRがLの発音になった**プロント**（Plonto）と言うだろうなと僕は思った。それは鋭い考えではなかったが厳密にその瞬間に僕が考えたことだった。

会話は短いイタリア語だった。つまり一種のイタリア語だった。

そう、働いているんだ。海岸だよアミーコ。人はかなりいる。ああアミーコ、モノーポリの、カピートロの海岸だ。明日、明日の朝、行ける。オーケー、アミーコ。チャオ。彼は電話を切って歩き始めた。僕はその会話を聞こうとひざをついていた砂の上にじっとしていた。ふと、あることを思いついた。

そしてどうして今までそれに気づかなかったのだろうと思った。

七

「なあ、グイード、今が一番いい年齢だよ。何でも好きなことができるんだから」

「どういう意味だよ、それ」

「なんだ、グイード、お前なあ。独り身になってから、次から次へと女と寝られるだろう問題なく。それなのに、どういう意味だなんて言うなよ」

「ああ次から次に女とね」僕はどうでもいいようなあいまいな声で言った。

「おお、グイード、何だよ。一年、もしかしたらそれ以上会ってないのに何も話すことないのかよ」

裁判所に向かって僕はかなりゆっくりとした歩調で審理で使う書類が入った重いかばんを持って歩いていた。友人のアルベルトは僕の後ろを、座りっぱなしで運動不足、体重オーバーの体で無理しながらついて来た。道でばったり一緒になったのだが、彼と会うのは一年ぶりだった。少し前に四十歳になったばかりで、二人の子供と太ってすっかり意地悪になった妻がいた。

彼は自分の——父親から譲り受けた——法律事務所を持っていて、銀行と保険を扱いかなり稼いでいた。彼の好きな話題は**女と寝る**ことだった。それの話をさせたら本当のスペシャリストだった。

少年の頃彼はすごく面白かった。生まれつきのコミカルなテンポでいつも下品な言葉を言っては皆を笑わせていた。笑わずにはいられないような言い方だった。別の仕事に就くべきだった、その方がずっと幸せ、またはそれに近かっただろう。なのに弁護士になった。年とともにコミカルなテンポは毛髪やすべての価値あるものと一緒に消えていった。アルベルトはまだ下品な言葉を使っていたがもうだいぶ前から笑わせられなくなっていた——と僕はその朝思った——。彼はそれには気がついてないだろうが、絶望した男だった。

「アルベルト、何も話すことなんてないさ、本当だよ。誰とも出かけたりしないんだ」

「本当に、ちょうど一人になって何でもできるっていうのにさあ」

「そうさ、人生って、本当に不思議だろう？」

「まさかお前、おかまになったんじゃないだろう？」そして僕が知っているか覚えているはずだという男の話を始めた。僕は彼のことを覚えてなかったがアルベルトには言わなかった。この男——マルコ——は僕は知らなかったが結婚して息子が一人いた。ある時その妻が一連の出来事に気づき他に女がいるに違いないと思った。それで**私立探偵**——と言うのか——を雇った。この探偵はよく働き不倫関係その他すべてを明るみにした。ただちょっとした問題があった。この男には女友達がいたのではなく男友達がいたのである。そしてその男友達は肉屋だった。

「わかったかグイード、妻は夫がどこかの若い女とできてる淫蕩な男だと思っていたが、実は肉屋のところに行ってたんだぞ。分かるか？　肉屋だぞ。馬肉のソーセージか何かをおやつに持ってきてとか……。まさかお前もそっちの道に身を染めたんじゃないだろうな、なんだ、例えばハム屋とかじゃないだろう？」

僕はそっちの道には入り込んでないさと言って彼を安心させた。可能な範囲で誰にも誘われないようにしてる。

僕たちは裁判所の入り口に着いた。別れてお互いの仕事に向かう時が来た。他の友人たちとも一緒に絶対いつか夜に会おう。その友人たちの名前を言ったが僕にとってそれは遠くの方で鳴っていた。例えばピザを食べてそれからポーカーをしに行く。もちろん久しぶりの同窓会さ。いいよ、じゃあ今週か遅くても来週にもう一度連絡を取り合おう。チャオ、グイード、おい、会えて本当にうれしかったよ。チャオ、アルベルト、僕だって。

彼は民事法廷のある五階へ上るエレベーターの方へ遠ざかって行った。僕は彼を見つめた。どこか遠くの場所、時間の裂け目の中で僕たちは友達だったんだ、本当に。とても信じられないことだと思った。

あばよアルベルトと思わず言いそうになった。そして実際そう言った。小声で、だがその時近くにいた人には聞こえただろう。

だが誰もいなかった。


審理が始まる前にアブドゥと話をした。砂浜で思いついたことに意味があるかどうか、そして発展させることができるかどうか確かめなければならなかった。

あった。多分一つの可能性が増えたのかもしれない、しかし僕はあらゆる感激を抑えようとした。すごく卓抜したと思える考えが浮かんでも大概それはうまく働かないものだと自分に言った。それでがっかりするんだ。

それを何度も経験した。だがまだすっかりあきらめきれるほどではなかった。

マルゲリータは九時半ちょうどに来て傍聴席から僕に笑いかけた。僕は僕の近くに座るよう合図した。彼女は首を振り両手を動かして今いる場所でいいと断った。僕は彼女の近くへ行った。

「法衣が似合ってる」彼女が言った。

「ありがとう、僕のそばに来いよ。弁護士試験も通ってるんだから座っていいはずだ」

彼女は短く笑った。

「私は弁護士会にも登録してるのよ。父親があきらめ切れなくて毎年私のために会費を払っている。私はやりたければいつでも弁護士ができるの」

「最高さ、それなら僕の隣の席においで。この裁判がどう進むのか見たければ、そこが一番いい席だよ」

　彼女はうなずき一緒にきて僕の右側に座った。彼女がそこにいてくれて僕は安心した。

　司法解剖の医師から始まった。彼は解剖の報告書に記述した内容を認めた。子供の死は窒息によるものであると言った。それ以上正確なことはわからなかった、なぜなら窒息の原因はたくさんあるから。子供は首を絞められたのではなかった。絞殺に関連する傷害は見当たらなかったから。しかし口と鼻を押さえてクッションで窒息させられたのかもしれなかった。車のトランクのようなとても狭い場所に閉じ込められた可能性もあった。あるいは窒息は——科学文献にもしばしば記載があるが——極めて暴力的オーラル行為の最中に起こる可能性もあった。

　いずれにせよ性暴力の痕跡はなく精液検査の結果もマイナスだった。子供は発見された時着衣で、行方不明になった時につけていた服装のままだった。

　井戸に放り込まれた時にはすでに死亡していた。肺に水がなかったからである。

　僕は特別医師に反対尋問をする興味はなかった。彼には、暴力的なオーラル行為の性関係に関する言及は単に彼の憶測の結果であり子供の体にそのような性的暴力が与えられたと推論できる客観的データは全くなかったことをもっと明確に述べさせるにとどめた。

　法医の後、検察官はモノーポリの作戦本部の副司令官であるロルッソ准尉を尋問のために呼んだ。捜査官の中で彼が最も重要な証人だった。捜査資料の重要なものは実質上彼がすべて作成したものだ。僕は彼を大分前から知っていた。別の裁判でも会ったことがあった。気骨のあるやつだということも知っていた。眼鏡をかけて金髪の髪は薄くなりデパートで買ったようなジャケットとネクタイをしめてまるで事務員か教師のようだった。第一印象は無害な感じだった。しかし彼の目は、眼鏡の奥のその目は知的で冷酷だった。以前はバーリの組織犯罪を扱う部署にいた。そして大尉ともう一人の下士官とともに、ある逮捕者に対する暴力沙汰に巻き込まれた。彼らは全員異動され特にロルッソは二年間ある学校で初年兵の訓練をさせられた。彼のようなデカにとってそれはうまく選択された処罰だった。

チェルヴェッラーティの尋問は一時間以上続いた。この証人は子供の捜索、どのように証人たちの特定に到ったかを語った、つまりアブドゥの逮捕、家宅捜索などについてすべて。

それは明確で効果的な証言だった。ロルッソ准尉は仕事ができる男だった。

民事弁護士は例によって質問しなかった。検察官がしたことはこの場合彼にとって常にすべて正しいことだった。それから裁判長は僕に発言を許した。

「おはようございます、准尉殿」

「おはようございます、弁護士殿」

僕の方を見ないで彼は答えた。彼は賢かった。僕の礼儀正しさがすべて陪審員用であることを知っていた。

くだらないことはやめにして、弁護士、お前に何ができるか見てみようじゃないか。

彼の挨拶の裏にあったのはこれだった。まあよい、と僕は思った。

「あなたの役職を繰り返してもらえますか？」

「モノーポリ分署作戦本部の副司令官であります」

「前の役職は何でしたか？」

すぐに厳しい勝負に出たらいい、と僕は思った。

「弁護士、これは何の関係がありますか？」さわったぞ。

「お願いですから、裁判官に向かってあなたの前の役職を言っていただけますか？」

彼は一瞬ためらった。検察官を見ようとしているふうに見えた、そして一瞬歯を食いしばって、やっと答えた。

「私はレッジョ・カラーブリアの憲兵隊大隊で教官をしておりました」

「私の理解するところでは、それは司法警察官の役職ではない」

「ちがいます」

「その前の役職は？」

そこでチェルヴェッラーティが割り込んできた。

「裁判長、異議あり。准尉の以前の役職が証言の主題と何の関係があるのでしょうか」

裁判長が僕の方を向いた。

「証人の以前の役職がこの裁判と何の関係がありますか、弁護士？」

「裁判長、私は刑事訴訟法の第百九十四条第二項にもとづく目的でこれらの質問をする必要があります。返事はそれ次第で証言の信頼性を評価するのに役立ちます」

裁判長は一瞬黙っていた。もう一人の裁判官が彼の耳元で何かをささやいた。少しの間があいて裁判長は手で先に進めるように指図した。

「それでは准尉殿、あなたの初年兵教官の前の役職はなんでしたか？」

僕がこの質問をしている間、ロルッソは一瞬僕の方を向いた、そして憎しみをこめて僕を見た。普段はしないことを僕はしようとしていた。弁護士とデカの間にある相互不可侵の暗黙の合意を侵害しようとしていた。彼はそれに気づき、もしチャンスがあったら絶対僕に仕返しするだろうと思った。

「私はバーリの作戦部の作戦本部に配属されておりました。第一捜査部、組織犯罪課であります」

「つまり、県下で最も優秀な捜査官がいるチームですね。すなわち私の理解が正しければ、あなたはトップの捜査職務から別の……何といいましたか、レッジョ・カラーブリアの初年兵の教官にまわされたということで、正しいですか？」

「はい」

「それは通常の転勤ですか、それとも何か他の特別な理由だったのでしょうか？」

僕のしていることは僕自身にも気に食わなかったが、彼に落ち着きをなくさせるために、そして僕が本当に関心があることへ移るために必要なことだった。

「弁護士、あなたはなぜ私が異動させられたのか良くご存知のはずです。そしてその事件に関して私には何も疚《やま》しい点はありません」

「その話を私たちに話してもらえますか？」僕の口調はわざと憎たらしく丁寧だった。

裁判長が介入した。今度は検察官の発言を待たずに。

「弁護士、裁判官の忍耐を乱用しないようにしてください。要点へいってください」

「准尉殿、あなたはなぜレッジョ・カラーブリアへ異動になったのか言えますか？」

「一キロのコカインを密売する目的で不法所持し現行犯逮捕された犯罪者が私と大尉ともう一人の准尉を、彼に対する暴力で三ページの刑事証明書で訴えたからであります。私たち三人は全員無罪となり、この男性は麻薬不法所持で三年の刑になりました。これで十分でしょうか？」

「よろしい。あなたはバール・マラカイボーの主人レンナ氏、それから二人のセネガル人、ディオウフ……もう一人の名前はなんでしたか、彼らの供述調書を作成しましたね。とにかくそうですね？」

「はい」

「裁判官にどのような方法で調書作成が進められたのか言及してください」

「どういう意味でしょうか、弁護士」

「あなた方はこの供述をテープに録音または、ビデオに録画しましたか？」

「録音はしませんでした。もしもあなたがその調書をよく読めば、録音機器が自由に利用できなかったために調書作成は要約の形式で行われたと記されているはずです」

「ああ、そうですね。では、私がきちんと理解したかどうかみてみましょう。あなた方が調書を要約の形で作成したのは、ビデオまたはオーディオ機器を自由に使えなかったからですね、正しいですか？」

ロルッソは僕がどこに到達したがっているのか理解した。だがすでに遅かった。

「その時、私たちは緊急を要しており……」

「一つあなたに大変簡単な質問があります。モノーポリの憲兵隊作戦本部には録音装置またはビデオカメラがなかったのですか？」

「ありました。しかしその時……多分録音機器は動かなくて……。今良く覚えていませんが確かに何か問題がありました」

「録音機器は作動しなかった。それではビデオカメラは？」

「我々にはビデオカメラの備品はありません」

「すみません、私はここに少年の遺体発見現場の調書を持っています。ここには**現場検証はビデオ録画で記録された**と書かれてあります。そして実際に調書にはカセットテープが添付資料としてつけられております。どう説明しますか？」

チェルヴェッラーティは、ほとんど怒鳴りながら異議を唱えた。平静を失いつつあった。

「異議、裁判長、異議あり。証人の反対尋問や調書をどのように作成したか、録音機を使ったか、ペンを使ったのか、コンピュータで作ったのかというふうに進めるのは認められません」

「裁判長、検察官の意見こそ認められないのであります。我々は供述がどのようにして記録されたのか理解することに関心があります。それが故意でないにせよ、つまり誰も捜査官の誠意を疑うものではありませんが、証人を条件付けることがあったのか、または実際に供述したことについて誤解があったのかを確認するためであります。検察官が裁判官に捜査段階での外国人二人の供述調書の読み上げを請求したことを忘れないで頂きたい……」

ザヴォイアンニは私をさえぎった。いらいらしていた。これらの問題すべてが気に食わず、僕の裁判の進め方が気に入らない——いつも疑っていたのだが、今は確かにそうだと思う——僕のことが嫌いなのだ。

「弁護士、別の質問に移りましょう。私はまったく関連性のない多くの質問を十分我慢しました。裁判の本題に関する質問に、やっと入ることにしましょう」

僕は裁判官が話しているのを見ている間にロルッソがリラックスして力いっぱい深呼吸し息を吐き出したのに気づいた。

「裁判長、私は事件の参考人の尋問、特に居所が分からないためここでもう一度尋問できない外国人の供述が、なぜ完全な形で資料化されなかったのか知ることが重要だと確信しております」

「弁護士、私はもう決めました。私の決定を議論せずに先に進みなさい」

僕は、数秒間、筋肉を縮めて歯をくいしばった。そしてまたはじめた。

「ありがとうございます、裁判長。准尉殿、被告の家の捜索について話していただきたいのですが」

「特に何を知りたいのですか？　弁護士」

「作戦的にどのようにすすめたのか、何か特別なものを探していたのかどうか、現場の状態はどうだったか、すべてです」

「あなたの質問が良く分かりません。我々は作戦的にティアムの部屋を家宅捜索しました。くまなく探し特別なものを探してはおりませんでした。捜査に有益な可能性のあるあらゆるものを探しました。そしてそこで我々は調書に記載されている被疑者が少年と一緒に写っている写真と児童書を見つけたのであります」

「そのほかに捜査に重要なものは見つかりませんでしたか？」

「いいえ」

「見つかっていればそれらを押収した」

「見つかっていればそれらを押収したのは、明らかです」

「ポラロイドカメラ、またはカメラ一般を発見しましたか」

「いいえ」

「それでは、今度はちょっと本のことについてお話しします。家宅捜索記録、同時に押収記録を読むと、ティアム氏は彼の部屋に児童書、『ハリー・ポッター』の本三冊、『星の王子さま』、フランス語のおとぎ話、有名な『ピノッキオ』、そして『ドリトル先生』という題の子供用の本を持っていたとあります」

「はい」

「ティアム氏は部屋にこの本だけを持っていたのですか」

「今はもう良く覚えておりません。おそらく他のものもあったでしょう」

「**他のもの**と言う時、それは他の本ということですか？」

「はい、他の本もあったと思います」

「おおよそのところ何冊の本があったか、言えますか？」

「わかりません、五冊、六冊か十冊」

「もし私があなたにその部屋には百冊以上の本があったと言ったら、驚きますか？」

「異議あり」と検察官が言った「証人の意見を訊いています」

「質問をもう一度述べます、裁判長。准尉殿、十冊以上か、もっとたくさんの本はなかったというのは確かですか？」

「おそらく二十冊ぐらい、しかし百冊ではありません」

「部屋の様子を描写できますか、特に棚があったかどうか？」

「今はもう一年近くたってしまい、とにかくベッド、机……はい、おそらくベッドの方に棚があったと思います」

「一つだけですか、それともいくつかの棚または本棚ですか」

「おそらく……小さな本棚があったかもしれません」

「一年の年月の隔たりがあり、容易には思い出せないとは思いますが、この小さな本棚に何があったか努力して思い出してください」

「弁護士、覚えていません。確かに本がありました。しかし他に何があったのか覚えておりません」

「准尉、あなたは確かに私がざっと見積もって何冊の本があったかを浮かび上がらせようとしていることは理解されたと思います。私はそれを知っていますが、あなたに思い出してもらいたいのです」

「本箱にはいくつかの棚があり、本がありました、何冊かは分かりません」

「しかし記録に記載してある本だけしか押収しなかった。それはなぜですか？」

「それは明らかに捜査に関連性があったからであります」

「児童書だったからですか？」

「もちろんです」

「分かりました。これから私は写真について、ティアム氏がフランチェスコと写っている写真について話をしたいと思います。この写真について何がいえますか？」

「質問が分かりません」

「それはティアム氏が保有していた唯一の写真でしたか、それともほかに写真があったかどうか覚えていますか？」

「覚えておりません、弁護士。家宅捜索は三人で行い、その写真を私が見つけたのかそれとも私の同僚が見つけたのか覚えておりません」

「見せたいものがあります」

僕はかばんから封筒を取り出し、急がずにゆっくりそれを開け、裁判長に写真を証人に見せる許可を聞いた。彼はうなずいた。

「これらの写真が見えますか、准尉？　まずここに写っている人のうちで誰かを知っていますか？」

ロルッソは僕が彼に渡した写真――多分三十枚ぐらい――を見て、それから答えた。

「写真の多くには被告が写っています。その他の人々は知りません」

「家宅捜索の際、これらの写真が被告の部屋にあったかどうか覚えていますか、または否定できますか？」

「覚えていません、そして否定できません」

それは僕がやめる時だった、もう一つの質問をしたいという誘惑に打ち勝ってやめなければならなかった、もう一つしてしまったら行き過ぎた質問になった。

「ありがとうございます、裁判長、終わりました。証拠書類として准尉に見せた写真の採用を申請します」

写真を検察官と民事の弁護士に示した。彼らは何も反対意見を言わなかった。チェルヴェッラーティは明らかに嫌悪の顔で僕を見つめていたが。それから僕は写真を封筒にもどして裁判長に届けた。

ロルッソは裁判官と検察官に挨拶をして立ち去った。僕をわざと無視して僕の前を通り過ぎた。それは仕方のないことだった。

裁判長は十分間の休憩を言い渡した。その時に初めてマルゲリータがずっと僕のそばにいて一言も言わずに黙っていたことに気づいた。

僕はコーヒーを飲みに行こうかと訊いた。彼女はうなずいた。彼女がどう思っているか聞きたかった、自分が優秀に見えたかどうかとかそんなことを。しかし子供じみた質問だった——と思い、それで——訊かなかった。逆に、裁判所の中にある街一番のまずいコーヒーを出すので有名なバールに入りながら話し出したのは彼女だった。

とても面白かったわ——と彼女は言った——。あなたは別人のようだったけど。上手だった、でも何ていったらいいの、あまり感じが良くなかった。あんなふうに准尉を侮辱する必要が本当にあったの？

僕は、侮辱したとは思えない、それにこの種の裁判が非情になるのは避けがたいんだと言いかけた。この非情さは僕たちが断念できない保証の対価だ、いずれにせよ有罪になった無実の人よりも侮辱された警官または憲兵の方がましだ。

しかし幸いにも僕はこれらを口に出さなかった。反対にしばらく黙って、それから答えた。本当に必要だったかどうか分からない。もちろん、それらのことを浮き彫りにする必要はあった。重要なことだから、多分別の方法があったかもしれないし、なかったかもしれない。

いずれにせよ、このような状況で、つまりこんな裁判、特にデリケートな裁判でメディアの注目を浴びるような時、自分の中の一番悪い部分が出るのは簡単なことだ。そして人を責める快感を覚えるのも容易い。汚い仕事だが、時には誰かがしないといけないという理由で。

僕たちはコーヒーを飲んで煙草に火をつけた。これで幸い弁護士の倫理に関する会話は中断した。僕は裁判所のコーヒーはねずみを殺すのにも使われているんだよと言った。彼女はわっと笑った。そして僕に笑わせる能力があってうれしいと言った。僕だってうれしかった。

それから僕たちはまた重罪院の法廷へ向かった。

八

裁判長は司法職員に証人レンナ・アントニオを入室させるよう命じた。

彼は周囲を生意気そうに見回しながら法廷を横切って入ってきた。農民のような風貌。ずんぐりした体形、格子柄のシャツの襟は七〇年代風で、肌の色は薄黒くずるがしこそうな目をしていた。それは親しみの持てないずるさで、**すきさえあればだましてやるぞ**というタイプのそれだった。ベルトをひっぱってズボンを少し引き上げた。僕にはそのジェスチャーが卑猥に見えた。そして彼は司法職員が指し示した証人席にゆっくりと座った。アブドゥが入っている檻に背中を向けて。椅子全体を覆ってリラックスして背もたれにもたれかけて楽に座った。満足げな表情をして。僕は、はっきりそれをすぐにとりさってやるぞと思った。

チェルヴェッラーティの質問は予備捜査段階で行われた取調べ尋問の再現でしかなかった。レンナは正確に同じことを、同じ順番で大体同じ言葉を使って言った。

コトゥーニョの番がまわってきた時、やっと彼はいくつか質問したが、どれもこれも意味のないものだった。依頼人つまり子供の両親に自分の存在と報酬をもらうための仕事をしていることを示すだけのものだった。

僕が反対尋問を始めようとした時マルゲリータが何か耳元でささやいた。

「なぜかわからないけれど、あの男は嫌なやつだわ」

「そうだな」と答え、僕は証人の方に向いた。

「おはようございます、レンナさん」

「おはようございます」

「私は弁護士のグエッリエーリと申します。ティアム氏の弁護をしております。今からあなたに、いくつか質問をさせていただきますが、それに対してコメントはせず、手短にお答え願いたいと思います」僕はわざと憎々しい口調にした。一縷の望みを見つけ出し、パンチを食らわせることができるかどうかを見るために、彼を挑発したかった。ボクシングの時のように。

レンナは豚のように小さい目で僕を見つめた。それから裁判長の方を向いた。

「裁判長、私は弁護士の質問に答えなければならないのですか？」

「答えなければなりません、レンナさん」裁判長の顔は、できれば僕、そして大部分の弁護士抜きでやりたいぐらいだ、と言っていた。しかし残念ながらそれはできなかった。僕はとにかく少し有利になった。バール店主は挑発に食いつき、今はすきがみえた。

「それではレンナさん、あなたは検察官に一九九九年八月五日の午後ティアム氏が北から南へ向かって足早に歩いているのを目撃したと言いました。正しいですか？」

「はい」

「捜査の段階で、いつ検察官に事情を聞かれたか、あなたは覚えていますか？」

「私が事情を聞かれたのは、その一週間後、と思います」

「憲兵に尋問をされたのはいつでしたか？」

「その前、その前前日」

「あなたのバールには外国人が来ますか？」

「何人か。来るとコーヒーを飲んで煙草を買っていきます」

「どこの国の人だか知っていますか？」

「さあ。みんなネグロだから……」

「ざっと見積もって、何人の**ネグロ**があなたのバールに来るか言えますか？」

「さあ。やつらは砂浜や道路に来るやつらだ。時々私のバールの前にも集まるね」

「ああ、あなたのバールの前に集まってくるのですか。それで営業の邪魔にはならないのでしょうね？」

「邪魔だ、邪魔だ、そりゃあ邪魔だよ」

「ああそうですか、でも、もし彼らが営業の邪魔になるならどうして市警か憲兵を呼ばないのですか？」

「どうして呼ばないのかって？　彼らを呼んだって、いつ来たためしがあるってんだ？」

彼は今素直に憤慨していた。チェルヴェッラーティは僕がどこへ行こうとしているのか気づいた。だがもう遅すぎた。

「裁判長、私は弁護側がすべての証人に裁判の本題と何ら関係のない質問をし続けていると思います。私はこんなやり方ですすめていくのが可能なのかと疑問に思います」

しかしザヴォイアンニが何かを言う前に僕は言った。

「裁判長、この点に関する私の質問は終わりました。次の質問に移ります」

「グエッリエーリ弁護士、よく注意して行ってください。注意して」と裁判長は言った。

「それでは、レンナさん、あなたにまだ別の質問がありました……ええっと、そうです、写真を見ていただきたいのですが」

僕はかばんから一連の写真のカラーコピーを取り出した。そのジェスチャーを僕はわざとぎこちなくやった。

「裁判長、証人に近づいてこれらの写真を示してよろしいでしょうか？」

「何の写真ですか、弁護士？」

今、僕は細い糸の上を綱渡りしようとしていた。ある間違った言葉一つで、僕は懲戒処分を受けるかもしれなかった。また別の間違った言葉で僕がその瞬間までしてきたことほとんどすべてが破滅においやられたろう。

「裁判長、外国人の写真です。証人が誰かを知っているか確かめたいと思います」とあいまいな声で。

裁判長は僕に行きなさいと、いつものジェスチャーをした。チェルヴェッラーティが写真を見せてくれと言ったり、彼の権利で、それらが誰の写真なのか正確な情報を質問しないことを僕は祈った。彼は質問しなかった。僕は写真を手に持って証人に近づいた。

「それではレンナさん、これらの十枚の写真を見ていただけますか？」僕は心臓の鼓動が激しくなるのを感じた。

レンナは写真を見た。もう彼は裁判が始まった時のように楽にしてはいなかった。心理学者が逃げのポジションと呼ぶ、椅子の端に移っていた。

「これらの写真の中に誰か知っている人はいますか?」

「いいえ、私のバールに立ち寄る人たちは多いので、いちいち全員を覚えてられません」

僕は写真を取り戻し、次の質問をする前に席へ戻った。

「しかし、私が間違っていたら訂正してください、ティアム氏のことは良く覚えていらした、そうですね?」

「もちろんです。いつも前を通ってたから」

「もし本人に直接会うか、または写真を見れば彼だと分かりますね、そうですね?」

「はい、はい、あの檻の中にいるやつ」その時になって初めて彼は振り返るそぶりをした。僕は結論を言う前に、数秒間黙っていた。

「レンナさん、いいですか。私が最後の質問をしたのは、お見せした十枚の写真の中に二枚、被告ティアム氏の顔写真があったからです。しかしあなたは誰も知らないと思うとおっしゃいました。この事実をどう説明されますか?」

この種のヒットは裁判では大変めずらしい。人生でも同じだが。だがうまくいったときの感じは言い表しがたい。時間の流れが緩慢になり、周りの空気にそして肌に緊張感を感じた。マルゲリータの目が僕に向けられているのを感じた、そして自分がうまくやったかどうか彼女に尋ねる必要がないことを知っていた。僕はうまくやった。「その写真を俺に見せろ」口調は『お前』に変わっていた、それは親しみのためではなかった。そういうこともある。

「写真の件はご心配なく。二枚が被告の写真であることは私が保証します。それを提出すれば裁判官もすぐに確かめることができましょう。あなたからは、どうしてティアム氏の顔を見分けられなかったのか、できればそれを説明していただきたいのですが」

レンナは怒ってほとんど方言で返答した。

「どう説明、どう説明しろって言うんだ、こいつらネグロはみんな同じじゃないか。一年後にどう言えっていうんだ。弁護士先生だってなあ、お前だって、見てみたいよ……」

止まれ、止まれ、止まれ。別の質問をして大勝利にもちこみたいという強い衝動に気づきながら、自分にこう言い聞かせた。そうでないと台無しにしてしまう。**止まるんだ**。

「ありがとうございます、裁判長、終わりました。反対尋問に使用した写真、いや写真のカラーコピーの提出を申請いたします。被告の写真二枚には裏面にメモが付記してあります。そのほかは裁判とは関係のない人物で雑誌などから採ったものであります」

チェルヴェッラーティは、法律で認められるように、いくつか別の質問をすることを希望した。しかし質問する権利を行使するということ自体がこの打撃を認めたことを物語っていた。

彼はレンナに彼の話を繰り返させた。一年前は記憶も鮮明だったこと、そしてそれ以後被告を本人も写真も見かけたことがないと確認した。破片をつなぎ合わせた。しかし僕たちは二人ともその朝陪審員たちが受けた印象を彼らの頭から拭うのが容易ではないと知っていた。

九

次の審理——六月二十一日水曜日——にマルゲリータは来なかった、終えなければならない仕事があった。その次の週のアブドゥの尋問の時には来るようにするからと言った。

その朝は子供の両親と祖父母の尋問があった。検察官と損害賠償請求担当の弁護士は長々と意味のない詳細を質問した。それはしないですましてもよかったくらいだ。

僕は祖父にごくわずかな質問をしただけだった。ポラロイド・カメラを持っていますか？　持っていた、そして昨年の夏砂浜で写真を撮ったことを覚えていた。子供がそのうちの何枚かを持っていたかどうか覚えていなかったがその可能性はあった。いずれにせよその写真がどこにあるのか知らなかった。

両親には何も聞かなかった。そのかわり検察官が審問している間彼らを観察し、憲兵中尉に彼らの別居に関する質問をしたことを恥ずかしく思った。

彼らは僕と同じぐらいの年齢だった。父親はエンジニアで母親は体育の先生だった。フランチェスコは彼らの一人息子だった。質問に二人とも同じように答え、同じような態度だった。生気なく怒りさえもなく。何もなく。

アブドゥは審理の間中檻につかまって柵の間に顔を押し付けるようにしていた、目は証人らを凝視し、まるで彼らの視線を引き、彼らに何かを言いたいかのようだった。だが彼らは誰の顔も見ず、証言が終わるとアブドゥの入っている檻には一瞥もせず行ってしまった。

彼らにとってはもう何も重要ではなかった。この無残な事件の容疑者が裁かれることさえも。

僕は、サーラが話をした時に子供をつくっていたら今は六歳ぐらいだろうと思った。

被告の尋問と意見陳述前に行われる補足証拠申請のために裁判は次の月曜に延期された。

エアコンの効いた涼しい法廷から出て、六月の湿気のある猛烈な暑さに包まれた。遅れてではあるがそれでもやはり暑さはやって来た。ネクタイを緩めながらワイシャツの襟のボタンを外し裁判所の大きな中央階段を降りた。

僕は頭の中にブーンという不思議な音を聞きながら家に向かった。一年前に起こったことがまた起ころうとしているのではないかと思い、その時から一度もエレベーターに乗っていなかったことを思い出した。

恐怖を初めとしていろいろな考えが入り混じり始めた。破局的な映画のシーンのような気がした。その映画の主人公は地下の洞穴に押し寄せてくる水に追いかけられ、必死に逃げていた。

この思いは不思議と僕を助けてくれた。もう逃げたくはないと思った。僕はそこに立ち止まって息を止め、波が自分を倒すがままにしようと思った。起こるべきことが起こるよう。

僕は本当にそうした。つまり道路で立ち止まり、息を深く吸い、そこにじっとしていたのだ。数秒間息を止めたまま。

何も起こらなかった。そして息を吐いた時、気分は前よりよくなっていた。とてもよくなっていた。また脳が明晰に働き出した。まるで表面を覆う古い垢とたまっていたごみが一気に洗い落とされたかのように。

その時僕は家に帰る前に事務所に寄ろうと考えた。あることをしようと決めたのだ。事務所に向かう途中、空気を横隔膜の下に押しながら呼吸した。戦いの前にやっていたように。やるべきことに集中するため頭脳から邪魔なものを取り去ろうとしながら。

僕は事務所の建物の入り口に着いた。かばんから鍵を取り出し戸を開け、鍵をまた元に戻した。ワイシャツのボタンをとめネクタイを締めなおした。それから、約一年間僕がやっていたように階段へ向かうのではなく、エレベーターのボタンを押した。エレベーターが下りてくる間、鼓動が速くなり熱風のあおりが顔の方に上がってくるのを感じた。

エレベーターが来た時、考えてはいけない、待ってはいけないと自分に言った。エレベーターの金属のドアを開け、内側の二枚の扉をあけた。中に入り金属のドアを閉め、そして二枚の扉を閉め、ボタンを見て右手の人差し指を番号の8にのせ、眼を閉じて押した。

機械が上がっていく衝撃を感じ、眼を閉じていたのではだめだ、ずるいぞと思った。それで目を見開いたが、その時に呼吸が短くなり、腕から、脚から力が抜けていくのを感じた。

エレベーターが八階に着いた時、僕はまだ少しじっとしていた。まだ十秒、誰かがエレベーターを呼ぶかもしれないから、そこにじっとしていられなければだめだと自分に言いきかせた。

僕は数えた。千一、千二、千三、千四、千五、千六、千七、千八、千九、千九で僕は止まった、内側の扉の取っ手の高さに手を上げたまま。全身に蟻走感がきた。それは腕と手の上ですごく強くなっていた。

僕は時間を数えるのを止めていた。

千十。

ゆっくりドアを開けた。もう一つの扉。そして金属のドア。エレベーターの中にとどまったまま目の前、踊り場の床に敷いてある大きな大理石の板を僕は見た。板と板の境目を踏んではいけないと思った。板の上に一方の足を置き別の板へもう片方の足をのせなければならない。それは今までいつもエレベーターから出るとき僕が正確に——自覚しないまま——考えていたことだったと思いだした。

ばかやろう、と思った。

そして第一歩をちょうど二枚の大理石の板の上にまたがって置いた。次の足には注意を払わず、逆に気持ちを集中してエレベーターのドアを閉めた。最初に二枚の内側の扉、そして金属のドアを、閉まった音がするまで丁寧に閉めた。

多分十分間ぐらい、踊り場の壁に肩をもたせかけて僕はじっとしていた。腕を伸ばして両手でかばんを自分の前に持ち、時々それを揺らした。目を細めてどこかを見てあいまいな笑みを唇に浮かべていたと思う。

適当に時間が経ってから僕は壁から離れた。一年前ストリシュリオ氏に会ったことを思い出し彼の家のドアをたたこうかと思った。どんな風にこの話が終わったかを話すために。

だが、そうしなかった。その間誰も呼ばなかったエレベーターの中に戻り、立ち去った。

家に帰る時間だった。

十

子供の頃大人になったら何になりたいかと訊かれたら、保安官になりたいと答えていた。僕のアイドルは『真昼の決闘』のゲーリー・クーパーだった。イタリアには警察官はいるが保安官はいないんだよと言われたら僕はすぐさま保安警察官になりたいと答えていた。流されやすい性格の子供で、何らかの方法でとにかく悪者をやっつけて戦いたかったのだ。

それから——八歳か九歳の時——路上で密売人の逮捕に出くわしたことがあった。実際は密売人だったのか、すりだったのか別の軽犯罪だったのかわからない。僕の記憶はかなりあいまいで、ただ短い場面の記憶がはっきりしているだけだ。

僕は父親と道路を歩いている。僕たちの後ろで叫び声が聞こえ、それから痩せた若い男がわきを稲妻のように――と僕には見えた――走りながら通り過ぎる。父親は僕を自分の方へ引き寄せる。その後を追って走ってくるもう一人の男が僕にぶつからないようにするのにやっと間にあって。その男は黒いセーターを着て、走りながら叫んでいる。方言で叫ぶ。止まらないと殺すぞ、と叫ぶ。若い男は自分からは止まらないが、約二十メートルほど先で一人の男性に衝突して転ぶ。黒セーターの男が彼の上にのりかかり、その間にもっと大きくて動作ののろいもう一人の男がやってくる。僕は父親の監視の目を振り切って、近づく。黒セーターの男は近くで見るとまるで子供のような若い男を殴る。頭をげんこつで叩き、手でよけようとするとその手をどけてまた殴る。こんちくしょう、この野郎、逃げられるんなら逃げてみろ、こんちくしょうめ。そして頭にまともにもう一発、指の付け根の関節で殴る。若い男はまた、やめてくれ、やめてくれと方言で叫ぶ。そして叫ぶのをやめて泣き始める。

僕はその場面に魅了されて眺めている。嫌悪感と自分がそれを見ている恥ずかしさを感じる。しかし視線をそらすことはできない。

そこにもう一人の男、大柄で太って温厚そうな感じの男がやってくる。そして僕は彼が仲裁にはいるのだろうと思う、その嫌悪感を終わりにしてくれるだろうと思う。彼は若い男の五、六メートルほど手前で走るのを止める。若い男は今はもう地面に丸くうずくまっている。歩きながら、息を切らしあえぎながらその距離が縮まる。そしてちょうど若い男の上に来た時、一息ついて男の腹を蹴り上げた。一発だけ強烈に。男は泣くのをやめて口をあけ、そのまま息ができずにじっとしている。父親はその時まで彼も呆然と立ちすくんでいたのだが仲裁に入って何かを言う。彼がその周囲にいる人々のなかで唯一人だ。すると黒セーターの男がどいてろよと言う。「警察だ」とほえる。二人ともそのすぐ後に殴るのを止め、大柄な男の方が男のジャンパーをつかんで後ろから持ち上げ、ひざまずかせる。背中にまわされた両手、手錠。その間男は髪の毛をつかまれている。これがすべてのシーンの中で一番醜悪な記憶だ。若い男が二人の男の思うままにつながれている。

父親は僕をひっぱり、そのシーンはフェードアウトする。

その時から僕は保安官になりたいと言うのをやめた。

このエピソードは数年の間に何度か僕の脳裏に戻ってきた。幾度かはこのシーンの不快感への一種の反応で弁護士をしているのだと自分に言った。何度か味わった興奮の瞬間にそれを信じもした。

だが実際は別だった。僕がたまたま弁護士になったのはそれよりもいい仕事が見つからなかったか探す能力がなかったからだ。それは明らかにどちらも同じことだった。

明白な考えがなかったので時間稼ぎのために法学部に入学した。卒業後明白な考えが出てくるのを待っている間、法律事務所でさらに時間を稼ごうと思った。

その後数年間は、考えを明白にするために弁護士をやっているのだと思っていた。そのうち、そう考えるのも止めた。時間は過ぎ去り、考えを明白にするということから何らかの結論が引き出されるのを僕が恐れたからである。少しずつ僕の感情、僕の願望、僕の記憶などを消していった。一年また一年、サーラが僕を家から追い出すまで。その時ふたがはじけて、なべからは多くの僕が想像もしなかったことや、考えたくもなかった事柄が出てきた。僕だけじゃなく誰もそんなものを見たくなかっただろう。

《どんな人の思い出のなかにも、だれかれなしには打ちあけられず、ほんとうの親友にしか打ちあけられないようなことがあるものである。また、親友にも打ちあけることができず、自分自身にだけ、それもこっそりとしか明かせないようなこともある。さらに、最後に、もうひとつ、自分にさえ打ちあけるのを恐れるようなこともあり、しかも、そういうことは、どんなにきちんとした人の心にも、かなりの量、積りたまっているものなのだ。》

ドストエフスキー『地下室の手記』(江川卓訳)

それら保留しているものが外に出てきたらよくない。全部一緒にでてきたら。

事務所で通常の経理書類を処理しながら僕はこんな——そしてそのほかの——ことを考えていた。期限を確認し簡単な書類を作成したり、特に経費書類を準備していた。アブドゥの弁護では儲かりそうもなかったから。外はもう決定的に暑かったがエアコンのおかげで中の空気はさわやかだった。

七時頃仕事を終えた。事務所の僕の部屋は北側に面し、机の左側に大きな窓があった。僕は外を眺め向かい側の建物のテラスに当たっている太陽の光に気づいた。そしてエアコンのかすかな音、それからアパートの下から聞こえてくる和らかな音楽。

僕にとってこの自覚は普通ではなく、気分をよくさせた。煙草が吸いたくなったが、いつものようにではなくゆっくり落ち着いて吸いたかった。机の上においてあった煙草の箱をとり、それを片手に数秒間持った。開いてない側を二本の指でたたきながら煙草を一本出し、それを唇で直接引き出した。ロボットのように何も考えずこの一連の動作をした無限の回数のことを考えた。今は、もうめまいに打ち負かされることなく空しさを考えることができると思った。視線をそらさないでいられると。ある種の身震いを全身に感じ、それとともに興奮と物悲しさを感じた。一艘の船が港から長い航海に出て行く情景が思い浮かんだ。マッチで煙草に火をつけ肺の中に煙の衝撃を感じ、その間には一連の別の記憶があふれてきた。だがもう怖くなかった。その煙草の一服ごとに自分が考えたことを僕は正確に語ることができるだろう。

十一時だった。灰皿に使っていたガラスの小皿の中に吸殻を押しつぶした時、裁判が終わったらすべきことが一つあると考えた。とても大事なことが。

十一

金曜の朝、予審で裁判所に寄った後、刑務所のアブドゥのところへ行った。彼の尋問が次の月曜にありその準備が必要だった。

記録簿係の看守は僕を小部屋に通し、意地悪そうな笑みを浮かべてドアを閉めた。うだるような暑さは僕の予想以上だった。上着を脱ぎ、ネクタイを緩め、ワイシャツの襟のボタンを外し、とうとう最後には自分は拘留者ではないのだから部屋に閉じこもってあえいでいろとはどこにも書いてないじゃないかと思い、決心してドアを開けた。廊下の看守は攻撃的な目で僕を見て何か言いたそうだったが、やがてあきらめた。

僕は部屋と廊下の間のドアの側柱にもたれかかった。煙草を一本取り出したが、火はつけなかった。火をつけるにも、とにかく暑過ぎた。

ワイシャツが汗で背中にくっついているのを感じ、思考が脳の中で少年時代の深奥に流れ込んだ。

シッカロールがいるなと思った。

僕たちが子供の頃、汗をかくとシッカロールをつけた。もう大きくなったからシッカロールなんていやだと逆らうと胸膜炎になると言われたものだ。その胸膜炎は何か訊ねでもしようものなら怖い病気だよと返事がきた。その口調はその質問を繰り返したくなくさせるものだった。

そんなことを考えているうちに子供の頃のことを思い出すのは二日の間に二回目だと気がついた。それは不思議なことだった。なぜなら僕は今まで一度も子供の頃のことを考えたことがなかったからだ。ほとんど何も覚えていなかった。誰かが子供の頃はどうだったか訊ねたら決まって適当な返事をした。幸福な幼年時代だったと言ったこともあれば、ある時は悲しい子供だったと言った。相手をどきっとさせたい時は変な子供だったと返事した。それが魅力のオーラを与えてくれると信じていたのだ。僕たちみたいな特別なタイプは変な子供だったりする、というのが裏の意味だった。

実際は自分の少年時代のことをほとんど何も覚えていなかったし、それを考えたくもなかった。何度か思い出そうと気持ちを集中してみたが、悲しさがこみあげてきて、やめてしまった。悲しいのは嫌いだし、それなら思い出さない方がよかった。

それで今、僕はびっくりして、どこから飛び出してきたのかわからないこんな思い出のかけらを眺めていた。それは軽いメランコリー、驚愕と好奇心の感覚を僕に与えた。だがそれは前に僕のまなざしをそむけさせた悲しさではなかった。

自分に起こったこのもう一つの変化を考えていると強烈な身震いが走った。それは背中からうなじの髪の毛根まで、そして腕まで広がった。暑かったのにもかかわらず。

持っていた煙草に、僕は火をつけた。

アブドゥが長い廊下の向こうからやって来るのが見えた。僕に向かって手を差し出し、お辞儀のように軽く頭を動かした。それで僕は自然とそれと同じようにして答えたが、その後で少し当惑した。

彼は新聞を持っていた。僕を部屋に入れるために横に寄った。

僕たちは、底の抜けた二つの椅子を避けて座った。その椅子はまだそこにあった。アブドゥは笑みのようなものを見せながら、その新聞を僕に差し出した。

「何だい？」

「君のことが書いてあるよ、先生」声の調子が違っていた。

僕は新聞をとった。二日前の新聞だった。先の月曜日の審理のことが書いてあり僕の写真もあった。それを僕は読みも見もしていなかった。一年前から新聞を買っていなかったからだ。

フランチェスコ殺害事件の裁判　重要証人揺らぐ

フランチェスコ・ルビーノ誘拐殺人事件の容疑者セネガル人のアブドゥ・ティアムを被告とする裁判は昨日の審理でドラマチックな展開を見せた。検察側の重要証人の数人が証言したが、その中に少年が行方不明になったモノーポリの海水浴場地区カピートロのバール・オーナー、アントニオ・レンナもいた。

レンナは予備捜査段階で少年が失踪した場所に極めて近い彼のバールの前を少年の失踪の数分前に被告が通るのを目撃したと供述した。法廷で検察官の尋問に答えて証人はこの供述を確信をもって証言した。

予想外の出来事はセネガル人の弁護人グイード・グエッリエーリが行った華麗な反対尋問の最中に起こった。

一見無害な一連の質問、ただしその質問の返事からレンナの外国人移民に対する明白な攻撃的態度が浮かび上がったのであるが、その質問の後グエッリエーリ弁護士は黒人男性の写真数枚を証人に見せその中に知っている人がいるかどうか尋ねた。カピートロのバールの主人は誰も知らないと言い、そして弁護士がエースを出したのはその時だった。つまりこれらの写真のうちの二枚は、実際は被告アブドゥ・ティアムだったのである。証人レンナが知っていると言い、その悲劇の午後に店の前を通ったのを見たと確信を持って供述したまさしくその人である。写真は証拠書類として裁判官に提出された。

チェルヴェッラーティ検察官はこの尋問を非難し、彼の証言の詳細を改めて明確にするため証人の再尋問を余儀なくされた。証人は前年の事件以後被告に会っていないこと、彼の供述は確かであること、時間が経っていることと写真のプリントが悪くて写真で被告を見分けられなかったことを明らかにした。実際、写真は完璧なプリントではなくカラーコピーであった。

検察官によって行われた再尋問はこの被害を幾分修復したが、この審理中グエッリエーリ弁護士がこの大変難しい裁判で弁護側に有利な点を稼いだことは否定できない。

バールの主人の前に法医と捜査を指揮した捜査官ロルッソ准尉が尋問を受けた。准尉の尋問でも、特にセネガル人の家宅捜索で行われた押収の段階で捜査の不備を弁護側がほのめかした時に幾度か緊張がみられた。

今朝は少年の両親と祖父母の審問が続いて行われる。被告の尋問は来週月曜日と定められ、偶発的な新証拠の申請がない場合は、意見陳述に入る予定である。

僕は記事を二度読んだ。華麗な反対尋問。新聞のその言葉を読み、自分の写真を見て、子供じみた喜びを抑えることができなかった。何度か別の裁判で僕の名前が書かれ写真が載ったことがあった。

だがこのケースは違う。記事の主人公は僕だった。

いつこの写真を撮ったのだろう？　最近の写真ではない、多分二年ぐらい前のだ、しかしどんな状況の時だったか思い出せなかった。まあまあよく写っているが、実物の方がもっといいのにと思った。

数秒こんな風に考えた後で、自分がまるでばかみたいだと思って新聞を机の上に置きアブドゥの方を向いた。

彼は僕を見つめていた。新聞を読んで、彼の表情からは、今度はうまく行くかもしれないと確信する様子がうかがわれた。多分幸い正しい弁護士の手中にあると考えたのだろう。僕は彼を失望させるべきなのか、その審理でうまく事が進んだとしても可能性はまだまだ少ないと言うべきかどうか自問した。そしてそうする理由は全然ないのだと思った。それで、ただうなずいて軽く肩をすくめた。それはどんな意味にもとれた。

「よしアブドゥ、これから次の審理の準備をしなければならない。君の尋問だ」

彼はうなずき何も言わなかった。彼は注意深くしていたが実際何も言う必要がなかった。話すのは僕の番だった。

「今から君にどういう風に事が進むのか、どう行動すべきか話す。もし僕の言うことで何か分からないことがあったら、途中で僕をさえぎって、すぐに言ってくれ」

すると彼は決意をこめてうなずいた。

「最初に検察官が君に尋問をする。君に質問をする時は彼の顔を見る。注意深く、挑戦するようなそぶりはせずに。質問が終わる前には答えないこと。質問が終わったら今度は裁判官の方を向いて、彼らに向かって話す。けっして検察官とやりあってはいけない。

明らかだろう?」

「検察官が話すときは彼を見る、僕が話すときは裁判官を見る」

「オーケー。明らかに同じことが民事の弁護士が君に質問する時にも言える、また僕が君に質問する時も。君は質問が分かってそれに答えていることを、裁判官にわからせなければならない。分かったか?」

「はい」

「答える前に質問が終わるのを待て。特に僕が質問する時は。すべてのせりふを覚えて僕らが芝居をしているのを分からせてはいけない。僕の言いたいことが分かるか?」

「僕たち二人が芝居をしているように見えてはいけない」

「よし、椅子の端に座るな。深く座るんだ。こんな風に——僕はやってみせた——。だがこんな風に座ったらだめだ」彼にまたやってみせた。心地よく座っている、ほとんどだらしなく腰掛ける風に、脚を組んで、など。

「分かったか、はっきりしているか? 椅子の端に今にも逃げようとしている人のように座ってはだめだ。だがリラックスしているような印象を与えてもいけない。お前の一生を話し合うのだ、お前が刑務所にまだ何年も残るかどうかを話しているのだからリラックスしてはいけない。もしリラックスしているように見えたら、芝居をしていると彼らは気づくだろう。無意識でもそれに気がつく。分かるか?」

「はい」

「質問が分からない時、または分かったかどうか確かでない時は返事をしようとしなくていい。お前に質問をした人にもう一度繰り返してくださいと言うんだ」

「分かった」

「それじゃあ、先に行く前にもう一度今まで言ったことを繰り返して言えるか？」

「僕に質問をする人の顔を見る。質問が終わったら、振り返って、裁判官を見て返事をする。もし質問が分からなかったら、もう一度言ってくださいという。こんな風に座る」

僕が彼に言ったように座った。僕は微笑み、うなずいた。彼に繰り返させる必要はなかった。

その時になって、かばんから検察官による彼の尋問調書のコピーとその他の書類を取り出した。どんな風に振舞うべきかを明確にした後で、彼が言うべきことと、すでに言ったことをどのように説明すべきか、彼の尋問の後で僕が表明する予定の補足の証拠申請について僕たちは話し合った。

刑務所に三時までいた。暑さはますます耐えがたくなっていた。握手をして立ち去る時、できることはすべてしたと僕は思った。

家に寄ってシャワーを浴び、極薄手のズボンをはいてポロ・シャツを着た。それからサラダを作って食べた。煙草を二本ほど吸い、アイスアメリカンコーヒーをソファーに座って飲んだ。四時半頃事務所へ行こうと家を出た。マルゲリータの家のインターホンを押したが、家にはいなかった。少しがっかりしたが仕事を終えた後、もう少し後にまた電話しようと思った。

事務所で何人かの依頼人と会い、会計士が僕に会いに来て、それから郵便物を処理し、最後にマリア・テレーザに、今日は早く帰っていいよと言い、目を机の上の書類に落とした。もう一度目を上げた時彼女はまだそこにいた。僕は軽く問いかけるような笑顔で彼女を見た。美しい女性ではなかったが青いきれいな知的で皮肉っぽい目をしていた。四年前から僕のところで働きながら法学部を卒業しようとしていた。司法官になりたがっていた。

「何か?」いぶかしげな笑みを残したまま僕は訊いた。彼女は、言葉を捜しているみたいだった。

「ずっと言いたかったのですが、よかった……元気になられて、うれしいです。私とても……とても心配でした」

僕はびっくりして黙っていた。知り合ってから一度もお互いに個人的なことをほのめかしたこともなかった。四年たっても彼女が本当は誰なのか、恋人がいるのか、何を考えているのか、そんなことを僕は何も知らなかった。単純に、僕にこんなことを言い出すとは思いもよらなかった。僕に何が起こっているのか彼女が気づいているのはよく分かっていたのだが。また話し始めたのは彼女の方だった。

「とても具合が悪そうな時に、何か助けて差し上げたかったのですが、先生とはあまりにも距離があって。私はとても心配でした。悪い風に終わるのではないかと思って」

「悪い？」

「ええ、笑わないでください。自殺をしたりする人たちのこと、その友達や知人たちが、あの人は意気阻喪していて最近はずいぶん変わって、とか言うそんな人のことを考えて……」

「僕が自殺するかもしれないって思っていた？」

「ええ。でも数ヵ月前からいい方向に物事が進むようになって、それで安心しました。今はとてもよくなっていらっしゃるので、それで言いたかったのです、よかったと」

何と返事したらいいのか分からなかった。平凡なことしか思いつかなかったし平凡なことは言いたくなかった。時として重要な大きなものが自分たちのそばを通っても、僕らはそれに気づかないんだ。僕は動揺していた。

「ありがとう」とだけ言ったが、それからすぐに立ち上がり、机の周りを回って彼女の頬にキスをした。彼女は少し赤くなった。

「それじゃあ……また月曜日に」

「また月曜に。ありがとうマリア・テレーザ」

アブドゥの尋問の準備を終わらせなければならなかった。補足証拠申請のために技術的な問題を明確にしておかなければならなかった。それで八時過ぎまで仕事をし、それから事務所を閉めて外に出た。外はまだ明るかった。そして軽く涼風がたっていた。僕は気持ちがよく幸せだった。自分の義務は果たし、もう夏だった。金曜日だった。久しぶりに初めて週末を意識した。それは素敵な感じだった。それで自分を祝うために何かしようと思った。

マルゲリータの携帯に電話してみたがスイッチが入っていないか、電波が届かなかった。インターホンで呼んでみたが、家にいなかった。少しがっかりしたが、少しだけだった。

それで自分がしたかったことを考え、その答えはすぐに見つかった。僕は家に戻り小さな旅行かばんを用意し、本を何冊か入れて、車に乗って南へ、海へ向かった。十一時頃サンタ・マリア・ディ・レウカに着き、海のすぐ近くの小さなペンションに部屋をとった。夕食に出かけ、その後長い散歩をした。海岸通りに沿って行ったり来たり、時々ベンチに座って煙草を吸い、人々を眺め、夕涼みを楽しんだ。一時半頃寝についった。瞬時に眠りにつき、土曜日の九時に目が覚めるまで眠った。こんなふうに眠らなくなったのはいつ頃以降だか覚えていなかった。多分二十歳かその少し後ぐらいだ。

その二日間は、海、太陽、食事、読書、睡眠、そして人を見て過ごした。ほとんど何も考えずに。砂浜で、レストランで、夜は道行く人々を眺めた。何時間も人を眺めて過ごした。他人が僕を見て何かしら評価するのを怖がらなくてよかった。土曜の朝、砂浜でレッチェ出身の六十五歳ぐらいの女性と知り合った。かなり太っていて空色の花柄の水着を着ていたが幸いビキニではなかった。感じのいい女性で、三年前に亡くなった彼女の夫のことを話してくれた。五ヵ月か六ヵ月間は具合が悪くて自分の人生はもう終わったと思っていた。二十二歳で結婚してから別の男と暮らしたことがなかったからだ。やがて自分の人生は終わったのではない、今までにしたかったことで、ただ何かの理由でいつも先送りにしてきたことがあったはずだと考え始めた。それで折り紙教室に通った。丁度それが自分のしたかったことの一つで、まだ幼かった頃彼女の祖母が紙を折ったり切ったり色を塗ったりしておもちゃを作ってくれたからだ。この祖母は大きくなったら彼女に教えてあげると約束したが、彼女が七歳の時に亡くなった。それで教わることができなかった。だから折り紙を習い、とても上手になった――僕の目の前でペンギン、アシカ、トナカイまでつくってみせてくれた――それから別のこともしたくなっていろいろやり始めたのだった。例えば一人で海に行くこと、旅行すること。幸いお金の心配はなかった。そして、まあ、あなたみたいな若者は、たくさんすることがあるときには、自分の人生が終わったと思ったり、後どのくらい残っているか、死ぬことなどを考えたりする時間がないでしょうけれど。どっちにせよ死ぬのだし、だから……。こんなことを僕に言いながら、僕が日焼けしすぎるのではないかと心配して日焼け止めを渡して、つけるように言い張った。僕はそれをつけておいてよかった。日差しは強く一日中海で過ごしていたら絶対に真っ赤になってしまっただろう。彼女は僕のことを知りたがった。僕は自分のことを話し、それに自分でも驚いた、そんなことは今まで誰にもしたことがなかったからだ。ひげの精神科医とその失敗は別として。彼女は何も言わずに聞いていた、そしてそれも僕は気に入った。

夜、夕食をとった後、ピアノ・バーへ行き、遅くまで音楽を聴いた。いくらかの金を稼ぐため週末アルバイトをしていた物理学科の大学生のボーイと仲良くなった。少し向こうの暗闇に隠れたテーブルの女の子二人が僕は誰か知りたがっていると言った。物理の学生はこの子達はかわいいし良ければメッセージを届けると言った。下品ではなく、感じ良くそう言った。いや、ありがとう、また別の機会にと言うと、彼は少しだけ驚いて僕を見た。帰り際に彼にチップを残した。多分僕は男が好きなのだと思っただろう、だが僕はそんなことはどうでもよかった。

その夜も石のように眠り、十分休んで陽気に目が覚めた。海岸で本を読んだり海に飛び込んだり、折り紙の女性が僕に残していった日焼け止めクリームをつけたりして日曜日を過ごした。

七時に、まだ生ぬるい太陽が残っていたが最後のシャワーを浴び、ペンションに寄ってかばんを受け取りバーリに向けて出発した。

家の近くまで来た時だった、旅行かばんの奥の方にあった携帯電話からメッセージの着信音が聞こえた。それは僕の興味を引いた。長い間メッセージを受け取っていなかったからだ。サービス・エリアに止まって携帯電話を取り出し、長いことやっていなかったのでメッセージの読み方を何とか思い出そうとした。少し試してからやっと読めた。

メッセージはこうだった。

説明すると長くなりすぎる。だから今は分かろうとしないで。でも今あなたに言っておきたいことは、あなたと知り合えたことは私が今まで経験したことの中で一番すばらしいことの一つだということ。M

数秒間、僕はあぜんとしてこの言葉を眺めていた。そして家へ向かった。数分後車のエアコンを消して窓ガラスを下ろした。北西風が吹き始め、湿気た空気を吹き払っていた。

車の窓を開けたまま戻りながら、日に焼けて熱い僕の肌に身震いを与えているのがその風なのかどうか分からなかった。スピーカーからは「もう話したくない」を歌うロッド・スチュワートの声が拡散し、僕はそのメッセージの言葉とそれからもっと別の多くのことを考えていた。

肌に身震いを与えていたのが風だったのかどうか僕は分からない。

十二

理由は分からないが審理は約一時間遅れて始まった。法廷に入る前に判事室で活発な議論が繰り広げられたのだろうと僕は疑っていた。彼ら、裁判官も陪審員もともに入場して着席した時に緊張した顔をしていたからだ。例外は裁判長の左のさわやかな美しい女性だけだった。彼女は一貫して尊大な雰囲気と偽の集中力を示していた。称えられるべきゆるぎなさで、すべての審理を通じてそれを維持していた。その態度は明らかに重罪院の陪審員が**そうあるべき**と考えられていた態度である。

もし僕の間違いでなければ、議論の主人公は裁判長と裁判官だと思った。彼らが座っている様子を眺めながらそう考えた。裁判長はあからさまに裁判官とは反対側に向きを変えて——椅子さえも動かして——いた。裁判官は前を直視し神経質にほとんど強迫観念にとらわれたように眼鏡を拭いていた。審理中に二人は全く口をきかないだろうと思った。

このような重要な審理で、それは理想的な条件ではないと思った。また裁判長はすでにアブドゥを有罪にすると決めているのだろうと全く理不尽にも思った。この感じは重苦しくその午前中ずっと僕に付きまとった。

マルゲリータは来なかった。僕も彼女が来るとは思っていなかった。

何を基準にその朝彼女が来ないと確信していたのか分からない。実際そこに推論が働いたかどうかさえ分からない。ただあのメッセージの数時間後に彼女に会うと期待していなかったのは確かだった。

アブドゥは檻から外に出され、手錠をはずして証人席に座らされた。彼の後ろ五十センチのところに看守が二人いた。

裁判長はまず彼に通訳が必要ないかどうか確認した。アブドゥはうなずいた。するとザヴォイアンニは合図をするだけではいけない、はい、いいえ、をマイクの近くで話すようにと言った。アブドゥは、はい、通訳の必要はありません、分かりますと言った。

直後に裁判長は、彼に尋問に答える意図があるかどうか聞いた。アブドゥは、はい、とマイクのそばで、はっきりとした声で返事した。そこで検察官が発言した。

「それでは、ティアム、まず、あなたは少年ルビーノ・フランチェスコを知っていましたか?」

「はい」

「しかしあなたは取調べの際、彼のことを知らないと言いました、覚えていますか?」

すぐに始まった。僕は最初の異議のために立ち上がった。

「裁判長、異議あり。この質問は認められません。もし検察官が被告の取調べの際の供述内容を用いて彼に異議申し立てするつもりであるなら、どの調書をもとにしているか言い、異議申し立てする供述を文章通り読み上げなければなりません」

裁判長は何か言おうとしたがチェルヴェッラーティが先を越して言った。

「一九九九年八月十一日付け検察官の面前における尋問調書を引用する。異議申し立ての目的にかなうよう、それを読み上げます、これで弁護側は何も不服がないでしょうから。さて……あなたは**文章どおり**この取調べで……」

「異議あり、裁判長。私の依頼人が**文章どおり**発言したと検察は断言できません。問題の調書は要約の形式で作成されたものであり、検察官が引用した取調べ——ティアム氏が受けた最初で唯一の取調べ——ではタイプ速記もいかなる形式の録音も行われませんでした」

本当の反論ではなかった。しかし裁判官らにすぐに重要な情報を伝達するのに必要だった、つまり最初に——そして実際、唯一——アブドゥが取り調べられた時、録音機もビデオカメラもなくタイプ速記による記録もなかったことだ。

裁判長はこの反論を却下し、こんな風に始めるのは好ましくないと僕に言った。僕はそれと同じ口調で言い返したかったが、しなかった。ただ裁判長に礼を言い、そしてチェルヴェッラーティは尋問を再開した。

「それでは供述書を読みます。**ルビーノ・フランチェスコという人を誰も知らない。この名前を聞いても何も思い出さない**」

「説明していいですか？　私は少年をチッチョという名前で知っていました。彼のことをそう呼んでいました。砂浜でみんなが彼のことをそう呼んでいました。ルビーノ・フランチェスコと聞いたとき、それがチッチョだと分かりませんでした。少年は僕にとってチッチョでした」

「しかし取調べのある過程でこの少年を知っていると認めましたね？」

「はい、写真を見た時です」

「つまり——あなたの家で——子供の写真が発見されたと知らされた時ですか？」

「あなたたちが私に写真を見せた時です、そう、家に持っていた写真です」

「つまり、あなたは、我々がその写真を見つけたことに気づいた時になって、少年を知っていることを認めたということで正しいですか」

行き過ぎだった。

「異議あり、これは質問ではありません。検察官は結論を引き出そうとしています。そしてこの法廷ではそれはできません」

しぶしぶ裁判長は僕が正しいと認めざるをえなかった。

「検察官、質問を制限してください。結論は論告で」

チェルヴェッラーティは尋問を再開したが、明らかに神経質になっていた、そしてそれは僕に対してだけではなかった。

「それではティアム、あなたは一九九九年八月五日の午後どこにいたか言えますか？」

「はい」

「言ってください」

「ナポリから車で戻ってきていました」

「ナポリには何をしに行きましたか？」

「砂浜で売る商品を買いに」

「先に示した同じ調書に異議申し立てがあります。文章どおり読みます。**八月五日の午後私は自分の乗用自動車に乗ってナポリに行ったと思う。私の同郷人を訪ねたが、その人物の名前は言うことができない。前回と同様私たちは中央駅の近辺で会った。この同郷人の身元を同定するのに有効な情報を提供することができず、私がその日にナポリにいたことを確認してくれる人を誰も示すことができない。**

あなたが取り調べられた時、昨年の八月に、ナポリに行ったと言いましたが商品の購入については話しませんでした。ただ同郷人に会いに行ったとだけしか言いませんでした。その彼らが誰なのか言うこともできませんでした。ではそのことについて話すことがありますか？」

「商品を買いに行きました。そしてハッシッシも買いに行きました。そのことは言いませんでした、私に商品とハッシッシを売った人たちを巻き込みたくなかったから。私の商品とハッシッシを家に預かってくれた友人も巻き込みたくなかった」

「このあなたの友達は誰ですか？」

「言いたくありません」

「よろしい。これはあなたの話の信憑性を評価するのに役に立つでしょう。ハッシッシで何をしていたのですか？」

「一緒に吸うために他のアフリカ人の友達グループで買っていました」

「あなたは、どのくらいの量のハッシッシを購入しましたか？」

「五百グラム」

「あなたは我々がこの話を信じると思いますか？　あなたがハッシッシと偽ブランド商品の所持を知られたくないために、殺人の告訴の弁護をしないということを？」

「この話をあなたたちが信じるかどうかわかりません。でも私は取調べの時、大変混乱していました。何が起こっているのかよく分からなかったし、関係のない人たちを巻き込む気になれませんでした。何をしたらいいか分かりませんでした。弁護士がいたら多分、何かできたかも……」

「取調べの間、あなたには弁護士が**いました！**」チェルヴェッラーティは声を張り上げた。本当に冷静さを欠き始めていた。僕の介入は必要がなかった。

「官選弁護士がいましたが、取調べの前に彼と話をしませんでした。そしてその後彼にはもう会いませんでした」

「よろしい」とチェルヴェッラーティは言った。自制しようとして裁判官の方を向いて「私は被告と議論すべきではありません。それではティアムさん、あなたはあの日ナポリに行ったと言います。ではその日一日がどのように進んだか詳しく描写してください」

「ナポリに行った日？」

「はい」

「朝早く六時頃出発しました。ナポリに九時頃に着きました。刑務所のあたりのポッジョレアーレの倉庫へ行って商品を受け取り、自動車に積みました。それから駅のすぐ近くへ行き、友人たちがモク、ハッシッシをもっていたのでそれを買いました。バーリで集めた金を持っていました」

「何の必要があってナポリまで買いに行くんですか、ハッシッシを。バーリで見つかりませんか？」

「バーリにもあります、けれどそれはおもに葉っぱで、マリワナ、アルバニアからくる。私はナポリに商品のことで行かなければならなかった。ナポリにはすごくいい物をもっている友達がいて、いい値段にしてくれる、彼らが買う値段で売ってくれるので」

「この友達の密売人たちはいくらにしてくれるのですか？」

「五百グラムを百万リラ」

「それであなたはそれをバーリで密売していた」

「ちがいます。私は密売していたのではありません。共同で買って私たちの間でそれを分けて吸っていただけです」

「ナポリから何時に戻りましたか？」

「午後。正確な時間はわかりません。友達のところに商品をおろしたときはまだ日がありました」

「もちろん――あなたはもう言いましたが――この友人の名前は言いたくない」

「言えません」

「今日ここであなたが我々に話したこの話を確認できる人が誰かいますか」

「証人？」

「はい。証人です」

「いいえ、誰も呼べません。それに私は刑務所にもう一年も入っています。ナポリの人たち、バーリの友達がまだイタリアにいるかどうかも知りません」

「よろしい、従って我々はあなたの言葉だけを信用しなければならない。いずれにせよ、あなたはモノーポリ、カピートロにその午後にいたことを否定できますか？」

「いいえ」

「否定できない？」

「行きませんでした。荷物を降ろした後バーリに残りました。もう遅くて砂浜には誰もいなかったから」

「あなたは、あの日の午後モノーポリに行かなかったと言いました。それではどういう理由でバール・マラカイボーの主人レンナ氏は、その日の午後、およそ十八時頃、あなたが彼のバールの前を通るのを見たと言ったのか説明できますか？　あなたはレンナ氏が真実を言わなかったと思いますか？　あなたにはレンナ氏があなたに対して敵意を抱く動機が何かあると思いますか？」

「さあ、わかりません。私は、彼が間違っていると思います。多分、日にちが混乱しているか、私に似た人を見たのか。わかりません。私はカピートロにその日行きませんでした」

「あなたはレンナ氏があなたに対して敵意を抱く動機を何か持っていると考えているかどうかを私に言いませんでした」

「わかりません、敵意とはどういうことですか？」

「あなたによれば、レンナは偽ってあなたを訴えた。それはあなたを痛めつけたいから？　あなたに反感を持っているから？」

　僕は異議申し立てをしようとしたが、アブドゥはその前に答え、そしてうまく答えた。

「私はそうは言いませんでした。**偽って**私を訴えているとは言いませんでした。私は彼が間違っているのを知っている、だがそれは別のことです。偽って訴えるということは、真実でないことを言っていると知っている時です。彼は真実でないことを言っている、けれどそれを真実と信じているのだと思います」

「あなたは、八月五日の数日後、あなたの車を洗いに行きましたか？」

「はい、ナポリへ行った後。そのあたりの日に車を洗いに行きました」

「なぜ？」

「汚れていたから」

　陪審員ら数人の唇に笑みがこぼれたように見えた。裁判長、裁判官、かぐわしく美しい女性と退役軍人風の老人は全く真剣なままだった。僕はごくまじめにしていた。チェルヴェッラーティも。彼はその後まだ数分、継続して尋問を行い、少年と一緒に写っている写真のこと、その他をアブドゥに質問した。

民事の弁護士はいくつか質問をしたが、それはただ彼がそこにいることを示すためだけで、裁判長はそれから僕に尋問を進めるようにと言った。

「ティアムさん、セネガルで何の仕事をしていたか言ってもらえますか？」

「小学校の教師です」

「何ヵ国語を話しますか？」

「ウォロフ語——国の言葉です——イタリア語、フランス語、それから英語」

「なぜ我々の国に来ましたか？」

「私の国では将来が見えなかったからです」

「あなたは密入国者ですか？」

「いいえ、滞在許可証を持っています。それに行商人の許可も。でも偽物も売っていました。やっていた違法なことはそれです」

「いつから少年フランチェスコと知り合いですか？」

「去年……いや、一年前の……一九九八年に彼と知り合いになりました」

「なぜあの少年の写真を持っていたのですか？」

「彼が私にくれたので。私と彼は友達でした。しょっちゅう話をして……」

「いつその写真をもらいましたか？」

「去年の夏、七月。もしアフリカに帰ったらその写真を記念に持っていってと少年が言いました。僕はアフリカには帰らないと言いましたが、それでも彼は写真をくれました」

「いつこの写真を撮りましたか？」

「僕に写真をくれたのと同じ日。子供の祖父がポラロイド・カメラで写真を撮っていました。少年はそのうちの一枚を僕にくれました」

「では、別のことにうつります。あなたはイタリア語を大変上手に話します。それであなたに聞きたいことがもう一つあります。この文章が何を意味するか私たちに言ってもらえますか？『**弁護のための猶予期間すべてを放棄する**』？」

「この文章が何を意味するのか分かりません」

「ティアムさん、おかしいですね。あなたが検察官の尋問で発言した文章のように思われますが。読みますか？」僕は調書のコピーを見せるためにアブドゥに近づいた。検察官が何か異議を唱えるだろうと期待していたが、彼は何も言わず自分の席にとどまっていた。

アブドゥは調書を見た。僕が刑務所で前の金曜日にするように言ったように。そして頭を振った。

「分かりません、何を意味するのか」

「ティアムさん、すみません、あなたは出頭および取調べ尋問のための期限を放棄するといいましたか?」

「これらの期限が何のことだか分かりません」

「よろしい、おそらく覚えていないのでしょう、あなたはこの調書に署名しているのですから」

僕はそこで止まらなければならなかった。メッセージは届くべきところへ届いたはずだと思った。アブドゥの取調べ尋問調書はある種の無頓着さで作成されたこと、それを今は裁判官らも分かっていた。それで話題を変えて決定的な点へ移ることができた。

「あなたは八月五日ナポリへ行きましたが、このことを確認できる証人はいないと言いました。正しいですか?」

「はい」

「あなたは携帯電話を持っていますか?」

「持っていました。私を逮捕した時、彼らはそれも押収しました」

「確かに、書類にある調書にはそう書いてあります。ナポリに行った時あなたはその携帯電話を持っていきましたか?」

「はい」

「その日、電話をしたか受けたか覚えていますか?」

「したと思います。正確には覚えていませんが、したと思います」

「その携帯電話の番号が何だったか、言えますか?」

「はい、番号は0339-71349964でした」

「裁判長、終わりました。ありがとうございます」

検察官は質問をせず、異議申し立てに使用した調書の採用を申請した。僕は反対しなかった。裁判長は三十分の休憩の後で補足証拠の請求があればそれを表明して下さいと言った。裁判官らがその請求を認めるか否かの決定をして、そして先の日程を決めると言った。

僕は真剣にコーヒーと煙草を一本吸わなければいけないと思った。

十三

裁判所のバールには七〇年代軽食堂風の小さなテーブルがあった。カウンターでコーヒーを受け取り、テーブルに持って行って座った。一人きりで三十分間何も考えず、誰とも話さずに過ごすつもりだった。

煙草に火をつけ、バールに出たり入ったりする人を眺めていた。静かに落ち着いて。するとスポーツ・ジムとビューティサロンで長時間過ごしている風の、ジュエリーをつけ日焼けしたエレガントな女性が現れた。カウンターに向かっていたが僕を見つけると立ち止まった。笑みかけながら返事を待つように僕の方を見ていた。僕は左右を見て彼女が本当に僕を見ているのか確かめようとした。後ろは壁だったので誰もいるはずはなかった。それにテーブルに座っていたのは僕一人だけだったから僕を見ていたのだ。

そんな僕の態度を見てもっと近くに寄ってきた。今度は表情が少し変わっていた。僕がものすごく近眼かひどくボケていると考えているなと想像した。

「私のこと覚えていないの？」ついに言った。

僕は首を軽く彼女の方に伸ばした。

十五年前かもう少し前。僕は大学を卒業したばかりだった。彼女がその頃何をしていたのか良く思い出せなかったがもちろん今とは全然違っていた。多分医学部で勉強していたか、別の女の子と混同しているかもしれない。

僕たちは二ヵ月間か、もう少し短い期間付き合っていた。彼女は僕よりも歳が上で多分五歳上だった。そうすると今は四十四歳前後のはずだ。名前は？　思い出せなかった。

「マグダ、私マグダよ。私のこと覚えてないのかしら？」

マグダ、僕たちは二ヵ月間付き合っていた。十五年前に。

それで僕たちは何をしていたのだろう？　何を話していたのだろう？

「マグダ、ごめん、見栄を張って眼鏡をかけていないから、こんなざまさ。少し近眼だ。元気かい？」

「元気よ、あなたは？」

僕はばかげた会話についていった。彼女のことはほとんど何も覚えていなかったので、またみっともないことにならないようかなり慎重にしていた。彼女は仕事で裁判所に来ていると言った。彼女の言い方から察するに僕が彼女の仕事を知っているのは当然みたいだった。だが僕はそれを思いつきもしなかった。そして彼女が話し続けている間――別居のこと、シングルの生活のこと、バカンスのこと。僕たちがまた絶対に会わなければいけないということ、名前を言われてもピンと来ない一連の人たちと一緒にいつか夜にでも――僕はシュールな渦巻きの中に引き込まれたような気がした。

肩を寄せ頰にキスをして別れた時、僕はやっと気分がよくなった。

チャオ、マグダ。この次会う時には十五年前の二ヵ月間に僕たちが毎晩何の話をしていたのか君にたずねる勇気をさがしてみるよ。

裁判長は検察官と民事の弁護士に証拠請求する必要があるかと尋ねた。二人とも、ないと答えた。それから僕の方に向き、同じ質問をした。僕は立ち上がって話し始める前にいつものように肩からずり落ちている法衣をなおした。

「はい、裁判長。私どもは刑事訴訟法第五百七条に従い請求を致します。裁判官は先ほど被告の尋問をお聞きになりました。この者は携帯電話の名義人であると言及しました。しかしこのことはすでにあなた方の手持ちの書類中にも見られます。なぜなら公判書類中にはその他の調書とともに問題の携帯電話とそれに関連するチップの押収記録が挿入されているからであります。そのチップが示しているのはまさに被告の所有する番号0339－7134964であります。被告はナポリに上述の携帯電話を持って行き、その途中でおそらく電話を受信および送信したと述べました。あなた方のほうが私よりよくご存知でしょうが、携帯電話の利用は記録が残り、それは電話会社この場合はテレコム社の磁気テープ、データ記録媒体上に保存されます。

通信記録を入手することは可能であり、それから送受信の相手の電話番号、時間、通話時間、何よりも通話時に電話利用者のいた地域が特定されます。

上述を前提とし、さらに一九九九年八月五日における携帯電話0339－7134964の通信記録をテレコム・イタリア社から入手する重要性を説明する必要はないと思われます。被告のアリバイを確認できる証人が誰もいないのは本当です。しかし通話記録はアリバイ証拠以上になる可能性があります。明確な言語で正確な時間に接続した電話の場所の特定ができれば裁判を解決に導く要素となるかもしれません。従いまして結論として刑事訴訟法第五百七条に従い携帯電話0339－7134964の一九九九年八月五日における利用者の通話記録の入手の命令を発していただくよう請求いたします。

そのほかに付け加えることはないと思います。ありがとうございます」

裁判長は僕が話し終わった後もまだ数秒間、僕のことを見つめていた。それから裁判官の方を向こうとしたがその時に二時間ほど前にけんかしたのを思い出したのだろう。

少なくとも僕はいかなる理由かは知らないが彼らが言い争いをしたと確信していた。ザヴォイアンニは確かに裁判官の方を向こうとして途中で止まったのだ。その動作はあまりに唐突で、彼は平静を装うために頭を片手にもたせかけて、物思いにふけった様子をした。彼は茶番劇の登場人物のように動いたかと思うと、数秒間不自然にじっとしていた。それから検察官の方を向いた。

「この弁護側の請求に関して検察官の異議はありますか」

「裁判長、私は弁護人によって請求された証拠の絶対的必要性のみならず重要性についても多くの疑問があります。その疑問は簡素に要約できます、つまり一九九九年八月五日当日にその携帯電話がティアムの手元にあったと言えるでしょうか。電話は家宅捜索の際、彼の家で見つかり、それは本当です。しかしそれには大して意味がありません。家宅捜索が行われたのは事件の数日後であり、ある種の——例えば密売人、被告が今近いと言ったばかりの、またはその中にいるかもしれない——環境では、携帯電話を交換し合うのは武器などを交換するようによく行われているのを我々は知っています。少年が誘拐された日に携帯電話を所持していたことを示すティアムの側の証拠はなく、請求の証拠は鮮明さに欠けています。さらに裁判手続きに関してもっと厳密な考察を付け加えると五百七条が認めているのは公判の過程でその必要性が浮上した場合のみ、その新しい証拠を採用することであります。この場合、証拠はすでに裁判の導入部分で請求可能であり、それを弁護側は怠慢であったのかどういう理由かわかりませんが、行いませんでした。いずれにせよ請求は遅れて出されたのであり、この側面から却下されるべきであります」

「民事の方の意見は？」

と裁判長が言った。

「検察官の判断に同意いたします」

「裁判長」と僕は言った。「検察官の異議に対して簡単に反論をさせていただけますか？」

「あなたは十分承知でしょう、弁護士、この段階で反論は認められません」

「裁判長……」

「弁護士、余分な発言はゆるされません。もう一度繰り返します。一言でもだめです」

裁判長はそう言いながら判事室へ行くために立ち上がった。陪審員は一人ずつ立ち上がり彼に続いた。裁判官はまだ座っていた。一瞬唇をかみしめたように見えた。それから彼も立ち上がり最後に判事室へ向かった。

僕たちは長く待たされた。通常このような決定、つまり補足証拠の請求に関する決定は直接審理中に下されるか判事室内でも数分で下されるものである。しかしその日は違った。数時間が過ぎても何も起こらなかった。僕は書記官と言葉を交わし、彼はどうしてこんなに遅れているのか分からないと言った。僕も分からないと答えたが、本当はそうではなかった。彼らがこんなに長く判事室にこもっているのは、実際、判事らの間で、すでにアブドゥを有罪にすると決めた人と、もっと良く理解したい人に分かれたからである。前者が勝てば僕の通話記録入手の請求は却下され、僕は苦労して訴訟を争う無駄な労を省くことができた。アブドゥはすでに見放されているようなものだ。だが後者が勝てば僕たちはまだ勝負の真っ只中だった。

檻のなかからアブドゥが僕に何が起こっているのかと訊いた。待たされるのはいつものことだと僕はうそをついた。

マルゲリータに電話したくなったが、しなかった。

なぜか理由はわからないが僕の頭にはトルコの古い諺《ことわざ》が浮かんだ、それは大体こんなものだった。「愛する前に足跡を残さずに雪の上を歩くことを覚えなさい」どうしてこんな諺が頭に浮かんだのだろう？

僕は一人ぼっちだった。なんてこった、泣きたくなった。何ヵ月も経ったちょうどこの瞬間にこの場所でなんて。

いや、お願いだから、だめだ。

僕は法廷の出口へ向かった、人目につくのを避けるために――ジャスト・イン・ケース――そしてもう一本煙草に火をつけるため。口に煙草をくわえた時、僕のその考えは思いがけない鐘の音で引き裂かれた。

僕は自分の席に戻り、法衣をつけた。口の端にまだ煙草をくわえているのに気づいたのは、すでに裁判官らが入廷し着席して裁判長が命令を読み上げ始めている時だった。

僕は視線を机の上に落とし、目を軽く閉じて、僕の前にある書類に焦点をぼかしながら聞いた。

バーリ重罪院は、被告ティアム・アブドゥの弁護人によって出された新しい証拠の入手申請に関して以下のように見解を述べる。

被告弁護士は——刑事訴訟法第五百七条にもとづき——一九九九年八月五日における携帯電話0339-7134964番の利用者の通話記録の入手を請求した。それは、かかる入手の必要性が公判の証人尋問経過中（特に被告の尋問において）浮かび上がったものであること、そして上述の入手は真実を確認する目的で絶対的必要性があるという二つの前提条件によるものである。

検察官はその重要性がない（または絶対的な必要性はない）と主張し、さらに申請は遅れて出されたものであるとして、この入手に異議を唱える。

確かに——検察官が考察したように——請求は公判導入部分で出すことができたであろう。なぜなら請求を行うための要素はすでにその段階で弁護側の使用可能な資料中に見出されたからである。

従って請求は技術的に手遅れであると考慮される。

裁判長はここで一息ついた、またはそんな風に僕には見えた。僕は目を軽く閉じ、視線を伏せていた。数秒後には自分が息を止めていたのに気づいただろう。

別の観点から見て、しかし。

しかし！　受け入れられた。

別の観点からみて、しかし破毀院の判例に照らし合わせ重要視する必要があるのは、裁判官は刑事裁判の主たる目的が真実の探求にほかならないことを忘れてはならないことである。よって正しい裁定を行うために必要な事実確認の過程を不当な方法で妨害する方法論または裁判手続きを選択することは受け入れられない。
以上を認めたうえ、申請された証拠は潜在的に決め手となる証拠と解釈されるべきである。実際通話記録の入手によって被告の位置が特定され、それが彼の罪状、彼が犯人であるという仮説と矛盾しアリバイの真の証拠が浮かび上がるかもしれないのである。

その目的のためバーリ重罪院は携帯電話利用者番号０３３９－７１３４９６４の一九九九年八月五日六時から二十四時までの間の通話記録の入手を命じる。
さらに通話記録の正確な意味を審理で説明するためにテレコム社バーリ支社の責

任者または特別に委任された場合同社の別の従業員の尋問を命じる。
本遂行の期日を五日間と定め、司法警察本部の担当課に委任する。
証拠の採用および審議のための公判審理を七月三日と定める。
閉廷。

裁判官らがもう法廷から出て行ってしまった後で、僕は再び目を開け視線を上げた。終了まで一週間だった。いずれにせよ。

十四

その週は不思議と平穏な日々だった。僕は普通の仕事をし、普通の審理をし、依頼人に会い、弁護料——それは悪くはなかった——を受け取り、その他のことを全部した。アブドゥの裁判の仕事はしなかった。通話記録の到着を待たなければならなかった。記録の検証の結果で僕の口頭弁論のやり方が決まるからだ。その前に書類を読み返したり意見陳述の準備を始めたりするのは無駄だった。

木曜の午後マルゲリータが僕の携帯に電話してきた。日曜の夜のメッセージの後、僕たちは話をしていなかった。僕は彼女に電話をしなかったし、インターホンを鳴らそうともしなかった。なぜか分からないが、何かが僕を引き止めていた。

夕食のあとで何か飲みに行きたいかって？　いいとも、行きたいさ。僕がインターホンを押そうかそれとも家のドアをたたこうか？　ああ、その前に外出するのか、それなら後で直接どこかで会えばいい。ヴェネツィア通りのフォルティーノ（小さな砦の跡）の前でいいよ、十時半頃？　いいよ。じゃあ後で。

彼女の声は少し変な調子だった、僕は少し気がかりになった。

その瞬間以後、午後の時間はゆっくりと過ぎた。僕は気が散って何度も時計を見た。事務所を八時に出て、家でシャワーを浴び、着替えて約束の時間よりもかなり前に出かけた。苦労して時間をつぶし、十時頃僕はフォルティーノへ向かった。

僕はヴェネツィア通りの長い上り坂を歩いていた。人ごみの中を。夏のこの時間はいつもこんな風に人が多い。

特に若者たちのグループ。彼らはデオドラントと日焼け用クリーム、クロロフィル・ガムの混ざった匂いを発していた。チッタ・ヴェッキア（旧市街）の家族連れたち。香水の匂いをただよわせた二十歳ぐらいの若い女の子を連れた日焼けした五十男。僕と同年代の人たちはすごく少なかった。なぜだろう、僕はただこの問いを繰り返していた。

約束の少なくとも十分前にフォルティーノに着いたが、時間が経ったというだけで僕はほっとしていた。壁によりかかって煙草に火をつけ、周囲を眺めながら待った。

彼女は十一時二十分前ぐらいにやって来た。

「ごめんなさい。今日はすごく疲れた。一週間ずっと疲れっぱなし。でも一週間のところでやめておくわ、言い続けると疲れる一ヵ月になってしまうから」

「どうしたんだい？」

「歩きましょう、いいでしょう？」

僕たちはそのままヴェネツィア通りを北の方へ向かった。フォルティーノから遠ざかるにつれて少しずつ人通りはまばらになっていった。グループは小さくなり、カップル、一人で散歩している人。制服の警官がパトロールに回っていた。

僕たちは黙ったままサン・ニコラ聖堂まで歩いた。コルシカ犬を連れた男性が近くを通りがかった時、犬がマルゲリータの脚を嗅ぐために止まった。彼女も立ち止まって手を伸ばして犬の頭をなでた。飼い主はこの犬がそんな風に見知らぬ人に触らせているので驚いて、こんなことは初めてだと言った。奥さん、犬を飼っておいでですか？　いいえ、昔に飼っていましたが、ずいぶん前に死にました。

犬とその飼い主は行ってしまい、僕たちはサン・ニコラ聖堂の右側に面している低い城壁の上に座った。

「この数日間はどうだった？　裁判は？」

「さあ、うまくいけばいいんだが。次の月曜日には終わるよ。それで君はどうだった?」

　僕は用心深く訊いた。

　彼女は数秒間黙ったまま、やがて僕が何も質問しなかったかのように話を始めた。

「アルコールをやめるのを教える所では、再発の危険にどうやって耐えるかも教えるの。治療後の一年目はまた飲みたくなることは多いし、その後も頻繁に起こる。それは私たちにとって絶えず繰り返されることだった。難しい瞬間があるだろう——と彼らは言っていた——悲しい時や過去への激しいノスタルジーや将来への不安を感じる時、その時また飲みたくなり、それにうち勝てないと思うかもしれない、それは波のように君たちを水没させるだろう。しかし、そう、それはまさしく波のようなもので、その波、海はただ数秒間しか君たちを水没させないのだ。それが君たちには永遠のように長く感じられるとしても。パニックに襲われないようにすれば簡単にそこから抜け出すことはできる。それで覚えておいてほしい。そんな時は落ち着いてさえいればいいんだ——と言っていた——。パニックに襲われないようにするんだ、覚えておいてくれ、波が去った時に頭を水から外に出すことができるということを。君たちが、飲みたくて仕方ない、耐えられない衝動に襲われた時は発作が続く数秒間または数分間、何かそれを過ぎ去らせることをしなさい。フルーツを食べるとか、屈伸運動、ジョギング、友達に電話するとか。何でもいいから、何も考えないで時間を過ごせる何かをしなさい」

　僕は黙っていた。そしてその後で彼女から聞かされるだろうことを恐れていた。

「私も何度か他の人と同じようにまた飲みたくなったけれど合気道が助けてくれた。波が押し寄せてくると私は着物をつけて技を繰り返し、自分のしていることだけに集中するようにした。それでうまくいったわ。練習を終えた時、飲みたいということを忘れていた。

時間が経つにつれて、そんな瞬間は次第に少なくなった。少なくとも二年間は飲みたいと思わなかった」

僕は数分前から手に持っていた煙草に火をつけた。マルゲリータは口調を変えずに、どこか前の方を見つめながら話し続けた。

「約三年前からある人がいて。バーリに住んでいないから多分それで長く続いたと思う。彼が来るか私が行くかして週末に会って。そんな風に、普通に最初は問題がなかった。あるいは私が何も言わなかったか」

彼女はゆっくりと僕の方を向き、煙草をとり、かなり吸った後でそれを僕に返した。

「いずれにせよ、どういう訳だか分からないけど、土曜日にまた話が出て、話というよりは嫉妬の言い争いになったわけ。言っとくけど彼は嫉妬深い人じゃない。その正反対。だから私はうろたえて悪い風に反応した。すごく悪い風に。私たち一緒に過ごしたの、つまり、セックスしたってこと……」それは僕の心をえぐった。そのすぐ後に僕の頭の中には深い霧が、どのくらいか分からないが長い間、彼女の言っていることが再び分かるようになるまで、たちこめていた。

「……それでそんな話を彼から聞こうとは思ってなかったって、それは失望だとか何とかって彼に言った。そうしたら彼は私が偽善者だって答えた。あなたのことをただの友達だって言っていたのはうそだと、彼にではなくて私自身に対してうそをついていると。だから私が本当の偽善者だって言った。それで私は暴力的に反発した。多分彼の言っていることが正しいと知っていたから。話は夜中じゅう続いて、朝彼は出て行くと言った。私が考えをはっきりさせて正直になるべきだって、彼に対してそして自分自身に対して。そして後で、電話で話し合おうって。彼は行ってしまい私は残った。ベッドに座って、頭の中は大きな騒音でいっぱいだった。考えることができずに、幻覚のように何時間も過ぎていって自然に飲みたくなった。止めたときから一度も覚えなかった途方もない欲求が。着物を着て練習しようとしたけれど実際そんなことしたくなかった。私はただ飲みたいだけ、気持ちよくなりたかっただけ、頭の中の大きな騒音を消したかっただけ、そして責任と義務、努力なんてものすべてを消してしまいたかった。ちくしょう。だから外に出て車でポッジョフランコへ行った。年中開いているバールがあるの、知っている？　名前は覚えてないけどワインとリキュールも置いているところ」

僕はそのバールを知っていた。それでうなずいた。僕の口の中は乾いて舌は口蓋にくっついていた。

「バールに入って私の好きなジム・ビームの瓶を頼んだ。その時の私は落ち着いていた。ものすごく落ち着いていた。家に戻って大きなグラスをもってテラスへいった。テーブルに座って瓶の封を開けた。──知っているでしょう、あのカシッと言う音、新しい瓶を開けるときの音──そして手始めにバーボンを指三つほど注いだ。ゆっくりと、グラスの中に落ちていく液体と、その反射、その色を見ながら。それからグラスを鼻に近づけ、長い間それを嗅いだ。

長い間このグラスの前にたたずんで、自分の周りにはいろんな考えが渦巻いていた。お前は悪い女だ、いつもそうだった。自分の運命から逃れることはできない。それは無駄なことだ。何度も飲もうとしてグラスを持ち上げては、それを見つめ、またテーブルの上に置いた。だっていずれにせよ必ず飲んだだろうし、それならゆっくり落ち着いてやればいいと思ったから。

暗くなってきても私はまだそこにいた。バーボンのグラスを持ったまま。もっと注ごうと思った。テーブルにグラスを置き、瓶を取り、ゆっくり注いだ。グラスは半分まで、三分の二まで、そしてグラスのふちまで満ちていった。私はまだ注ぎ続けた。ゆっくり液体があふれ始め、それを見つめた。グラスの外壁にそって落ちていくのを。そしてテーブルの上に広がっていって、床にしたたり落ちていくのを。

瓶を空にしてテーブルの上に置いた。グラスを二本の指で持って持ち上げずにゆっくり傾けた。グラスはこんな風に空になっていった。それもとてもゆっくりと。次第に空になっていくにつれてもっと傾けた。最後にそれをひっくり返した」

僕はやっとのことで息をしながら手を顔に当てた。そして顎の痛みに気がついた。

「それから私は立ち上がって、バケツと雑巾を持ってきて、そこを全部掃除した。雑巾と瓶をバケツの中に入れて道路に下りてゴミ箱の中にそれをすてた。あなたに電話したかった。でもそれは正しいことじゃないような気がした。自分一人で急いで処理してしまわなければならないと思った。それであなたにメッセージだけ送った」

彼女はこんな風に突然に話をやめた。僕たちは長い間黙って壁の上に座っていた。僕にはしたくてたまらない質問があった。当然ながら彼についての質問だった。その夜の後に何が起こった？　今日彼女はどこにいた？　また彼に会って話をしたのか？　など。だが何も言わなかった。それは簡単ではなかったが僕は何も訊かなかった。そこに座っている間もその後僕らの家の建物まで街を通って戻ってくる間も。家のドアの前で別れるときまで。その時話したのは彼女だった。

「私のことどう思う？　こんな話をした後で」

「前に思っていたことと同じ。ただ前よりちょっと複雑だ」

「中に入る？」

僕は返事をする前に数秒考えた。

「いや、今晩はだめだ。だけど誤解しないでくれ、ただ……」

彼女は急いで僕のことをさえぎった、気まずそうに。

「誤解しないわ、あなたの言うとおり。それに聞くべきことでもなかった。月曜日に裁判が終わるって言ったわね？」

「多分。法廷の命じた最後の確認次第だ。資料が間に合えば、月曜日には終えるだろう」

「あなたが話すのは午前中？」

「いや。違うと思う。ほぼ確実に午後だ」

「それなら、ほぼ確実に行けるわ。あなたが話す時にいたいから」

「僕も、君にいて欲しい」

「それなら……おやすみなさい。それから、ありがとう」

「おやすみ」

僕はもう階段のところにいた。

「グイード……」

「何？」

「その後で、私彼のところに行ったの。彼のいう通りだって言ったの。偽善について——私の——そしてその他のことすべても」

そして短く休んでからこう言った。彼女の声には何かしら壊れやすさがあった。

「私がしたこと、これでよかったかしら？」

僕は目を半分閉じて深呼吸をした。何か塊が胃の入り口で溶けていくのを感じながら。

僕は、そう、それでよかったんだ、と言った。

十五

通信記録は入手命令の出された審理から期日どおりの五日目に届けられた。裁判官の命じた措置の遂行にあたった憲兵隊の准尉が僕に教えてくれた。彼は僕の友人で、その記録票が届いたかどうか訊くため僕が彼に電話をしたのだった。届いていると言ったのでそれを検討するため僕は裁判所へ行った。

七月一日の土曜日だった。裁判所の中は人がおらず漠然とシュールな雰囲気だった。

重罪院の書記課のドアは閉まっていた。ドアを開けたら中には誰もいなかったが、少なくともエアコンは効いていた。だから僕は中に入りドアを閉めて誰かが戻ってきて記録票を閲覧させてくれるのを待った。

十五分後にやっと背の低い六十歳ぐらいの僕の知らない事務員が入ってきた。彼は僕をぼんやりと見つめ何か必要ですかと尋ねた。僕は彼に必要なものを言った。彼は数秒間熟考するようにしてそして辛そうにうなずいた。

記録票を探すのは骨の折れる作業でいささか体力を奪うものだったが、何とかして最後にこの小男はそれを探し当てることができた。

記録票から確かにアブドゥがナポリへ行ったと真実を言っているのが明らかになった。最初の電話は九時十八分。アブドゥの電話からナポリの電話番号に発信した通話で通話時間は二分十四秒。その時間にアブドゥはすでにナポリまたはナポリ近郊にいた。続いて四つの通話――ナポリの電話番号と携帯電話――。最後の電話は十二時四十六分だった。その後は四時間以上何もなく十六時五十二分にアブドゥは携帯電話から電話を受けとっていた。その時の場所はバーリ市内だった。その次の電話は二十一時十分。アブドゥの電話から別の携帯電話へ発信されていた。場所はまたバーリ。そしてそれ以後何もなし。

検証結果を熟考してみた。それは確かに決定的とはいえず、それで裁判を終わらせることはできなかった。四時間以上の空白があり、そのちょうど最中に少年の行方不明が確認されていた。記録票によってわかるのは、ナポリから戻ったアブドゥがモノーポリまで行ってカピートロに着き、少年を捕まえ、そして何をしたのか知らないが――この仮説を否定する証拠にはならないことだった。

立ち上がって帰ろうとした時、小男が部屋の反対側に座っているのに気がついた。顎を手のひらの上に乗せて机にひじをついて、うつろなまなざしで。

僕は彼に挨拶した。彼は頭をこちらに向けて、まるで僕が何か変なことを言ったかのように僕を見た。そしてまた頭をむこうに向けながらうなずいたようだった。それは僕の挨拶に答えたのか、うつろなまま幽霊とでも話をしているのかよく分からなかった。外の空気は灼熱だった。七月一日、土曜日の正午だった。僕は裁判の意見陳述の準備をするため事務所にこもる支度をしていた。長い週末が僕を待っていた。

十六

審理は九時半ちょうどに始まった。裁判長は通信記録の到着を確認し、データの意味について技師の説明は不要ということで我々全員が合意した。通話記録から読みとれることで我々の目的には充分だった。証言のため出廷した電話会社の技師には礼が言われ、退席が許された。

次いで速やかに裁判長は公判最後の全手続きをすませ、そして検察官に発言をゆだねた。九時四十分だった。

チェルヴェッラーティは椅子を後ろに押しながら立ち上がり、机に体重をかけた。肩の法衣を整えメモを一瞥し、それから頭を裁判長の方に向けた。

「裁判長、裁判官、陪審員の皆様。本日は無残な犯罪を裁くため、ここにお集まりいただきました。幼い命は残虐にもその原因を計り知ることのできない卑劣さで断ち切られたのであります。残念ながらこの卑劣さの結果は取り返しがつきません。誰も、この子供をその両親の愛情の元に取り戻すことはできません。私も、あなた方も、そして誰も。しかしあなた方には大きな重要な権力があります。それをうまく利用していただきたいと思います。もちろん、うまく使ってくださると確信しています」

僕は、次に、彼らには裁きを下す権力がある、義務とともに、と言うにちがいないと思った。このような極悪犯罪の犯人が野放しになっているのを阻止するためにとか、適当なへりくつをつけて。

「あなた方には裁きを下す権力があります。そしてそれは重要な義務をともなう権力であります、それ自体が司法を遂行する義務を有しているからであります。誰よりも犠牲者の遺族に対して。またこのような恐ろしい事件が起こるたびに、その答えを待っている我々市民の全員に対して」

これは重罪院での彼のお気に入りのせりふだった。陪審員に印象付けられると確信していた、と僕は思う。とにかく彼はこの口調で続け、すぐに僕は気が散漫になった。彼の声を遠い雑音のように聞いていた、時々数分間は話についていったが、やがて僕はひとりでにまた気が散っていった。

彼は公判の過程で起こったことについて話し、単調な声で調書の部分部分を読み、なぜ検察側の証拠に、例外なく完璧な信頼性があると考えられるかを説明した。

今まで聞いた中で最も退屈な論告の一つだ、と手持ち無沙汰に前にある書類をめくりながら思った。

あるところにきてバールの主人の証言の話になった、それは裁判の核心だった。レンナの供述をもう一度読み――だが**僕の**質問には答えていなかった――コメントした。僕は注意して聞くことにした。

我々は自分自身に訊ねなければなりません、あなた方も自分自身に訊ねる**べき**です。証人レンナには今日の被告を偽って訴える理由があったでしょうか？　問題は実に単純明快な二者択一になります。第一の仮説は、レンナ証人はうそをついている、しかも無実の男に無期懲役を与えるような条件を提示して。彼は自分の供述が何を意味するかをよく知っており、しかも反対尋問の際に我々も見たとおり、困難に陥ったにもかかわらず、その後もそう主張しております。もしうそをついて無実の者を無期懲役にする事実を訴えるなら動機がなければなりません。それは個人的な敵意むしろ残忍な憎悪であります。なぜならこのような敵意のみがその常軌を逸した行動を説明するからであります。

被告に対するレンナ側からの破壊的憎悪の証拠あるいは疑惑だけでもあるでしょうか？　当然ありません。

第二の仮説は証人が真実を言っているということです。証人がうそを言っていると言える証拠が何もなければ、我々は彼が真実を言っていることを――当然、不正確だったり間違えたり混乱した瞬間はあったとしても——認めなければなりません。

本裁判の帰結は明らかであります。なぜなら被告がモノーポリ、カピートロにあの午後行ったことを否定していることを忘れないでください。もし彼が否定する一方その場所にいたとしたら——そしてうそを言う理由のない証人が証言しているのだから、我々は彼がそこにいなかったとは断言できません——その説明は唯一つ、それは悲しいかな全員の知るところです」

僕はこの概念をメモした。メモする意味があったし、それに対して明確に論駁する必要があった。

チェルヴェッラーティは先に進み、公判の進行順に通話記録のところまできた。彼は僕が予想していた通りのことを言った。弁護人が申請した通話記録の確認は被告の無実を証明しなかったばかりでなく、逆に検察を支持する別の糸口を提供した。

通話のなかった約五時間の空白は、その間おそらく携帯電話の電源は切られていたのだろう、評価に値する証拠データとなった。被告はナポリからバーリに到着し、すでにその時にはある考えを抱いて、そのままカピートロまで行ったというのは、真実らしい——極めて真実らしいと言った——。あるいは興奮状態に取り付かれて。その極悪な行動を邪魔されないよう携帯電話を切ったというのは、ありそうなことである。それ故これはいかなる他の仮説よりも、十七時から二十一時過ぎまでの通話の不在を説明する。

この論告部分もメモを取った。油断のならない推論であり、判事らに影響を与える可能性があった。

　次いでアブドゥがいかに陰険卑劣な手口で子供の信頼につけこみ、計画を実行したかという仮説を再現した。

　誘拐の後に起こったことは容易に推測される。少年は何が起こっているのかに気づき、暴力の企てに抵抗しようとした。逃げようとしたかもしれず、それが被告の致命的なリアクションを引き起こした。性的暴力の痕跡が見つからなかったのは、そのような暴力――それが被告のねらいだったのは確かである――の前に状況が急展開して犯行にいたらなかったからであろう。

　結論として、検察官はこの犯罪に唯一適切な刑は終身刑であるとし、その理由を説明した。それはこの論告の中で最も説得力のある部分だった。というのも実際、終身刑がこの種の事件の犯人に対する正しい刑罰だったからだ。

　こんなことを考えている間にチェルヴェッラーティは慣例の決まり文句で求刑を締めくくろうとしていた。

「以上の陳述理由により、被告に帰されるすべての犯罪に関する刑事責任を主張し、六ヵ月間の日中隔離および無期公職執行停止の付帯的刑罰を適用し、終身刑を求刑いたします」

　僕は深呼吸をして時計を見た。二時間が経っていた。

　裁判長は民事に発言を与える前に短い休憩をとると言った。そしてその後一時間の昼食休憩の後で再開し、今度は僕が弁論する番だった。場合によっては裁判官側の反論を表明した後で裁判官らは判事室に退くと言った。

法廷には誰もいなくなり、僕も立ち上がって煙草を吸いに行った。一方コトゥーニョは、一人で残って自分の口頭弁論の最後の詳細に手を入れていた。

外には前に一度も会ったことのない女性記者がいて検察官の求刑をどう思うかと僕に聞いた。

こんな愚問を聞くのもめずらしいと思った。そう言いたい衝動に駆られたが、もちろん何も言わなかった。そのかわりに両肩を上げて首を振り、手のひらを上に向けて軽く手を広げた。煙草を一本箱から取り出しながらそこから遠ざかった。その間、この若い女性は少し呆然として僕を見つめていた。

気持ちは十分穏やかだった。自分のメモを見直したいとは思わなかった。僕に発言が回ってくるまで何かをしたいとは思わなかった。それにその必要を感じていなかった。

これは僕にとって新しい感覚だった。それまでは仕事、勉強、その他の重要な約束にいつも僕は息を切らせてたどり着いた。最後の最後まで、最後の夜まで、最後の見直しまで、それでいつもへとへとになった。そしてその後はいつも何かを盗んだような、うまいぐあいに法の網をくぐり抜けたような気がした。またしても世間を欺くことができた、またしても見つからずにすんだと。しかし心の中では自分がペテン師であることを知っていた。遅かれ早かれ誰かがそれに気づくだろう。それは確かだ。

その朝、僕は気分がよかった。できるだけのことはすべてしたと分かっていた。恐れはあったがそれは健全な恐れだった、見つかるのではないか、みんなが僕が無能だと気づくのではないかという恐れではなかった。裁判に負けるのは怖かった、アブドゥが有罪になるのは怖かった、しかし威厳を失う怖さではなかった。自分がペテン師だとも思わなかった。

コトゥーニョは一時間弱話した。副詞と形容詞をたくさん使って結局、全く何も言わなかった。

昼食の休憩時間に僕は弁護士会のある六階へ行った。検察官の話を聞いている間にひらめいたアイデアを確かめるのに辞書が必要だった。片づけて立ち去ろうとしていた事務員を見つけ、緊急の用事だからと説得した。彼女に図書館の中に入れてもらい、急いで確認し、メモを取り、礼を言って立ち去った。

少しぶらぶらしたかったが、外は耐えられない暑さだった。裁判所の中のバールへ行きミルクセーキとクロワッサンを頼み、小テーブルに座って時間をつぶした。

時間になったので僕は立ち上がり、法廷に戻り、ジャケットを脱いで法衣をつけた。それとほとんど同時にベルが鳴り判事室のドアが開いた。裁判官らが一人一人入ってきて、僕は立ったまま腕を組み、左足に体重をかけたまま彼らを眺めた。彼らが全員席に着いてから僕も座った。沈黙があった。

「被告の弁護人に発言を認めます」そっけなく裁判長は言った。

立ち上がろうとした時、陪審員の数人の視線が僕のすぐ後ろの一点に向けられているのに気づいた。誰かが僕の左腕、ひじのすぐ上を気弱につかむのを感じた。振り返るとマルゲリータがいた。少し息切れして小さなしずくが上唇の上に浮かんでいた。微笑みを浮かべて、何も言わずに僕の右側に座った。

話し始める前に数秒間が過ぎた。

「裁判官殿、すでに検察官が述べましたように、この裁判は大変凶悪で不自然な犯罪に関するものであります。少年の両親にとって理解のできない痛みを残した、一人の少年の暴力的な死であります。

もし我々の弁護が、無意識に何らかの方法で、その痛みに対する敬意を欠いたとしたら、お詫び申し上げます」

裁判長は好意なく僕を見つめた。このように始めるのはただ陪審員に気に入られるための方便に過ぎないと考えていた。そう考えているに違いないと僕は確信していた。それで、それを僕が知っていること、そんなことは僕にとって重要じゃないんだということを彼に言ってやりたくなった。

「これが裁判官、同様に陪審員の好意を得るためのただ哀れなあさましい方法に過ぎないと思われる方がいらっしゃるかもしれません。それは見当違いの考えではありません、しばしば我々弁護人はこのようなことをするからであります。いずれにせよ個人個人が自分の思うように考えるのは自由であります。幸いにも、裁判は弁護士あるいは検察官の好感度あるいは反感を基準に審理し判断するものではないからです。裁判は――平凡すぎることをお許しください――証拠をもとにして判断するものです。もし証拠があれば有罪とする。証拠がなければ、または不十分であるか、矛盾があれば無罪とする。

それではどんな判断基準をもとにして、裁判の証拠が十分であると断言でき、その結果有罪とする、または不十分か矛盾があるとして無罪とするのか、を問いただす必要があります。

このテーマを論じるには、当然疑いなく検察側の切り口からヒントを得ることができます。

検察官はこう言いました。――私はその発言を言葉どおりメモしております――こう言いました。さて、**被告はナポリからバーリに到着し、すでにその時にはある考えを抱いて、そのままカピートロまで行ったというのは、極めて真実らしい。あるいは興奮状態に取り付かれて、その極悪な行動を邪魔されないよう携帯電話を切り、子供を誘拐した……などなど。**この、極めて真実らしい、ということから、検察官は重要な論証を引きだします。もし決定的でないとしても、それで被告の刑事責任をうらづけ、終身刑の適用を求めるのです。

それでは、その検察側の論証の根拠と信頼性を確かめるために、真実らしさ、ということが何を意味するかを調べなければなりません」

　そこで少し間をおいた。少し前に図書館でメモした紙を机からとりだして読んだ。「真実らしい。ヅィンガレッリ版イタリア語辞書には、それは、本当の**ように見える**、従って**信頼できる**とあります。

　真実のように見える、すなわち信頼できる。

　同じ辞書で**真実**の定義を読みますと、真実は実際に確認されたものである、客観的な事実と完全に一致するものであるとあります。**真実**の項目には、さらに慣用句がありま す。すなわち**真実のように見える**。辞書はこの表現は――**真実のように見える**――は現実を完璧に模倣する人工的なものに関すると説明しています。真実に思えることは何か人工的で、現実を模倣するもの。

〈真実らしい〉という言葉の定義を思い出してくださいますか？　検察官が使った言葉を？　〈真実らしい〉は本当のように見えるもの、そして本当のように見えるものは現実を模倣した何かであるが、それとは一致しない。実質、何か現実とは異なるもの。**真実らしい**という表現を使いながら、検察側は、暗にそして無意識に、**真実である**という表現が使えないことを認めています。検察の論点のひだの奥に、いかにその決定的な弱点が隠されているか、それをよく見ていただきたい」

　このところへきて、予想していた通り、チェルヴェッラーティはいらいらして裁判長に抗議した。たちの悪い詭弁的な議論で検察局を物笑いの種にするのを弁護側に認めるのは受け入れられないと言った。裁判長はこの中断を喜ばず、検察官に対して、弁護は個人的な侮辱のみ例外として何を言ってもよい、そしてこの場合はそれにあたらないと言った。チェルヴェッラーティは何か付け加えようとしたが、裁判長は、今度はぶっきらぼうに、僕の口頭弁論に関する彼のコメントは——あると判断すれば——裁判官側からの反論の時にするつもりだと言った。それですべてであり、もうこれ以上の中断は認めないと言い、僕の方を向いて先に進むように言った。僕は礼を言い、中断されたことを思い出させないように慎重に話し始めた。

「これらのキーワード——真実と真実らしい——の意味に関して手短にお話ししたことは、検察官の論拠とその論拠の心理学的前提の解釈の興味深い評価を我々に与えてくれます。

しかしながら裁判は、検察官の発言を心理学的に解釈して行うものではありません。また裁判は、検察官の推理が正しいか間違っているかを確認するために、彼の発言を分析するものでもありません。なぜなら、検察官が間違った推理を行ったとしても正しい結論に到達したかもしれないからです。検察官が誤った推理をしたとしても、別のもっと正しい論法の手順を踏むことによって」

チェルヴェッラーティは立ち上がり、法衣を椅子においてこれ見よがしに法廷から出ていった。僕はそれに気づかないふりをした。

「さて、検察官の論法に見られる欠点を突き止めるだけでは十分ではありません。収集された証拠で真実の判決を言い渡すことが許されるのかどうかの確認が必要です。我々はこの課題を避けて通るつもりはありません。しかしそれに取り組む前に、一つの概念を繰り返させてください。それは私が、あなた方にこの審理の間そして特に判事室で、頭に留めておいてもらいたいと思う考え方です。有罪判決かどうかを決めるためには、事件の仮説の一つ、または事件の再現仮説が、真実らしい、または極めて真実らしい、というのではいけないのです。あなた方はこの再現が真実である、と断言できなければならないのです。そう言えるならば、有罪に、無期懲役にするのは正当でありましょう。

この裁判で検察が提出した再現仮説は以下の通りです。ティアム・アブドゥは一九九九年八月五日、未成年のルビーノ・フランチェスコを誘拐し、続いて窒息死させた。集められた証拠をもとにして、この仮説が真実であると言えるでしょうか？　つまり、それが**本当に**この事件がどのように進行したかを正しく叙述したものであり、進行**したかもしれない**という単なる憶測の叙述ではない、と言えるでしょうか？」

あたかも議論の道筋を失ったかのごとく、そこで僕は止まった。視線を下に向けて、右手の人差し指と中指で額を軽く拭った。数秒後、視線を裁判官らの方に上げ、もう数秒間何も言わずにいた。皆が沈黙し、僕を見つめて待っていた。

「一緒にこれらの証拠を検討していきましょう。特にバール・マラカイボーの主人である証人レンナの供述を検討することにしましょう。まず誤解を避けるために、この証人が真実を言っているという点で、私は検察官に同意していると言っておきます。もっと正確に言えば、この証人はうそを言っていないという点で検察官に同意しております」

また短い間をあけた。いったい僕がどこに行きたがっているのだろうと彼らに自問する時間を与えるために。

「なぜなら、うそとは、意識的な真実に反する主張であり、私はレンナ氏が**意識的に**真実に反する主張を行ったとは思っていません。アブドゥ・ティアムが彼のバールの前を、その午後その時間に通るのを見たと言う時、レンナ氏は真実を語っていると考えるのです。そして事実、彼は被告を偽って訴える動機を一切持っておりません。

確かに尋問で彼がカピートロ地区の彼のバールの近くを取り巻く外国人行商人に対する、何と言ったらいいか、特別な好意をもっていないことが浮かび上がりました。

反対尋問の一部分をもう一度読みたいと思います。弁護人はこれらの人々がレンナ氏の商業活動を邪魔しないのかどうか聞きます。証人は答えます。

『邪魔だ、邪魔だ、そりゃあ邪魔だよ』

『ああそうですか、でも、もし彼らが営業の邪魔になるならどうして市警か憲兵を呼ばないのですか？』

『どうして呼ばないのかって？　彼らを呼んだって、いつ来たためしがあるってんだ？』

要するにレンナ氏は——彼も言っているように——カピートロに、そして彼のバールの近くに外国人行商人がいるのを快く思っていない。警察が何かしてくれればいいと思っているが、そうならない。それで彼は少し怒っている。

言っておきますが、これらすべてのことは、彼が故意にアブドゥ・ティアム氏について真実でないことを話したことを意味しているのではありません。

しかし**ネグロ**に対する彼の好感――または反感――は別として、警察がこれらの**ネグロ**に対して何かをして欲しいという満たされない彼の欲求は別として、レンナ氏は客観的な真実を言いましたか？　すべての良識的な疑問は別として、この証人の提示した説が、今我々の扱っている事件の経過の真実と一致すると断言できますか？

疑いは、写真の小実験から推論できます、みなさんも覚えておられるでしょう。レンナ氏は写真、二枚の写真――それは証拠資料としてあなた方がお持ちですから、直接それが忠実な写真かどうか確認いただけます――で被告を見分けられません。同じ法廷にいた、そして特に彼がよく知っていると言い、八月のあの午後に彼のバールの前を通るのを見たという同じ人物を、です。

このことは、レンナがすべてを作り上げた、つまりうそを言っていることを意味しているでしょうか？　もちろん違います。彼が**ネグロ**に好感が持てないという事実と写真の確認で派手に失敗したことは、彼が意識的に我々にうそをついたことを意味してはいません。

その午後アブドゥ・ティアムが袋を持たず、急ぎ足で南の方角に向かい、自分のバールの前を通ったのを覚えていると彼が言う時、証人レンナは真実を言っています。

つまり彼は実際にこの一連の事実を**覚えて**いて、それをあの午後に位置づけるという意味です。もっと正確に言うと、彼は自分が真実と信じていることを言っているのです。そのことは大変興味深く——魅力的な分野である、記憶の働きの領域に、我々を導いてくれます——それは、レンナが真実であると信じているのは、彼の話の中の言葉で確認されていないにもかかわらず、この事実を**記憶している**からであります」

ここで僕は休憩した。この概念を裁判官、特に陪審員の頭に残しておく必要があった。僕はメモの中の何かを探すそぶりをして十秒ほど待った。彼らがこの後はどうなるのだろうと思う間の時間だ。

「今から、あなた方に記憶の働きおよびその生成メカニズムに関する科学的実験についてお話しします。アメリカの心理学者のチームが、たしかハーバード大学だったと思いますが、子供の記憶の信憑性を検査しました。九、十歳の子供は——そのようにするように前もって指示されていた彼らの兄姉から——四、五歳頃彼らが誘拐未遂に遭ったのだという話を聞かされます。母親と一緒にスーパーマーケットにいたとき、母親がちょっと気をそらしたすきに、見知らぬ人が子供の手をとり出口の方へ向かった。すぐに母親が気づいて叫んだので、その悪意ある男は逃げ出した、と。

このエピソードは実際に起こったことではありませんでしたが、その数ヵ月後に子供たちはこの話を覚えていると思っていたばかりではなく——実際ある意味ではそれを覚えており——それを話すにいたっては、最初の話にはなかった詳細まで付け加えていたということであります。

この子供たちは、うそを言ったのでしょうか？　言い換えると、虚偽の事柄を語ったのでしょうか、そしてそうしていることを知っていたのでしょうか？　もちろん、違います。

それは獲得されたデータです。――そして現代司法心理学で最も重要な研究課題の一つであり――子供ばかりでなく、大人も、記憶の出所について過ちを犯します。そして彼らは、それが他人から示唆されたものであるにもかかわらず、文脈、データ、細部を**覚えている**と確信しているのです。今お話しした実験のケースのように故意的に。また は日常生活の多くの状況で起こるように、そして時として捜査の段階でも起こるように無意識に。

これらの考察をベースとして、レンナ証人の信憑性に関して、その論告の経過において検察官によって提起された質問に一つの答えを出してみましょう。検察官は彼自身に、そして特に**あなた方に**対してこう訊きました。レンナ証人には、うそをつく、したがって偽ってアブドゥ・ティアムを告訴する理由があったでしょうか？

我々は楽々とその質問に答えることができます。つまり、理由なく、であります。そして実際にレンナはうそを言わなかった。うそを言うこと――つまり意識的に偽ったことを言う――と真実を語ること、つまり実際の事件の展開に一致した方法で事実を語ることの間には、三つ目の可能性があります。それは検察官が考慮しなかった可能性でありますが、あなた方は大変注意深くそれを考慮しなければなりません。真実だと思う間違った確信で事件の仮説を言う証人の可能性です。

それは、無意識の偽証と定義することもできるでしょう」

裁判長と退役軍人風の顔の陪審員も興味を示したように見えた。彼らは二人ともすでに有罪判決に票を入れる決心をしていた——と少なくとも僕は思っていた——のだが。

「無意識の偽証を構築するのには、いろいろな方法があります。そのいくつかは故意に、先ほどお話しした子供の実験のケースのように。あるいは本件のケースのように、無意識に、しばしば、善良な意図にもとづいて誘導されたものです。

アブドゥ・ティアムを起訴につまりこの裁判に導いた捜査の過程で起こったことを再構築して理解することにしましょう。一人の少年が行方不明になる、その二日後死体で発見される。それはショッキングな事件であり捜査任務にあたる人々——憲兵、検察官——は緊急に犯人を検挙する義務を強く感じる。当然ながらこれほど恐ろしい事件は裁かれなければならないはずであるという不安が生じます。子供の家族を取り調べ、子供をよく知っていた人々を取り調べて、憲兵はこの黒人行商人と子供の間の友情のようなものを知る。それは変だ、ふつうではない、という疑惑が生まれ、そして多分それが正しい手がかりだと考え出す。裁かれなければならないはずだという要求に応じて、この不安を和らげることができるかもしれない。そうすると捜査は、もはや暗闇を行くのではなく、容疑者と解決に導く仮説が見つかったのであります。このことが捜査努力を、本仮説による解決を裏付けようという方向に向かわせるのであります。証人レンナが最初に憲兵によって取調べを受けた時の状況がそれです。取調官は事件を解決できるかもしれないと思い、単純に興奮し、この証人の供述が決定的かもしれないと思う。無意識の偽証の組み立てが確認されるのはこの段階です。

注意してください。お願いします、注意してください。私はわざと捜査がゆがめられたと言っているのではありません。また被告の不利益になるように捜査官が仕組んだ陰謀だというグロテスクな仮定を述べているのでもありません。問題はもっと単純であると同時に複雑でもあります。そして私の言いたいことを説明するために、アインシュタインの有名な言葉を借りてこようと思います。その言葉は、私の間違いでなければ、およそこのようなものです。**我々が観察するものを限定するのは理論である。**

何を意味しているのでしょうか？　もし我々がある一つの理論を持っていたら——その理論がとても気に入っている、我々を満足させてくれるもので、よい理論に見えるとしたら——その理論を通して諸事実を検討したがる、という意味です。客観的に可能なすべてのデータを観測するのではなく、その理論の確証のみを探そうとする。我々の知覚自体が我々の選択した理論によって強く影響を受けて規定される。つまりそのとおり、アインシュタインが言っていた通り——科学において——理論は観察できるものを限定する。言い換えると、我々は我々の理論を裏付けるものを見る、聞く、感じるのであり、単純にそれ以外のすべては見落とすのです。中国の格言に、同じ概念を異なった言い方で表したものがあります。中国人はこう言います『我々が見ているもののうちの三分の二は、我々の眼の後ろだ』。

我々には皆、そのような経験があると思います。

様々な理由によって中国人が目の後ろと言う、我々の頭の中にあるものによって、我々の知覚自体が限定されているというような経験です。

新しい自動車を買ったとき、それを運転している最中に突然十台も同じタイプの車が道を走っているのに気が付くとか、そういうことはありませんか？　それ以前にはその車はどこにあったのでしょうか？

心理学者はそれを知覚フィルターと呼んでいます。

アインシュタインを分かりやすく言い換えると、私の侵入に彼は墓の中でびっくりしているかもしれませんが、こう言うことができます。すなわち、捜査仮説が、取調官の観察対象を限定する。しかしそれだけではありません。捜索対象を限定し、証人に対する行動を限定し、彼らへの質問を限定します。調書の書き方に影響を与えます。しかしこれらすべては、方法を問わず、悪意とは何ら関係はありません。

もう一度繰り返させてください。今お話ししていることすべては、捜査で過ちをおかす可能性があります——裁判はそれを訂正するために役に立つのです——が、悪意とは何ら関係ありません。

ことによると、このような事件では善意が過剰であったりします。

従って、数分前に話していたことに戻りましょう。捜査官はこの恐ろしい事件の解決を望み、最善の理由と最善の意図で解決したいと思います。司法的解決を求めて、そう望みます。急いで解決したいと思います。なぜならこのような恐ろしい事件の犯人が自由の身でいる――まだ犯行が可能な――期間はできるだけ短くしたいからであります。この精神状態で彼らは手がかりを発見し、容疑者を特定するのです。注意してください。空想や言い訳ばかりの仮説ではありません。それは正しい手がかりであり、アブドゥ・ティアムをとがめる要素はもっともらしいものでした。この手がかりをもとにして取調官らは犯人である可能性のある人物の追跡に乗り出すのであります。

その時以降、憲兵隊と検察官は一つの理論を持ちます。その理論は――アインシュタインが我々に教えるように――観察対象、つまり証人をどのように扱うか、彼らに何を質問するか、何をどのように調書に記録するかさえも限定するのです。誠実に司法に応えるために。

今あなた方はなぜ憲兵准尉に弁護人の質問がなされたのか、調書の方法に関する質問の理由がお分かりになったでしょう。もし調書が完璧な方法――つまり録音、タイプ速記など――で作成されているなら、取調べの間に何が起こったか理解するという問題は存在しません。すべて――質問、答え、恐怖などすべて――は録音され、その転写記録を読むか録音を聞けばすみます。もし取調官が無意識に証人に影響を与えたとしたら、読むだけでそれを確認することは可能です。そして各々がそれを自分で評価するのです。

もし調書が要約調書ならこの確認は不可能です。そして要約調書が取調官と証人の間の最初の接触だったとしたら、供述と証人の記憶自体の無意識な汚染のリスクは極めて高くなります。

どのようにそれが起こりうるか、一つこの例をお見せしましょう。

私が取調官で、重要証人である可能性のある人物、おそらく決定的な証人の前にいるとします。私は、ある人物、アブドゥ・ティアムに容疑を強く持っています。

証人に聞きます。アブドゥ・ティアムを知っていますか？　名前では何もわかりません、もしも写真を見せてくれれば。ほら写真です。彼を知っていますか？　はい、はい。私のバールの前でしょっちゅう立ち止まっている**ネグロ**の一人です。彼らには迷惑しています。子供が行方不明になった日、彼がバールの前を通ったのを見ましたか？

証人は黙る、そして考える。捜査官らは解決が近いのを感じる。

『よく考えて見てくれ、子供がいなくなったあの午後。一週間前だ』

『そういえば、はい、はい。通ったに違いありません。彼だったと思います』

ここで准尉は調書を記録します。証人が考えを変える前に書いておきたいから。証人が考えを変えるのは残念ながらよく起こります。調書を口述し伍長がコンピュータに入力します。口述しながら、証人の使った表現ではなく、彼の官僚的な言葉を使うのです」

僕は書類の中からレンナの最初の調書のコピーを取り出して読み上げた。

「今我々が話をしている調書の中にこのような表現が見つかります。『私は上述の営業の管理において、協力を受けている……』など、明らかにレンナ証人の言葉ではありません。そして明らかに、レンナ氏にされた質問を知ることはできません。**質問に答えて**という官僚的な書式が使われており、質問を知ることはできないのです。どんな質問だったのでしょうか？　証人にされたのはどんな質問だったのでしょうか？　答えに影響を与えるような質問だったのでしょうか？　答えを示唆した質問だったのでしょうか？

無意識に記憶を作り上げた質問でしょうか？

悪意は必要ではありません。確認すべき理論さえあればいいのです。我々の脳は勝手にすべてを行います。理論に事実を合わせるように、知覚し、再検討し、口述筆記しながら。作り上げながら、むしろ言うなれば、偽の記憶を組み立てながら。

偽と私が言うのは、レンナ氏が何かを作り上げた、または憲兵が彼に故意に偽の話を話すように示唆したということではありません。単純に最初の尋問の際にレンナ氏の記憶は、選ばれた捜査理論にもとづき、照らし合わせて、再プログラム化され、その理論のために客観的な評価が探されたのではなく確認のみを求めたのです。再びプログラム化され、それがどのようにして行われたのかは、具体的には知ることはできません。なぜならこの男性の尋問は録音されず、ただ調書の記録が行われただけだからです。その方法は我々が見たとおりです。

単純に質問を変えるだけで、証人の答えにどれだけ影響を与えることが可能か、その記憶を変えることさえもできるということをお見せしましょう。もう一つの研究について話させてください、今度はイタリアの研究です。心理学科の学生の三つのグループ——子供ではありません、不慣れな人ではなく科学的試験を受けている自覚のある心理学科の学生——にある映像を見せました。その中では、一人の女性がスーパーマーケットからカートを押して出てきます。その女性の後ろに若い男が近づき、カートに置いたバッグをつかみ、逃げる映像が映っています。学生の三つのグループに、異なる質問をして、見たことについて話しなさいと言いました。最初のグループにした質問はこうです。『ひったくりは女性と衝突しましたか?』。二番目のグループは『どのように男は女性を押しましたか?』。三番目のグループの学生には単に見たことを話してくださいと言いました。映像では男が女性を押しても衝突してもいないことは言うまでもありません。

もう実験結果がどのようなものであったかお分かりであろうと思います。三番目の——単純に事実を述べなさいと言われた——グループでは十パーセントだけかそれよりも少し多い人数の学生が衝突、または女性犠牲者と攻撃男の間で接触があったと答えました。最初のグループの学生たちは二十パーセントだけが衝突について話しています。二番目の——最も誘導的な質問をされた——グループでは、答えのほぼ七十パーセントが存在しなかったはずの衝突を話しました。子供の実験のケースと同様、衝突について話している人は皆、実際にはなかった衝突の方向や方法、暴力についてまで詳細を付け加えて衝突を語っています。

他に付け加えることはありますか？ 無駄に他の言葉を使って、誘導的な尋問方法がいかにその答えのみならず尋問を受ける人の記憶の再現自体に影響を与えるかということを説明する必要がありますか？ ないでしょう。

最も重要な証言において、つまり最初の尋問でどんな質問が――どんな順序で、どんなリズム、口調で――証人にされたのかを知ることが、どれほど重要であるか、お分かりになったでしょう。

この事件では、この生の情報は我々には隠されています。憲兵隊の調書中には単純にこう書いてあるからです。**質問に答えて。**

質問に答えて。ではその質問は何だったのでしょうか？ どんな質問だったのでしょうか？」

僕は少し声を上げた。それは僕の習慣ではなかったが、裁判官らは疲れ始めており、一方、僕の方は決定的な点にさしかかろうとしていたからだ。彼らの目を覚まさせておく必要があった。

「質問が何であったかを知らなければ、答えが本物の、ありのままのものか、影響を受けたものか、はては、実際に誘導されたものかどうかを言うことはできないと言いました。それを言うことはもう絶対にできないでしょう、なぜならこの尋問、レンナ証人の最初の尋問については、この簡潔な要約調書が我々に残されているだけだからです。

我々ができるのは推測だけです。しかしそれにあたって一つの事実を見逃すことはできません。この裁判のこの審理において、我々の面前で審査されたことです。それはレンナの反対尋問であります。そこでこの証人の信頼性を評価する大変重要な一連の事柄を、我々はつかみました。それはこういう意味ではありません、つまり証人がうそをついているかまたは彼の主観的な真実を述べているかどうかではありません。彼の話が事件の実際の進行にどの程度一致するのか確認することを意味しています。

これらのことをまとめます。レンナ氏は外国人が好きではない、警察が彼らのことを何とかしてくれればいいと思っている。そしてレンナ氏はアブドゥの写真を二枚手にしていた――そして審理の同じ法廷にいた――にもかかわらず、アブドゥを識別できないならば、アブドゥ・ティアムのことをそれほどよく知らないのです。結局レンナ氏は人の顔をよく覚える観相家ではなく、外国人を一人一人見分けるのが容易ではない。弁護人の質問に対する答えを文字通りに用いると、彼の観点から見ると、**やつらはみんなネグロ**だ、というわけです」

僕は決定的な攻撃の一つを放とうとしていた、それで再び止まって、裁判官に少なくとも二十秒間与えた。彼らはなぜ僕が話すのを止めたのかと思い、長い審理の後で、彼らのできる限りの注意を僕に向けなければならなかった。僕は声をはり上げて話し始めた。核心に及んだことが明白でなければならなかったのだ。

「そして、この男性の供述、由来が不確かなこの供述――憲兵の面前での最初の調書について今述べたことのすべて——をもとにして、検察官はあなた方に無期懲役を適用するよう求めているのです。

無期懲役、いやただ一日だけの留置を言い渡すについても、あなた方は真実らしさ、という判断基準を使ってはならないということ、可能性がある、というだけの判断基準を用いてはならないということを覚えておいてください。この事件では、レンナの供述の内容に言及して、真実らしさまたは可能性で話をしているということを認めたとして。あなた方は確実さの判断基準を適用すべきであります。確実さです！

事実の再現における確実さについて話せるのは、その他の代わりうるあらゆる仮説に納得がいかず、それゆえ却下される時であります。そしてこの場合では？ 例えばレンナ氏があの午後アブドゥ・ティアムではない別の誰かを見た、なにしろ彼にとって**ネグロ**は全員同じだから、と考えるのは納得がいかないことですか？ この証人が間違っているとあれこれ考えるのは納得のいかないことですか？ この証人は——注意してください——あなた方の目の前で、写真の確認で惨憺たる失敗に終わりました。彼が間違えたとは言えませんか？ あなた方の決定のすべてを、一人の男の一生を、誤りを犯しやすいことがあなた方の目の前ではっきり示された人物の供述に安心してゆだねることができますか？」

休み。七、八秒。

「注意してください。すべての明白な事実に反して、レンナの話に信憑性があると考えたいとしても、これは被告の刑事責任の証拠にはならないでしょう。なぜなら彼を容疑者とするその他の手がかりは、ほぼ紙くず同然だからです」

それから僕は、セネガル人二人の供述、家宅捜索の結果、その他のすべての証拠を審理するのにうつった。

通話記録について言及した。真実らしさ、という表現で表すのを認めるとしても——と僕は言った——検察官の再現仮説は、いずれにせよ成り立たない、むしろグロテスクであります。検察官は被告がナポリから興奮状態に取り付かれて戻り、フランチェスコを誘拐し暴力をふるって殺害する、決定的な錯乱状態でカピートロへ向かったと言いましたか？　それなら狂人だ。なぜなら狂気のみがこのようなばかげた行動を正当化できるからです。ではなぜ、精神鑑定を行わなかったのでしょうか？　彼の行動を説明するには、精神障害を参照する必要があり、その病気を確かめるべきだったのではないでしょうか。僕は他の弁論とは違って、この部分はただ裁判官に示唆を与える試みをしたにすぎなかった。

僕はこれら全部を言葉少なく話した。裁判官らは疲れており、僕は判決を決める話し合いの時には、彼らが特にレンナの証言について議論するだろうと確信していたからだ。

それで僕は結論にもっていった。始まりのところで述べた論点で締めくくるのは全体に完結した感じを与え、論証をさらに強くすると思うからだ。

「真実らしさか、真実。裁判官のみなさん、可能性か、確実さ。選択は難しいはずはありません。しかし実際は難しいのです。なぜなら——全員がそれと同意見であるのを、私は確信しますが——この裁判で何ら答えが出せなかったという自覚が一方にあるとしたら、他方では、恐ろしい犯罪が犯人不在で裁かれないままで残るのだという考えに発する驚愕の感覚があるからです。それは耐え難い考えであり、それ自体重大なリスクをもっている考えです」

その瞬間、法廷にチェルヴェッラーティが戻ってきた。自分の席に座り、頭を右手の上に乗せて、それを僕と彼の間の一種のバリアーのように使って。視線はこれ見よがしにあからさまに法廷のある点、左側の上の方に直接むけられていた。そこには何もなかった。

それは僕に背を向けるのに、机と椅子の——平行の——配置から物理的にできるのに最も近い位置だった。

何ていやなやつだろうと思いながら、僕は先に進んだ。

「そのリスクとは、真犯人を見つけるのではなく、とにかくある犯人を見つけて、この苦悩から解放されようとするリスクであります。

誰でもいいから一人。不運にも裁判に巻き込まれてしまった一人の男。

何も・して・いない・のに。もう一度言わせてください、何も・して・いない・のに、であります。

私の断固たる口調に賛成しない方がおられるかもしれません。それでもかまいません。

疑いを持つことは正当なことであります。私は弁護人であり、そして多くの動機、理由で、私は私の依頼人の無実を確信しております。あなた方には、この確信に同意しない権利があります。あなた方自身には疑いを抱く権利があります。弁護人がなんと言っても、アブドゥ・ティアムが有罪かもしれないと考える権利があります。

有罪であるかもしれません。検察官の提出した再現仮説がばかばかしいにもかかわらず、あなた方には、被告が有罪かもしれないと考える権利があります。

有罪かもしれない。ただし条件法で。

しかし、判決文が条件法で書かれることは――ありえない――のです。確実性を断言し、直説法で書かれるのであります。確実性です。

その確実性を断言できますか？　証人レンナが**確実に**間違えていないと言えますか？この裁判の最後に、理性的な疑いが一つも存在しないと言えますか？

もし、これらすべてを断言できるなら、それならばアブドゥ・ティアムを有罪にしてください」

声を張り上げて、今度は自分が演技をしていないことに気がついた。

「彼を無期懲役の有罪にしてください、それ以下でもなく。もし疑いが一つもないと言うことができ、絶対の確信があるならば、あなた方はこの男を刑務所内に永久に留まらせる有罪と**しなければなりません**。その勇気を持たなければなりません。大きな勇気を」

どのくらいの時間だったか分からないが、すべてが中断した。再び自分の声が聞こえるまでの間。今度は低いひびわれた声だった。

「しかし、その確信がないなら、それならば、あなた方にはもっと勇気が要ります。急場しのぎの司法の名のもとにあなた方の疑いを窒息させないように、従って無罪とするためには、大きな勇気が必要です。私は、それをあなた方がお持ちであると確信しています。

ご清聴ありがとうございました」

僕は座ったが、本当に終わったのだとは気づかなかった。僕の後ろの傍聴席からはざわめきが聞こえた。僕は唇を引き締めて、頭を軽く傾け、僕の左側の机の木目の間を鈍感に見つめつづけていた。

裁判長が話しているのが聞こえたが、それはどこか別のところから響いてくる声のようだった。検察官と民事弁護士に反論があるかどうかを尋ねた。彼らはないと言った。そして刑事訴訟法で規定されているように裁判官が判事室に退く前に最終の陳述をしたいかどうかをアブドゥに訊ねた。ざわめきは止み、そして数秒間、沈黙があった。それから檻の中に挿入されたマイクからアブドゥの声がした。低い声だったがはっきりした声だった。

「一つだけ言いたい。弁護士に、私の無実を信じてくれたお礼を言いたい。そうしてくれてよかったと彼に言いたい、それが真実だから」

裁判長は、ほとんど気づかないほどの合図を頭でして、「裁判官退場」と言った。彼は立ち上がり、その他の裁判官も同じように立ち上がった、ほとんど同時に。僕も機械的に立ち上がった。彼らが一人ずつ判事室の扉の向こうに消えていくのを見ていた。そしてそのときになって初めて、僕はマルゲリータの方を向いた。

「どのくらいの時間話した？」

「二時間半、ぐらい」

時計を見た。六時十五分前だった。自分では四十分弱ぐらい話したつもりだった。

少しの間、僕たちは黙ったまま立っていた。やがて彼女がなぜ法衣を脱がないのと僕に訊いた。僕は法衣を脱いで机の上に置き、一方彼女は僕を見ていた。何かを言いたくて、その方法か、または言葉をさがしているような表情で。

「私は人を褒めるのはあまり上手じゃない。実際、褒め言葉を言うのが好きだったこともないし、その理由も分かっているつもり。でもそんなこと今は問題じゃない。私が言いたかったのは……つまりあなたの発言を聞いているのはすばらしかったってこと。キスしたいぐらい、だけど今はそんな状況じゃない」

僕は何も言わなかった。もう言葉がでなかったし、のどに何かがつかえていたからだ。

記者が一人近づいてきて、褒め言葉を言った。そしてもう一人、それから休憩中に僕に検察官の求刑に関するコメントを聞きに来た女性記者も。僕はさっき彼女に親切にしなかったことに罪の意識を感じた。

記者たちが何かわからないことを僕に言っているときに、マルゲリータはそっと僕のジャケットの袖をひっぱった。

「私もう行かなきゃ、がんばってね」右手の握りこぶしを額の高さまで上げて、軽くお辞儀をした。

そして、振り向いて行ってしまい、僕は一人ぼっちになった気がした。

十七

僕が一人だけで弁護した最初の裁判は、弁護士試験に合格して間もなく、一連の詐欺に関するものだった。被告は感じのいい大柄な男で、黒い口ひげをはやし、鼻は壊れた毛細血管でいっぱいだった。下戸ではないはずだ。

検察官はごく短い論告を行い、禁固二年を求刑した。僕は長い口頭弁論をした。下級判事は僕が話している間うなずいていた。それは僕に信頼感を与えた。僕の論証は緻密で必然的に説得力があると思った。

話し終わった時、僕は依頼人が無罪になると確信していた。

下級判事は判事室に二十分程こもった後で検察官の求刑と全く同じ刑を申し渡した。禁固二年執行猶予なし、僕の依頼人は常習犯だったから。

その夜、僕は眠れなかった。そしてその後何日間も長い間、何を間違えたのだろうと自分に問い続けた。僕は侮辱されたと感じ、自分の知らない何らかの理由で裁判官は僕に反感を持っているのだと納得して、司法に対する信頼を失った。

僕の頭にはこの件の明白な説明さえ浮かばなかった。つまり僕の依頼人は罪を犯したのであり裁判官は彼を有罪にすべきだったということだ。これはそのずっと後になってやっとひらめいた直感だった。

いずれにせよその経験から、自分の裁判にしかるべき距離をおくことを学んだ。感動せずに、何よりも期待を抱かないで。

感動したり期待を抱いたりするのは危険なことだった。痛い目にあうかもしれなかった、しかもかなり痛い目に。裁判だけでなくても。

法廷から人がいなくなる間、僕はそんなことを考えていた。自分の仕事はきちんとしたと思っていた。できる限りのことはすべてした。今は結果に無関心でいなければならない。

そこから出て事務所かその辺を散歩するか、または家へ行くかしなければならなかった。裁判官の準備ができたら書記官が僕の携帯に電話をくれて――彼自身が立ち去る前に僕の電話番号を聞いたのだ――僕は、判決文の読み上げを聞きに戻るはずだった。

このようなことはこの種の裁判では、つまり裁判官らが判事室に何時間もまたは何日もこもるのが予想されているときは慣例なのだ。準備ができると裁判官は書記官を呼び、判決を読むために何時に彼等が判事室を出るかを伝えるのである。今度は書記官が検察官と弁護士に連絡をして、その定められた時間にみんなが最終幕のために集まるのである。

さて、慣例に従い、僕はそこを出て行ってもよかった。だが僕はそこにとどまり、誰もいなくなった法廷の中を少し見渡した後で檻の方へ行った。アブドゥは僕の方へ来ようとして、ベンチから立ち上がった。僕は柵に手をついて寄りかかり、彼はかすかに笑みを浮かべながら、うなずいて挨拶した。同じことを僕も、話し始める前にした。

「話についてこれたか？」

「はい」

「それで？」

すぐに返事をしなかった。他の時と同じように、彼は言葉を間違えないようにと神経を集中させているような感じだった。

「僕は、一つ質問がある、弁護士」

「言ってくれ」

「なぜ、このことすべてをした？」

彼がしなければ、遅かれ早かれその質問は僕が自分にせざるをえなかっただろう。僕は答えを探しながら、柵越しに話をしたくないと思った。アブドゥをそこから出して法廷でおしゃべりを許すなどは、とんでもないことだ。いかなる規則にも違反する。それで護衛長に僕が檻の中に入ってもいいかと訊いた。

彼は僕の言ったことが分からないという感じで僕を見た。そして部下を見て両肩を上げ、理解に苦しむなというジェスチャーをし、檻の鍵を持っていた護衛官に檻を開けるよう命じ、僕を中に入れた。

僕はベンチに、アブドゥのそばに腰掛けた。格子を閉める掛け金の音を聞いて、おかしいが安堵の心持を感じた。

煙草を一本差し出そうとしたのは、彼が自分の箱を取り出した時だった。そしてその中から一本を僕に勧めた。ディアナ・ロッセ、囚人のマルボロだ。

そこから一本取って半分吸った後で、僕は、さっきの彼の質問に答えはないと言った。何か適切な理由のためだと思ったが、正確にはその理由が何なのかわからないと言った。

アブドゥはその答えに満足したかのように、うなずいた。

「怖い」と彼は言った。

「僕もだ」

このようにして、僕らは話し始めた。たくさんのことを話して彼の煙草を吸った。途中で何か飲みたくなり、僕はバールに携帯から注文した。十分後に若い男がお盆を持ってやってきて、アイスティーのグラスを柵越しに二つ渡してくれた。アブドゥが払った。そして僕らはそれを飲んだ、看守らの不安そうな視線のもとで。

八時頃、僕は彼に脚の関節を伸ばすためにその辺を歩いてくると言った。家にも事務所にも戻りたくなかった。中心街へ行って人ごみの中や商店街を歩く気もしなかった。それで僕は裁判所の周辺を、思い切って墓地の方へ行ってみた。傷みかけた食べ物の臭いが漂ってくる公営住宅、わびしい店の間や通りを歩いた。そこはバーリに暮らした三十九年の間で、僕が一度も通ったことのない場所だった。

行く当てもなく、何も考えず、ゆっくり歩いた。どこかよそにいるような感じがした。その場所はそれほどに汚く、それで不思議な物悲しい魅力を発しているほどだった。あたりが暗くなり、ズボンの後ろポケットの中の振動に気づいた時、僕は完全に放心していた。

携帯電話を取り出すと、電話の向こうで書記官の声が聞こえた。少し興奮していた。すでに一回電話をしたのに返事がなかったって？　すみません、聞こえなかったんです。十分前から準備ができている？　すぐに行きます。すぐに、すぐに。数分で。

周りを見渡して、自分がどこにいるのか分かるまで少し時間がかかった。全然近くなかった。走らなければならなかった。僕は走った。

十分後に法廷に入った。苦労して口ではなく鼻で息をして、背中に汗で濡れたシャツがくっつくのを感じながら、平静を装いながら。

もう全員がそれぞれの席についていた。民事、検察官、書記官、ジャーナリスト、そんな遅い時間にもかかわらず傍聴人もいた。今まで他の審理の時には見たことがなかった数人のアフリカ人がいるのにも気づいた。

僕を見るや否や書記官は判事室のドアの向こうに消えた。裁判官に僕がやっと到着したことを伝えに行ったのだ。

法衣をあわてて肩にのせ、そして時計を見た。九時五十五分。

書記官が自分の席に戻り、それに続いてすぐベルが鳴り、裁判官が出てきた。

裁判長は、さっさと面倒な任務を片付けてしまいたいといった雰囲気で、急いで彼の席に達すると、最初に右をそれから左を見た。裁判官のメンバーが全員席にそろっているのを確認し、判決文を読むために眼鏡をかけた。

視線を落とし、目を細めて、僕は自分の心臓の鼓動を聞いた。強く速かった。

「イタリア国民の名において、バーリ重罪院は刑事訴訟法第五百三十条冒頭文に従い……」

全身から力が抜けていくのを、そして脚が弱々しくなるのを感じた。

刑事訴訟法第五百三十条は無罪判決の条項である。

「……ティアム・アブドゥを無罪とする。刑事訴訟法第三百条に従い、現在の被告の刑務所における保全勾留措置の効力停止を宣言し、別の起訴事実で拘留されていなければ上述の者の早急の釈放を命じる。閉廷」

こんなときにどんな感じがするかを説明するのは難しい。なぜなら実際のところ、それを理解するのは難しいからだ。

僕はそこ、僕の場所に残っていた。もう空になった裁判官席の方を見つめて。周りでは興奮した声がして、誰かが僕の肩をたたいていた。一方誰かが僕の手を取り、握り締めていた。僕は重罪院の法廷で七月三日の夜十時にこんなにたくさんの人が何をしているのだろうと自問していた。

どのくらいの時間そこにじっとしていたのかわからない。

たくさんの声の中にアブドゥのを聞き分けるまで。僕は法衣を脱いで檻の方へ行った。理論的には彼はすぐに釈放されるべきだった。しかし実務上は刑務所に戻りすべての手続きをする必要があった。それでとにかく彼はまだその中にいた。

僕たちは差し向かいで、とても近く、柵をはさんで向き合った。彼の目は輝き、顎はひきしまり、口の端はふるえていた。

僕の顔は、それとあまり違わなかったと思う。

僕たちは長い間握手をしていた、柵越しに。紹介のときやビジネスマンがするような普通の方法ではなく、親指をひっかけ、腕を曲げて。

彼はただ、彼の母国語で何かを言った。それが何を意味するのかを知るために通訳は必要なかった。

十八

判決の日の夜、マルゲリータの携帯の留守電にメッセージを残したが、僕たちが会えたのはその次の日の午後だった。

彼女が僕の事務所に立ち寄り、僕が下におりていって一緒にバールに行った。裁判のことは、少ししか話さなかった。僕は話したくなかったたし、彼女はそれを察してすぐに質問をやめた。二人とも少し変な風に困惑していた。

また事務所のところまで戻ってきたとき、僕は自分が思っていたことをやっと苦労しながら言った。

「外で夕食をご馳走したいんだが。お願いだから断らないでくれ。招待の文句としては大して気が利かないが。あまり練習していないから」

彼女は笑い出しそうな感じで僕のことを見ていたが、黙っていた。

「どう？」数秒後に僕は訊いた。

「そうね、招待の文句にしてはちょっとひどいけど、その気持ちをほめてあげたいわね」

「ということはオーケー？」

「ということはオーケー。今夜？」

「今夜はだめだ。明日にしてくれ、お願いだ」

困惑した様子で彼女は僕を見つめた。目を細めて。それでどうしても何かほかのことを言わなければならなかった。

「今夜はすることがあるんだ。重要なこと。先に延ばせない。それを先にしなければ、君と出かける訳にいかない」

彼女はまだ数秒間、さっきと同じように困惑した感じで僕を見つめた。それからうなずいて、それでいいと言った。

「じゃあ、明日」

「明日」

事務所から家に帰りシャワーを浴び、短ズボンをはいてミルクセーキを作った。家の中をうろうろ行ったり来たりしていた。時々立ち止まって電話を見た。遠くから電話の様子を探った。

しばらくして僕はソファーに座った。電話は僕の前にあり、腕を伸ばせば受話器をとることもできた。それなのに、僕はただ電話機を眺めていた。

急がなくてもいい、そう思った。

それに電話するには、何よりもまず頭の中で電話番号を繰り返さなければならなかった。えっと080……5219……、えっと080……52198……ちがう、521 96……ちがう。

思い出せなかった。ばかな、二年もたっていないのに、覚えていなかった。数ヵ月前は憶えていて、その番号にかけたというのに。だから正確には数ヵ月しかたっていないのに僕は思い出せなかった。

まあいい、悩むことはない。そういうこともある。

サーラの名前を電話帳で探したが、見つからなかった。

少しの間何をしたらいいのかわからなかった。そしてはっと直感が働き、僕の名前を電話帳で探した。あった。つまり昔の住所のところに。今住んでいるアパートの電話は家主の名義になっていた。

また少しの間、電話にはさわらないで、ただ眺めていた、でも時間がなくなってきているのはわかっていた。

彼女が出てくれることを祈る。もし前の時の男が出たら何て言おう？　こんばんは、僕は前の夫です、いえ、つまり別居中の夫です。ああ、わかりましたか。あのくそったれですよ。サーラと話がしたいのですが。あなた、そんなすげなくしないでくださいよ。また電話してきたら今度は顔にくらわせてやるだと？　おい、ものの言い方に注意しろよ、僕はボクシングをやってるんだぞ。え、あなたは空手のフルコンタクト、いやあ、ただそう言っただけですよ。

僕は番号の数字を押した。急いで何も考えずに。それが唯一の方法だった。呼び出し音が三回鳴って彼女が出た。

僕の声を聞いて驚いた様子ではなく、むしろ喜んでいるようだった。元気よ、ええ。僕も元気だ。本当だよ、とても元気だ。いや、君には少し変な風に見えただけだろう。今晩会える？　つまり、二年たった後の今から二時間後ぐらいだけど。彼女は、まだ僕が彼女を驚かせることができる、それは簡単なことじゃないのよと言って僕をほめた、それで僕はそのことに満足した。——本当にうれしかった——で、それはそうとして会えるかい？　夕食、それともその後何か飲みに行くか。いいね。僕が迎えに行こうか、それとも問題ある？　彼女の笑い。オーケー僕が十時に迎えに行く。どうしようか、インターホンを押すか、それとも下で会うようにしようか？　いや、もしインターホンに誰かが出たら……。また彼女の笑い。じゃあ僕がインターホンを押すよ、じゃあ後で。チャオ。チャオ。

僕は急いで着替え、それから急いで出かけた。店は八時に閉まってしまう。急いで用事を済ませて、八時半にはまた家に戻っていた。十時まで時間をつぶさなければならなかった。『弓と禅』を少し読んだ。しかしそれはふさわしい読書ではなかった。それで少し音楽を聴こうと思った。『リンメル』をかけようとした、それがぴったりだと思ったのだが、孤独においても感傷的なトーンは避けるべきだと考えた。すぐに出かけた方がいい。

もう数分、時間をかせぐために、もう一度着替えをして、紙袋を手にもって出かけた。十時まで外を歩き回り、十時ちょうどにサーラの家のインターホンを押した。彼女が懐かしい感じで返事をした。下りていくわ。

彼女が下りてきて僕の頬にキスをした。僕も彼女の頬にキスをした。紙袋に気づいても彼女は見ないふりをした。車を取りに行って、僕がポリニャーノの近くの海沿いのレストランまで運転した。

僕たちは車の中であまり話をしなかったし、夕食中も口数は多くなかった。彼女は、なぜ彼女に会いたかったのか僕が言うのを待っていた。僕は食べ終わるのを待っていた。ときには我慢というものが必要だし、何をするにも、それにふさわしい瞬間があるからだ。僕はこのことをその他のことと一緒に理解したと思った。

それで二人でオリーブオイルとレモンで味付けした大きなアラゴスタを食べ、冷えた白ワインを飲んだ。時々お互いを見つめ、大して重要でないことを話してはまた食べ始めた。時折彼女は軽く問いかけるような感じで僕を見つめた。

食事が終わると僕が勘定を払い、そして彼女に少し歩かないかと訊いた。彼女はいいわと言った。

歩きながら僕は話し始めた。

「僕はとても……奇妙な期間を過ごした。いろんなことが僕に起こって……」

そこで僕は休んだ。それはたいして気のきいた話のきっかけではなかった。むしろ決定的にうんざりさせるものだった。だが彼女は何も言わないで、待っていた。

前を見ながら僕たちは歩いた、小さな港のボートの間を。

「覚えている？　君が遅かれ早かれ決算すべき時がくるって言っていたのを」

「覚えているわ。そしてあなたはその前に逃げるんだって言っていた。本気なら僕を訴えたらいいんだ、って」

僕は微笑んだ。僕はその通りのことを言っていた。もしも訴えたければ訴えればいいと。僕はサーラが、僕は勘定を払わないで逃げるのがうまかったと言うのを待っていた。そうしたら彼女の言うとおりだったと言っただろう。しかし彼女は何も言わなかった。

それで僕は話を続けた。

「僕に起こった出来事の中に、前みたいにすばやく逃げられなかったものがあった。それで僕は捕まってしまって、遅れていた勘定のほとんどすべてを払わされた。それはあまり愉快なことじゃなかった」

僕は海水の近く、小船の上に座った。彼女はそのすぐ横の小船の上、僕の正面に座った。やがて僕は一番難しい部分に到達して、言葉が見つけられないでいた。

「それで、要するに、ある時、これがすべて……つまり全部の清算をしているなら、一つだけ、どうしても残しておくわけにいかないものがあると気がついたんだ」

　彼女は軽く頭をかしげて目は真っ直ぐ僕の目を見ていた。僕は煙草が吸いたくなり、火をつけて、話し始める前に、肺の中に煙の塊を深く吸い込んだ。

　それから、頭に浮かんできた言葉で、彼女に言わなければならなかったことをすべて言った。彼女は僕の話を一度もさえぎらずに聞いていた。そして僕が話し終えたときも待っていた。僕が本当に話し終えたのかどうかを確かめるために。暗かったから確かではないが彼女の目は涙で光っているように見えた。僕の目も同じだったが、それを知るために僕に明かりは必要なかった。だが彼女が話した時、その夜僕は正しいことをしたと思った。

「今日あなたは、私たちが一緒に過ごした時の一日一日、一分一分を私に返してくれた。何度も、私たちが別れる前、そしてその後も私は、私の一生のうちの約十年間をあなたとともに捨ててしまったのだと思っていた。そして必死にその考えを追い払おうとした。でもそれはまたすぐに戻ってきて、それでこのひどい苦しみが終わることはないと思っていた。でも今夜、あなたは私を自由にしてくれた。私に思い出を返してくれた」

　今は、微笑みのようなものを浮かべていた。

　僕も微笑もうとしたが、反対に泣きたくなった。我慢しようと、少し努力したが、もうそんなこと、我慢なんてどうでもいいのだと思った。それで僕の目は涙でいっぱいになり、そしてその涙は沈黙のうちにすべて、流れ出た。

　彼女は僕が終えるのを待って、それから二本の指で、そっと僕の目の下をぬぐった。

その時になって、僕はプレゼントを渡した。革のベルトの大振りな男性用腕時計だった。ずいぶん前に僕が持っていたのと同じものだ。彼女はそれがとても好きで、よくはめていた。ある旅行中に僕はそれを失くした。彼女はがっかりして、僕よりもずっと残念がった。何度も同じものを彼女にプレゼントしようと思ったのに、しなかった。僕がしなかった他の数多くのことと同じように。

何も言わず、彼女はそれをつけた。そしてもう家に帰る時間だった。

彼女の家の数十メートル手前の空いている場所に車を止めた。エンジンを止めて彼女の方を向いたが、何をしたらいいのかわからなかった。だがサーラは知っていた。力いっぱい僕を抱きしめ、ほとんど強引に顎を僕の肩にのせて自分の頭を僕の頭におしつけていた。

数秒間こんなふうにした後で彼女は離れた。ありがとう、車のドアを開けて行ってしまう前にささやいた。

ありがとう、僕は空になった車の中でささやいた。その時彼女は入り口の扉の中に消えようとしていた。

十九

その夜僕は眠らなかった。ベッドに横になろうともしなかった。バルコニーに座って、通りの物音を聞いていた。煙草四、五本に火をつけたが、ほとんど吸わなかった。人差し指と中指の間に持って、向かいの窓やバルコニー、屋根のアンテナや空を見ながら、ゆっくりと灰になっていくままにしていた。

夜明け少し前に北西風が吹き始め、すでに最初の疾風で僕は身震いをした。三日あるいは七日間は続くだろうと言っていた。それなら三日あるいは七日間は暑くないだろう。少なくとも、暑すぎることはないだろう。

僕は夏の北西風が好きだった。空気を吹き飛ばし、蒸し暑さを追い払って、自由を感じさせてくれるからだ。その朝に吹き始めたのは、まさしくという感じだった。終わることと新しく始まることについて僕は考えた。怖かったが初めてその恐怖から逃げたりそれを隠したりはしたくないと思った。そしてそれはすごくおそろしくて美しいことだと思った。

空を道のように進んでいく光を見た。そして七月にしては場違いな不思議な灰色の雲を眺めていた。

もう少したったら起き上がり、まだ人影のない道を歩きに行くだろう。そして海岸沿いのバールで屋外のテーブルに座ってカプチーノを飲もう。明るくなるにつれて少しずつ変わっていく通りを眺める。もう一杯カプチーノを飲み煙草を吸い、そして本当に明るくなったら家に戻ろう。それから眠り、本を読み、海へ行き、ただ僕がしたいと思うことだけをして一日を過ごすだろう。

夜になるのを待って、それからようやくマルゲリータに電話をする。何を言うかはわからなかったが、言葉が見つかるのは確かだった。

こんなことすべて、そして別のことをバルコニーに座って考えた。

この瞬間をなにものともかえたくないと思った。

世界中のなにものとも。

訳者あとがき

『無意識の証人』は、二〇〇二年シチリアの文芸出版社セレリオ社から出たイタリア語の同名の小説（Testimone inconsapevole）の全訳である。作者のジャンリーコ・カロフィーリオ（Gianrico Carofiglio）氏は一九六一年バーリ市生まれ。本職はバーリの検事補で刑事訴訟法の専門家、マフィアなど凶悪組織犯罪を担当する現職の検察官である。

本作品は彼のデビュー作である。あるインタビューに答えて、自分は子供の頃からずっと作家になりたかったが司法官になった。いつも「いつか書きたい、いつか書こう」と思っていた。四十歳を境にある日突然「いつか書こう」が「自分も書けたかもしれなかったのに」という後悔の念に変わってしまうのではないかという恐怖とあせりに変わり、それが書き始めるきっかけとなったと語っていた。もっともイタリアの法廷スリラーという新しいジャンル誕生に彼の長年の職業経験は不可欠だったはずであるが。

作品の舞台は、作者が生まれ、現在も仕事をし、暮らしている南イタリア、アドリア海に面した大都市バーリである。小説の筋は、三十八歳の刑事裁判担当弁護士グイードが、九歳の少年の殺人容疑で勾留された若いセネガル人行商人を裁判で弁護する、とごく簡単である。構成は第一章で妻に捨てられた主人公が、第二章で殺人容疑のセネガル人の弁護を引き受け、第三章は重罪裁判所における審議となる。

しかし裁判の進行と併行して、どん底に落ち込んだ主人公グイードが立ち直っていく姿が巧みな辛口の叙述で描かれ、何とも味のあるキャラクターを生み出し、チャンドラーやダシール・ハメット風のイタリア版ハード・ボイルドといえるかもしれない。

作者の米国文学や映画・音楽への造詣、東洋趣味もまた興味深い。題辞にもある、マルゲリータのTシャツに書かれていた老子のとされる（実は道徳経には見当たらず、諺か何かかもしれないのだが）「青虫が世界の終わりとよぶものを、残りの世界は蝶とよぶ」の文句は作者が最も訴えたかったテーマの一つだろう。生まれ変わることができるということ、何かが終わってもその後に新しく生まれかわるのだ、だから何かが終わることを恐れてはいけない。こうも書いている、「一艘の船が港から長い航海に出て行く情景が思い浮かんだ（二二六ページ）」「終わることと新しく始まることについて僕は考えた（三二九ページ）」。その意味でこの作品は教養小説《ビルドウングス・ロマン》とも言えるし、作者自身が作家としての新たな人生を切り開いていくスタートも暗示しているのだろう。

カロフィーリオ氏はこの処女作で国内の文学賞を五つ、キアヴァリ市第二十六回文学賞、処女小説作品に贈られるクーネオ市賞、ジョヴェディ・マリーザ・ルスコーニ賞、レギウム・ユリイ賞、フォルトゥナート・セミナーラ・オペラ・プリーマ賞を受賞し、レプッブリカ紙で「イタリアで出版された法廷推理小説の中で最も優れた作品」と評された。

二〇〇三年には同グイード弁護士を主人公とする『Ad occhi chiusi（眼を閉じて）』（セレリオ社）、二〇〇四年にミラノのリッツォーリ社から二人の若者の友情と裏切り、善と悪、社会の明と暗を描いた心理サスペンスでありピカレスク小説とも称された『Il passato è una terra straniera（過去は見知らぬ土地）』が出版され、この本で二〇〇五年七月、イタリアの文学賞バンカレッラ賞を受賞した。

また『無意識の証人』の英訳版『Involuntary witness』がビター・レモン・プレス出版から二〇〇五年に発売され好評を博している。仏独語のほかにロシア語、ギリシャ語にも翻訳される予定である。二〇〇六年春にはセレリオ社からグイード弁護士の待望の第三作が出る。

なお、本文中の引用で既存の翻訳は一一七、一一九ページ『星の王子さま』（サン＝テグジュペリ作、内藤濯訳、岩波書店）、一四八ページ『塵に訊け！』（ジョン・ファンテ作、都甲幸治訳、DHC）、二二五ページ『地下室の手記』（ドストエフスキー作、江川卓訳、新潮文庫）からそれぞれイタリア語原文中の引用部分を使わせていただいた。

最後にこの作品を翻訳するきっかけを作ってくださり、常に励まし続けてくださったウーノ・アソシエイツ社の内田洋子氏、翻訳版権の交渉から細かな校正までご担当くださった神長倉伸義氏に心からお礼申し上げます。

二〇〇五年十月

石橋　典子

日本音楽著作権協会（出）許諾第0514475－501号

文春文庫

無《む》意《い》識《しき》の証人《しようにん》

定価はカバーに
表示してあります

2005年12月10日　第1刷

著　者　ジャンリーコ・カロフィーリオ

訳　者　石橋典子《いしばしのりこ》

発行者　庄野音比古

発行所　株式会社　文藝春秋

東京都千代田区紀尾井町 3-23　〒102-8008
TEL　03・3265・1211
文藝春秋ホームページ　http://www.bunshun.co.jp
文春ウェブ文庫　http://www.bunshunplaza.com

落丁、乱丁本は、お手数ですが小社製作部宛お送り下さい。送料小社負担でお取替致します。

印刷・大日本印刷　製本・加藤製本

Printed in Japan
ISBN4-16-765142-4

( )内は解説者。品切の節はご容赦下さい。

文春文庫

海外ミステリ・セレクション

ブラック・ダリア

ジェイムズ・エルロイ（吉野美恵子訳）

漆黒の髪に黒ずくめのドレス、人呼んで〝ブラック・ダリア〟の殺害事件究明に情熱を燃やす刑事の執念は実を結ぶのか。ハードボイルドの暗い血を引く傑作。〈暗黒のLA四部作〉その一。

エ-4-1

LAコンフィデンシャル（上下）

ジェイムズ・エルロイ（小林宏明訳）

暴力、猟奇殺人、密告……悪と腐敗に充ちた五〇年代のロサンジェルス。このクレイジーな街を、悪徳渦巻く市警の三人の警官にふりかかった三つの大事件を通して描く〈暗黒のLA〉その三。

エ-4-2

ビッグ・ノーウェア（上下）

ジェイムズ・エルロイ（二宮磬訳）

共産主義者狩りの恐怖が覆うLA。その闇に、犠牲者を食らう殺人鬼がうごめく。三人の男たちが暗い迷路の果てに見たものは——。四部作中、もっともヘヴィな第二作。（法月綸太郎）

エ-4-4

ホワイト・ジャズ

ジェイムズ・エルロイ（佐々田雅子訳）

番犬を惨殺する異常な侵入盗。その捜査にあたる悪徳警官はやがて権謀術数の闇の奥へ追いつめられる。狂おしく暴走する病んだ魂を強烈な散文で描く20世紀犯罪小説の金字塔。（馳星周）

エ-4-6

アメリカン・タブロイド（上下）

ジェイムズ・エルロイ（田村義進訳）

見果てぬ夢を追う三人の男たちがマフィアと政治の闇に翻弄された末に行き着く先——アメリカ史上最大の殺し、ケネディ暗殺。巨匠の〈アンダーワールドUSA〉三部作開幕。（吉野仁）

エ-4-7

ハリウッド・ノクターン

ジェイムズ・エルロイ（田村義進訳）

虚飾の都の狂騒の中で蠢く悪党、刑事、用心棒——《LA四部作》を彩った男たちが再び演じる暴力と激情の疾走。エルロイの意外な「軽妙」も味わえる全七篇収録の短篇集。（滝本誠）

エ-4-9